谨以此书献给舅父林更春先生

学林新语

从文学阐述到文化评论

NEW ACADEMIC INSIGHTS:
FROM LITERARY INTERPRETATION
TO CULTURAL CRITICISM

刘景松　著

社会科学文献出版社
SOCIAL SCIENCES ACADEMIC PRESS (CHINA)

奉献出生命的温热

——代序

刚刚在花城出版社出版了《澳门文学编年史》前五卷，编辑细致，装帧别致、雅致，在闲暇时经常翻阅，每每有些得意，当然同时也有些忧心：下面还应该编撰若干册，谁能为续？正在这时，景松发送来他的书稿《学林新语——从文学阐述到文化评论》，翻开目录，细阅全书内容，然后第一个想法就是，赶快与景松商谈，如何展开并实际进入《澳门文学编年史》（续编）的编撰工作。如果景松有"档期"，他应该是主导此项目的不二人选。因为景松有这样的历史意识，有这样的治史意识，有这样的学术敏感和研究热忱。还有，从这部专著中可以看出，研究澳门和澳门文学，刘景松的确很有优势。

刘景松熟悉澳门文学，热爱澳门文学，对澳门文学研究有独到的见解。他是一个对澳门和澳门文学了解得非常全面而且认真下过功夫的学者。他能够对汤显祖、吴历、张汝霖、印光任、叶廷枢等古代文学家吟咏澳门的诗篇以及他们与澳门的渊源如数家珍地加以阐析，对澳门历史名人卢湘父的研究也相当详密、深切，体现出他在澳门历史和文学方面充分的学术准备和深厚的文化修养。他在当代澳门文学和澳门文化的研究上也有相当的积累，他的林中英散文论析和程祥徽学术评论等都可以说达到了澳门文学与文化研究的独步之境。重要的是他并不止于在一般的知识层面甚至在学术层面言说澳门古今文学和多元文化，他更愿意以一种贴近情感的方式，甚至是以生命的感受力度去体验澳门文学的书写，去把握澳门文化的脉搏。他在研究澳门、体验澳门的时候倡导有温度地感知澳门，欣赏和评骘澳门文学与文化的时候呼唤某种生命的投入或者带入。这不仅体现了一种学术态度，体现了一种批评风格，更体现了一种对待澳门的文化伦理，体现了一种尊重澳门文学和澳门文化的文明道德。拥有这样的文化伦理和文明道德的研究者和作者是值得信任的，因此我看好刘景松的研究，重视他对澳门文学与文化的观察，也愿意在他那种富于澳门文化自信的学术阐述中体察澳门文学的形制与格局，欣赏澳门文学特有的色调与品相。

如果说刘景松对澳门文学的理解和把握是通过生命的温热体现出一种境界上的高度，那么，这本书还表明，他对澳门文化的方方面面悉心观照，体现为一种澳门文化认知的深广度。一个学者和作家，对澳门感兴趣是比较容易的，对澳门某一个方面如中葡文化的交融景象感兴趣，也比较自然，但能够像刘景松这样对澳门文化的几乎所有方面都有所涉及，都认真思考，都以热诚的姿态进行阐论，都以关切的文心去触摸和言说，这就相当难得了。这不仅需要对澳门和澳门文化的认同，更需要将生命体验和生命认知融合于这片狭窄而又充满神奇的土地。刘景松解剖澳门文化和文学，不是单靠学术，不是单凭理性，更不是单借助于知识，更重要的是他全身心的情感投入、无间距的切身体验和有生命温热的人生感兴，这样才可能对澳门涉入如此之深，对澳门文化涉猎如此之广。

刘景松是闽人，但他更是澳门人，对澳门的体验、认知和热爱是他笔下不倦的主题。对故乡的留恋在他笔下自然很突出，以至于他一到"望厦"地界就激情难抑，"一条望厦街，三五芭蕉树。望厦村，望厦巷，眺望厦门，遥望故乡"。这就是他"寻美觅爱"的结果。显然，他更加迷醉于澳门，特别是老澳门的市景与街景、老澳门的风土与人情，他喜欢澳门街巷弥漫着的豉油香醋的味道和琴曲悠扬的声音，欣赏南粤三角梅的冷艳和古榕树气根飘飘的招摇，他发现"白鸽巢公园绿草茵茵，古木参天，雀声鸽语啾啾成韵，是一处值得流连的好地方"（《鼠年弈话》）。在"秋日梦语"中则遗憾地感叹"濠镜没有'山山黄叶飞'的飘零与低回，也没有'秋水共长天一色'的开朗与壮阔"，不过没关系，且听琴曲悠扬，可以看看、闻闻："夜色中瞥见不知谁家的三角梅从窗台露出娇艳之姿，又嗅着似有还无的植物香气，该是不远处圣若瑟修院或何东图书馆庭院中的朴树、桂花树、枇杷树、鸡蛋花树传来的吧！"（《鼠年弈话》）这是澳门的颜色，是澳门的味道，是澳门的风云与精神。刘景松总是以这种拥抱的姿态、融入的情感书写澳门，一如书写他自己的家乡，一如书写他自己的人生。这是一种渗透到骨髓里的地域之恋，是一种代入感非常强、非常深的小城之恋，是一种身处其中并且从不准备抽身其外的红尘之恋。

对澳门、对澳门文化、对澳门文学如此热爱和热恋的作者，必定能够静下心来从事澳门文学编年史的研究，因为他有足够的耐心、热心和奉献精神。

朱寿桐

2020 年 5 月 22 日

第三篇　创作天地

第四篇　名家访谈

第一篇　学林微语

文学史视域中的澳门文学

在数量繁多的中国文学史著述中，关于澳门文学几乎付之阙如，偶有相关者，亦多半后置于港台文学羽翼，即便独立成章，亦难脱"轻描淡写"、敷衍为篇之运命。尽管其中有无知和偏见的因素，但澳门文学缺少厚重的作家作品，也是不容否认的因素。当前，澳门文学气氛日趋浓烈，澳门文学走向自觉的脚步亦日趋稳健，有必要对澳门文学史进行更全面的阐述，在澳门作家作品中开掘和发现厚重性甚至经典价值。作为澳门作家中的代表人物，林中英长期关注澳门社会发展现状，并以其对社会生活与社会现象的独特感悟，创作了大量文学作品。进一步开掘林中英作品的价值，有助于为澳门当代文学在百年汉语新文学版图中的应有定位提供参照。

一 长期在文学史上"缺位"的澳门文学

20 世纪 80 年代以来，关于中国文学史写作，先有围绕"重写文学史"① 话题展开的反思，后有针对项目团队"拼写"② 文学史而发出的诘难，讨论声浪不绝于耳。这场讨论持续时间之长、涉及范围之广，皆为"史（文学史）上"少见。于撰写者而言，既立志践行修史，当然各有立场观点与书写体例，以及借此展开的一整套具有可操作性的写作范式。学者和批评家的相关讨论，倘若不带门派成见或族群偏见，凡是出于交流切磋目的且言之有理的，似都值得鼓励。因为这些研讨，有望引发文学观念的变革，拓宽文学史的书写视野，推进文学史学科的知识建构，为理想中

---

① 内地如 1985 年北京学者黄子平、陈平原、钱理群提出"二十世纪中国文学"的概念，1988 年上海学者陈思和、王晓明主持关于"重写文学史"的讨论；境外包括《剑桥中国文学史》的写作，以及境外学者王德威等参与的相关著述，等等。

② 魏沛娜：《文学史写作越来越趋同——访复旦大学中文系教授戴燕》，《深圳商报》2014年 9 月 30 日。

新的文学史写作提供参考借鉴。在文学多元开放的时代，文学史写作的多元化应该被视为常态化的现象。自 20 世纪初黄人（摩西）首撰《中国文学史》以来，① 截至 2004 年，仅内地出版的中国文学史著作就多达 1600 余部，据说每年还有十几部在编写，② "修史"风气之盛由此可见。用作教材的文学史著作，其"话语霸权"势必造就诸多文学史的理论盲点，相比之下，数以千计的文学史著述显然更能包容异见，彰显"百家争鸣"的题中应有之义。然而，既有的文学史著作虽已汗牛充栋，但仍有许多不尽如人意之处。比如，在看似十分多元化的修史热和相关讨论中，有一种惊人的默契，那就是文学史家和批评家们都甚少言及"澳门文学"③，偶涉澳门文学者，也多半附于港台文学之羽翼，或一带而过。在中国文学史中长时间的"缺位"，导致澳门文学的面目总是影影绰绰，其地位显得无足轻重。

统揽不同历史时期出版的文学史著述，在疏疏密密的章节框架中，"港台文学"总能占据一席之地，即便相关内容篇幅小巧、语言精练，但也绝不像澳门文学一样，落到悄无声息的"缺位"地步。从地缘因素上看，修史人既已把视线投向"港台"，缘何就不愿意将学术的余光稍稍拉远一厘半毫，顺道对"隔壁老弟"——澳门文学瞥上一眼？

究其原因，可以从三方面分析。其一，在相当长的一段时期里，作为"亚洲四小龙"之二的香港、台湾经济发展良好，其文化地位也随经济的强劲表现而日益涨高，初步具备了"强势文化"的基础底蕴与辐射条件。同时，蓬勃发展的影视文化产业与"明星效应"的推动，也加速了港台文化在内地传播的脚步。相比之下，澳门经济表现不如港台耀眼，文化演艺领域又相对平淡，这就使得澳门文化存在感单薄，影响力有限。其二，澳门沦为人们心目中的"文化荒漠之区"由来已久，相关论调更因某名流"澳门没有文化"④ 的感慨而广为流播。长期以来，澳门文化留予外界的整体形象既不鲜明突出，也无亮点与厚重之处，成为一种无足轻重的存在，澳门文学也就难以进入史家的视野。其三，澳门虽有作家，但缺少像金

---

① 黄人于 1904 年在东吴大学讲课时所编，另有学者认为是林传甲在京师大学堂时所制。

② 龚鹏程：《中国文学史》（上册），世界图书出版公司，2009，第 1 页。

③ "澳门文学"是一个处于建构和争议状态的概念，具有发展、变化、复杂、多义等特征。郑炜明、刘登翰、杨匡汉、张剑桦等学者都曾先后撰文或发言详加讨论。由于立场不同、视野有异，至今没能形成一个完整权威的论断。本文将之当作一个约定俗成的名词理解，而不做任何含义的界定、梳理与辨析。

④ 有学者认为语出现代作家茅盾。

庸、刘以鬯、白先勇、余光中一类的重量级人物；澳门不乏堪可捧读的优秀作品，但至今都没能产生像《射雕英雄传》《酒徒》《台北人》《乡愁》①那样拥有众多读者、具有广泛影响力的经典作品。这无疑加大了澳门文学攀临文学史殿堂的难度。曾撰写《中国文学概论》并主编《中国文学史》的学者袁行霈坦陈："我们多年来对中国文学的研究，偏重于一个个作家和一部部作品的评论，而缺少多侧面的透视和总体的论述。"② 此说透露出文学史主要是围绕着重量级作家和重要作品来书写这一撰史普遍现象。

正是由于经济方面的单薄、文化特性的模糊以及经典作家作品的缺失，澳门文学长期被文学史家轻视乃至忽略。这一现象固然折射出外界对于澳门历史文化的肤浅认知，但设若长时间缺失重量级作家和优秀作品，那么，史家固有的思维定式短期内就很难扭转纠正。因此，澳门文学意欲在尴尬处境中突围"上位"，彰显自身的存在，当务之急是加强内功的修炼，尽快奉献出厚重作品。③ 当然，作品的阅读因人而异，读者有时会受时代价值观所左右。不同阅读者有各自的审美体验与价值判断。所谓厚重作品只是一种不严谨的笼统说法，并无统一标准，但对于创作界、批评界来说，至少要拿出可以与邻近地区一较高低的作品，并在此基础上加强对本土文学的宣传与推广，最大限度地绽放自己，为自己雕形塑像，增色添彩。

正如穷究"文化是什么"一样，"文学史是什么""文学史如何写作"之类的追问将伴随着文学的演进而常在，但难见权威统一的答案。由于种种原因，在相当长的时期内，澳门文学踪影难觅，成了文学史场域中的"迷失者"和"局外人"。对于澳门文学，澳门以外的文学史研究者、撰写者总是理所当然地"看低一线"。其中固然有史料匮缺等客观原因，也有情感不炽、认识不足、史识狭隘等人为缺陷，后者似是主要原因。在文学史既有的理论框架下，如何消解各种束缚文学发展的观念性障碍，成了考验撰史者立场坚定与否、史识精湛与否的标尺，也理应成为研究者进行文学史理论思考与求索需要关注的问题。

---

① 金庸、刘以鬯、白先勇、余光中的代表性作品。在由内地或港台机构牵头举办的各类"百强""百优""经典"等性质的活动遴选中，这类作品时常入榜。

② 马自力：《文学、文化、文明：横通与纵通——袁行霈教授访谈录》，《群言》2007 年第4 期。

③ 所谓厚重作品并无统一标准。本澳作家飞力奇《大辫子的诱惑》、廖子馨《奥戈的幻觉世界》等作品曾被搬上舞台或银幕。

二 文学史表述中的澳门印迹

也许是地理意义上"孤悬海表"的原因，也许是共同的受"他者"殖民统治的政治运命使然，无论是"港台""港澳台"还是"台港澳"之类的称谓，都充溢着浓浓的"境外"况味。自1978年内地改革开放以来，港澳台地区与内地（大陆）之间的来往日益密切，文化和文学层面的坚冰亦被打破，双向或多向交流日渐频繁。得益于此，关于港澳台作家作品的介绍评论和研究也得以渐次展开。不少院校机构或专业研究者认可并且愿意将港澳台作家作品以及这些地区的文学思潮、社团活动、文艺刊物等作为研究的新内容、新领域，并投放资源进行深入系统的研究。由此，中国文学①的库容更加多元丰富，中国文学的版图得到了一定程度的扩充，中国文学史的写作也增添了新的素材。

随着交往合作的日渐深化，对应港澳台三地文学的称谓与表述却越发松散杂乱，依次出现了"港台文学""港澳台文学""台港澳文学"等形似神也似的概念。从现实层面上考察，可以发现，澳门文学的最初亮相，要感谢"港台"文学的携领捎带之功。实际上，早期关于澳门文学的评论，大都附属于香港文学。② 也正是因为搭上了"港台"文学的顺风车，澳门文学才开始示于人前，读者才得以在博彩城的刻板印象之外，认识澳门文化和文学的真实一面。于是，原先境外文学中"港台文学"一统江山的局面逐渐被改写，被遮蔽许久的澳门文学得以拭去历史尘埃，开始露出地表，吸引了不少好奇的眼光。

曾敏之于1979年发表的《港澳与东南亚汉语文学一瞥》常被目为内地研究澳门文学的滥觞。③ 随后，介绍港澳台方面的文章、文集逐渐增多，研究队伍不断壮大，各类研讨会、座谈会也适时召开，试图在理论层面为华文文学的固有蕴藉和未来发展把脉定调。④ 与此同时，厦门大学、汕头

---

① 此处单指用为载体、用汉字创作的文学作品。对于学术界具有争论的诸如"华文文学""汉语文学""中文文学""华语文学"等称谓不做区分。

② 朱寿桐主编《澳门新移民文学与文化散论》，中国社会科学出版社，2010，第75页。

③ 朱寿桐主编《澳门新移民文学与文化散论》，中国社会科学出版社，2010，第61页。

④ 1982年，暨南大学主办了第一届台港文学讨论会；1991年在广东中山举行的第五届世界海外华文文学研讨会上，有5位澳门代表出席并提交论文；1992年在台北举行的世界华文文学作家协会成立大会上，澳门作家苇鸣、懿灵等获邀出席；1994年，澳门作家及学者出席了在香港举行的"中华文学的现在和未来两岸暨港澳文学交流研讨会"。

大学、华侨大学等沿海地区院校也陆续设置专门的研究机构,^① 配备学术团队,承担各级科研课题,并且招收培养研究生,其运作机制充满生机与活力。1987 年,暨南大学台港暨海外华文文学研究中心、台港澳暨海外华文文学数据中心相继成立。该校招收培养的汤梅笑、廖子馨、庄文永、李淑仪、郭济修等人,在校期间接受了严格的学术训练,日后大都成为研究澳门文学的中坚力量。他们多以澳门文学题材作为学位论文的题目,内容涉及澳门女性文学、澳门儿童文学、澳门葡语文学、澳门青春小说、澳门小说的文化品格与叙事范式、澳门诗歌的民族意识、澳门新诗的文化特质、澳门"土生文学"的文化价值、澳门文学之大众传播现象、澳门文学中的基督教观念及嬗变等。他们的研究成果,发前人所未发,对澳门文学研究领域多有填补空白的重要意义。借由以上著述,澳门文学的形象更加立体真实,澳门文学的世界也更加绚丽多彩。

内地高校科研机构对港澳台文学研究表现出极大热情的同时,文化事业单位也应势而起,拿出实际行动,为港澳台文学事业的发展添砖加瓦。几乎同时诞生的《台港文学选刊》《华文文学》《世界华文文学论坛》等刊物,^② 是这一时期登载华文文学的创作和研究成果的代表性学术期刊。这些刊物自创办以来,就受到海内外文化界、学术界的广泛关注和赞誉,被称作促进海内外文化学术交流的纽带、展示世界华文文学最新研究成果的重要园地。此类期刊面向国内外公开发行,为将港澳台文学创作和研究最新动态及时快捷地推向读者创造了条件。受益于作家、学者、媒体机构的通力合作,华文文学的轮廓和身影越发清晰明朗,历史悠久的澳门文学,也一洗此前"孤悬海外,精神贫血"的颓态,重新焕发出青春活力,

---

① 1984 年,汕头大学台港及海外华文文学研究中心成立,自 1993 年起开始招收台港及海外华文文学研究方向硕士研究生。1987 年,暨南大学台港暨海外华文文学研究中心成立,并建立了台港澳暨海外华文文学数据中心。厦门大学东南亚华文文学研究中心于 1995 年成立,与厦大中文系合作招收中国现当代文学与东南亚华文文学关系方向的硕士生,开设东南亚华文文学课程,因成果显著被誉为"国内外东南亚华文文学研究基地"。相关机构尚有厦门市东南亚华文文学研究会、江苏省台港与海外华文文学研究中心、江苏省台港暨海外华文文学研究会等。

② 《台港文学选刊》由福建省文学艺术联合会主办,是内地第一家专门介绍台港澳及海外华人华文作品的文学期刊;《华文文学》由汕头大学主办,是专门研究台港澳及海外华文学的学术刊物,是中国世界华文文学学会会刊;《世界华文文学论坛》由江苏省社会科学院、江苏台港与海外华文文学研究中心和江苏省台港暨海外华文文学研究会联合主办,是专门关注台港澳与海外华文、华人文学研究的理论性季刊。

改变了以往依附在香港文学的章节尾部，扮演应景点缀式角色的尴尬处境。有关澳门文学的议题备受关注，成了新的学术增长点，成为相关学科课程建设的重要内容。而这显然有利于包括中国文学在内的文学史自身多元性、丰富性的呈现。

论及研究澳门文学的意义，有学者概括了三条：第一，为中国文学这座百花园增添新株；第二，反映本地以外有异于中国本土人民的思想情感与文化面貌；第三，逐渐铲除文学的殖民色彩，抗衡恶质文化、渣滓文化，甚至有助于激发澳门作家作为中国人的自尊心，增强其对祖国的认同感、归属感和使命感。① 如果说，这是站在社会文化和政治历史的立场上发出的呼吁，其论高屋建瓴，那么，谢冕则于全球化整体文学发展背景下，将澳门文学置放在广阔的中国文学语境中来考察论说。以下文字道出了一位学养深厚、眼光心性独到者的心声：

> 对澳门自公元16世纪中叶以迄于今的文学加以研究和总结，不仅对中国文学深厚博大的积蕴有更为深入切实的了解，特别是对存在于特殊环境中的中国文学的丰富性和多样性的了解是必要的，而且，对于研究东西方文化、文学如何在它的历史性运行中通过交流互渗进而造成融汇互补更有其深远的意义。②

澳门文学的价值，体现在不同会议场合学者的发言中，在可感可读的文学史著述和期刊论文中，在端庄严肃的工具书中，③ 在专门为高校学子编写的各类教材中。如前所述，由于地缘和亲缘的关系，较早对澳门文学展开研究的院校和个体研究者，多半来自毗邻港澳台的东南沿海地区。这些地区与港澳台来往密切，彼此有一种天然的亲近感，彼此之间的语言、文化、风俗、信仰也有天然的同构性和相似性。较早关注澳门华文文学，在该领域耕耘不懈并且结出串串硕果的学者，如潘亚暾、郑炜明、饶芃

---

① 语出已故香港作家何紫，见朱寿桐主编《澳门新移民文学与文化散论》，第59~60页。
② 谢冕：《澳门文学研究的新成就——序郑炜明著〈澳门文学史〉》，载郑炜明《澳门文学史》，齐鲁书社，2012，第1页。
③ 这方面的辞典有陈辽主编的《台湾港澳与海外华文文学辞典》、王景山主编的《台港澳暨海外华文作家辞典》、高巍主编的《世界华人诗歌鉴赏大辞典》、古继堂主编的《台港澳暨与海外华文新诗大辞典》等数十部。

子、刘登翰、庄钟庆等人，大都来自闽浙粤等地。饶芃子招收培养了众多澳门籍研究生，① 并先后发表了《澳门文化的历史坐标及其未来意义》《文学的澳门和澳门的文学》《从澳门文化看澳门文学》等影响较大的论文，从不同视角深入系统地论述了澳门文学、文化的内涵和品格，以及"未来意义"等学术问题。其论文《"根"的追寻——澳门"土生文学"中一个难解的情结》② 发表后，曾被多次引用、转载，引起葡萄牙学术界的极大关注。

20 世纪 90 年代中期以后，"回归"因素使然，澳门日益为世人所关注，内地学界对澳门文化、澳门文学的探索和研究，也掀起了一个前所未有的热潮。③ 众多富有历史感、较具深度的论文纷纷刊行。黎湘萍的《族群、文化身份与华人文学——以台湾香港澳门文学史的撰述为例》、陈辽的《澳门文学的特征》、黄修己的《从〈无心眼集〉谈到澳门文学形象》、古远清的《发展中的"岛形文化"——澳门文学的走向及其特征》、计红芳的《澳门文学的"鸡尾酒"品格》、江少川的《世纪沧桑中的澳门文学回眸》、李若岚的《多元共生，和而不同——从澳门文化看澳门文学》、李德昭的《中国文学在澳门发展之现状》、王岳川的《澳门文化与文学精神》、艾尤的《论澳门土生文学的中国文化色彩》、刘登翰的《从"悖论"谈及澳门文学》《文化视野中的澳门文学》等都是视角独特、论述严谨又不乏见解的论文。这股书写与研究风潮，对于确立澳门文学地位、建立澳门文学形象以及对外推广澳门文学，可谓来得及时且影响巨大。尤为可贵的是，学术界对于澳门文学的关注并非因"回归"而沸扬一阵便偃旗息鼓，而是"余音袅袅，余波漾漾"。上述关于澳门文学研究的论文，所刊载的刊物级别高、引用率高、同行评议佳，汇成研究进程中的一道绚丽景观，又如文坛的报春之燕鸣啾于枝头，宣告着澳门文学研究春天的到来。

20 世纪八九十年代以来，澳门文学创作进入了勃发期，澳门文学研究也进入自觉期和收获期。创作的繁荣与批评的兴起，以及研究成果的不断

---

① 1987 年，国务院学位办和教育部批准暨南大学在港澳台招收兼读制研究生，1989~2003 年，饶氏先后在澳门招收了五位硕士研究生和三位博士研究生，饶门澳门籍弟子多以研究澳门文学见长。

② 饶芃子：《"根"的追寻——澳门"土生文学"中一个难解的情结》，《学术研究》1999 年第 12 期。

③ 不少报纸杂志如《文学评论》《世界华文文学论坛》为庆祝澳门回归而特意开设专栏。

涌现，单篇论文、文学史专著和文学史教材（教程）的接连推出，合力奏响了澳门文学研究阔步前行的时代旋律。

1990 年潘亚暾主编的《台湾文学导论》出版，该书专设"澳门文学巡礼"一章，介绍澳门文学发展概况，可以看作由内地学者领衔的对澳门文学进行系统介绍的较早述论。此举一改先前澳门文学因为"不入流"导致"不入史"的窘况，澳门文学从此得以跻身文学史殿堂。这无疑令人欢欣鼓舞。该书设专章探讨"澳门"，书名却前缀以"台湾"，可见澳门文学依然不脱附属于港台文学的身份。不过，澳门文学已经进入"历史"是毫无异议的。这也展示了主编的学术勇气和不凡史识——他愿意以与时俱进的辨析的眼光对待文学史本身，并且对文学及文学研究做出积极响应。由于该书是国家教委（教育部前身）选定的全国高等院校文科教材，被列为中国现当代文学研究生必读书目，这就具备了体制意义上的推广澳门文学的优势。

在特殊历史时期，内地文学史书写走上了一条非此即彼的狭窄道路。无产阶级与资产阶级、革命与反革命、政治标准与艺术标准的二元对立叙述成为文学史家的不二选择。文学史写作甚至出现了"现实主义和反现实主义斗争"的中心公式，出现了诸如"用放大镜寻找五四时期无产阶级文艺理论的片言只字，用显微镜来照出新月派的'反动'思想和'低级'趣味"等不可理喻的现象。[1] 有感于"在一定的历史时期，中国局部地区的分割和疏离，使共同的文学传统在这些地区出现分流，形成特殊的文学形态——台湾、香港、澳门文学"[2] 的历史状况，为客观真实地勾勒三地文学的本真面目，长年耕耘于华文文学园地的闽籍学者刘登翰连连发力，继编写《台湾文学史》《香港文学史》之后，于 1999 年推出具有文学史性质的《澳门文学概观》。这是一部全面论述澳门文学的历史与现状的著作，填补了澳门文学史编纂的空白。

有别于意识形态主导下主流文学史二元对立的修史范式，刘著可贵之处在于从理论和史料两个层面考察对中国近现代以来的文学史进行"整合"研究的可能性和困境，进而在世界华文文学的格局中为澳门文学的历

---

[1] 吴福辉：《"主流型"的文学史写作是否走到了尽头？——现代文学史质疑之三》，《文艺争鸣》2008 年第 1 期，第 60 页。

[2] 刘登翰：《分流与整合：二十世纪中国文学的整体视野》，《文学评论》2001 年第 4 期。

史定位做了"整合"想象与设定，其背后蕴含着编著者精微的史识与洞见，彰显着创新文学史书写方式的志向。刘著集结了内地学者和澳门本土作家，乃闽澳两地学术界的合作结晶。此书史实准确、脉络清晰，既没有居高临下式的说教，也摒除了那种用中心的眼光打量"边缘"的傲慢与偏见，而是用澳门文学的材料阐释澳门文学问题，给澳门文学带来新的经验阐述和价值认识。虽说"概观"不是"史"，但与史并无本质区别，这是一部可以经受岁月检验的成熟之作，显示出编著者对澳门文学的深刻体验与细微观察。我们期待在不久后的将来，刘登翰先生能牵头集聚各方力量，再捧出一本体例更完善、内容更宏富厚重的《澳门文学史》。

近年来，在文学史著述之外，关于港澳台（或台港澳）文学教程（教材）的编写呈现出方兴未艾的喜人态势。大学教材具有知识性和探索性的功能，在某种意义上也是研究著作：既要传授给学生那些基本的已成定论的知识，又要将学生带入学术热点与前沿。纵观现有相关台港澳文学教程（教材）类著述，可谓详略并重，各有特点。从章节顺序看，台湾文学居首，香港文学次之，澳门文学殿后；篇章内容则各有侧重，大体上维持着60%：32%：8%的占比。①

既已"入史"，复又名正言顺地位列教程（教材）榜单，澳门文学受到重视与肯定，自是毫无疑问了。然而，检视各家教程，其编写质量可谓参差不齐，优劣参半。有的教材质量上佳，有的纯粹拼凑成书。个别著述关于香港、台湾的章节书写得八分到位、九分精彩，但有关澳门的章节则不尽如人意，不少教材甚至存在敷衍了篇的现象。具体表现在以下三点。其一，引用文献材料严重滞后，对最新成果"视而不见"。如2015年出版的某教材，陈述的依然是20世纪八九十年代的澳门文学风貌，且还是沿袭"他者"的研究成果。其二，对于澳门作家，时常出现男女不辨、她他不分等"张冠李戴"现象，②更离谱的是仙游多年者竟复活于当下，让细心的读者情难以堪。其三，所述实际内容过于单薄。本就占极小比例的澳门章节，概述简介类文字几乎占去一半，剩下一半流于"排排队、分果果"式的处理——各种文体如诗歌、散文、小说、戏剧（基本被剔除）、评论，

---

① 此比例乃笔者根据目前掌握资料所做的大致推算，但误差应不大。
② 廖子馨，写成"廖字馨"。见王淑芝主编《台港澳及海外华人文学》，东北师范大学出版社，2015，第242页。林中英本名汤梅笑，写成"汤梅英"。见傅天虹主编《台港澳文学简明教程》，银河出版社，2000，第195页。

均衡地分别占一个段落，所论无非"思想内容""艺术风格"一类旧声老调。这些教程绝少以动态的史识探索澳门文学各类文体的发展进程与脉络轨迹，多是以一种慵懒、静态、简单化的手法，将澳门诗歌、散文、小说做一幼童摆放积木式的排列组合。这样的教程既缺乏指导性、启迪性意义，又难以避免地散发出阵阵误导的迷雾。作为教程接受主体的学生，难免误以为整个澳门文坛也就一两个作家和评论家拿得出手，余者一概不入流、不入史。这样的教程，其功能与价值指向远远偏离了编写初衷，也偏离了课程设置与教学需要。

当然，从总体上看，对于澳门文学，内地研究者多持尊重态度，对于研究对象，也是带着学术研究的虔诚展开攻坚钻研的。他们的加入，给澳门文学研究增添了新气象。不时推出的教材著述更是在极大程度上改写了外界眼中的澳门文艺形象，彰显了澳门文学在汉语文学版图中的标识，进而提高了澳门文学在汉语新文学中的地位。不必顾忌人事关系，轻易排除场外因素干扰，这是内地学者"著书立说"时所拥有的优势，这就使相应的书写趋于公允客观，也有望展示出澳门文学的纪实图景。然而，囿于时空条件，又由于疏离中断多年，他们的研究往往缺乏"现场感"而予读者"隔"的感觉，读起来有一种单从资料出发的著作所特有的隔膜感。论及台湾文学史书写，学者彭瑞金坦言："若以台湾文学记录台湾民族成长经验的角度进行思考，我坚持台湾文学的正字解释权还在台湾作家或台湾文学史家的手里，这实在无关关门作答的私心，也不关褊狭。"[1] 对澳门文学史书写，也可作如是观。

内地的澳门文学研究兴起于 20 世纪 80 年代，主要以批评的方式展开，随着学科发展的不断推进，诸多不可避免的局限逐渐凸显出来。早在 20 世纪 90 年代初，本澳学者郑炜明就指出内地学者的研究存在随意性和片面性的问题，呼吁内地同行改进。[2] 郑氏长期在澳门生活工作，集澳门文学发展的见证人、参与者、研究者等多重身份于一身，对澳门文学认识深刻，又将之作为自己的学术追求。多年来形成的问题意识和理论自觉，反过来又加深了对澳门文学的系统思考。郑炜明 2012 年出版的《澳门文学

---

① 杨宗翰：《台湾新诗史：一个未完成的计划》，《台湾史料研究》第 23 期，2004 年 8 月，第 121 页，https：//www. fgu. edu. tw/~wclre/drafts/taiwan/yang-2/yang-2-10. htm。

② 龙扬志：《澳门文学批评场域及其建构》，《澳门日报》2015 年 8 月 5 日。

史》，乃在其博士论文基础上修订而成，是第一本以"澳门文学史"冠名的著作。这本书注重史料的收集与整理，考订了诸多重要的文学现象，对澳门文学的历史发展做了清晰精到的梳理，对其性质和特征也做了较为客观的界定和描述。尤其是对离岸文学、土生文学、澳门的葡语文学、澳门民间文学以及澳门的其他外语文学等篇章的论述，时有创见，新论迭出。郑著注重挖掘新资料、提出新问题、找到新视角，体现出本土研究者的在场感、亲切感和视野广阔的优势。其论述建立在扎实的史料基础上，涵盖面广又不失创造性。这部由本土学者以一己之力撰写出品的文学史，"为我们展开了充满地域特色的澳门文学的丰富景观。这项工作应当说是具有开拓性的意义"①。近年来，关于澳门文学的研究有了巨大进步，但对澳门文学进行全方位、多侧面的系统考察尚不多见。从这个意义上说，《澳门文学史》蕴含的理论价值和开创性意义值得肯定。

三　澳门文学的重量：以林中英散文为例

现有涉及澳门内容的文学史或教材教程，由于各家体例有异、选材视角不同、论述丰俭不一，对澳门文学文体样式的探讨和作家作品的评论，也就呈现出"横看成岭侧成峰"的多样风貌。但无论是本土学者的著作还是内地学者编撰的著述，对澳门散文创作多有着墨，并将之置放于与现代诗歌并举的重要位置。编著者多将澳门现代散文的产生上溯至新文学运动时期，并以重大政治事件为分水岭，对澳门散文进行分期，借此做历时性梳理，试图勾勒出澳门散文的发展脉络与时代特征。著述者认为，20世纪80年代报纸副刊的出现，不啻构筑了一方重要舞台，大大促进了澳门散文创作的发展与繁荣。澳门散文思想观念具有开放性、超前性和世界性特质，众多作者不同的人生经历和知识背景，使澳门散文呈现出视角不同、形态各异的繁荣景象。其中女性作家颇具实力，女性散文情感细腻、真挚，本色流露，表现了可爱的性格魅力，是澳门文坛一道绚丽的风景。②受制于章节篇幅、材料局限和编撰偏好，部分著述只触及华人作家，而直

---

① 谢冕：《澳门文学研究的新成就——序郑炜明著〈澳门文学史〉》，载郑炜明《澳门文学史》，齐鲁书社，2012，第3页。

② 刘登翰：《迅速崛起的澳门文学》，载李观鼎主编《澳门人文社会科学研究文选·文学卷》，社会科学文献出版社，2009，第294页。

接排除了土生和外籍人士的散文创作。① 因此，各家著述对于澳门散文的
"整体观"，多存在宏观把握上的缺陷，局部论述又往往"语焉不详"。令
人欣慰的是，众多文学史著述均提到林中英的散文，并对其散文的艺术特
色以及成就贡献做出了有益的论述和概括。

　　林中英妙笔在手，作品花开绚丽，气象万千，这使得她在华文文学圈
拥有众多"粉丝"。这位澳门土生土长的优秀作家，以一双素手"绣"出
不少赏心悦目的文章，其作品素为读者喜爱，也为史家所重视。林中英之
于澳门当代散文乃至澳门文学，无论是从创作实绩、文学贡献还是文坛地
位、文化影响等方面看，都堪称卓越。《澳门文学史》这样提及林中英：
"写实、乡土的浪漫、历史感情都能在她的散文里找到。结构比较谨密，
语言华丽而不失其真性情。"② 可谓道尽林文精义。对于林中英的文学创作
尤其是散文作品，郑炜明、丁启阵、刘群伟、郑建明等先后展开研究，各
家所论不尽相同，但都具有启发意义。林中英的散文大多写女性的所思、
所想、所虑、所求，有着浓浓的女性特色，尤其是女性中年后的种种思想
活动，女人的成熟，对生活的迷惘，对家庭婚姻的思索，对事业的追求。
对中年女性的社会地位，有思索、有发现、有深度，她透过纷繁复杂的人
生历程，回首以往和展望未来，给人以信心和进取的动力。③

　　对于林中英这样的作家及相应作品，如果文学史家能够静心重新品
读，并进行更深入、更多元的探讨，就有可能开掘出其更多的潜在价值，
增加其在文学史中的厚重性。如果澳门文学中能够逐渐出现一些厚重的甚
至具有经典性的作家和作品，则澳门文学史撰写将会出现一个新的局面。
下文以对林中英散文的重读为例，冀望对澳门文学研究走向深入起到抛砖
引玉的作用。

　　展读林中英散文，每每心生愉悦，有时甚至"借得林文消永夜"。夜
读林文，作为读者的我时而会心微笑，时而颔首称妙。初春以来，笔者重
读了林中英的几乎所有作品，并萌生出新的敬意。显然，这是一位"笔锋
常带感情"的作家，无论是"秦砖汉瓦"还是"宋瓷清茶"，似乎皆可入

---

① 如张振金的《中国当代散文史》、曹惠民的《台港澳文学教程新编》、王淑芝的《台港澳
　　及海外华人文学》等。

② 郑炜明：《澳门文学史》，第 99 页。

③ 朱寿桐主编《澳门新移民文学与文化散论》，中国社会科学出版社，2010，第 50 页。

文。其人下笔之自如，创作之旺盛，令人佩服；其文所营造出的脉脉温情，让人陶醉。以下就笔者在阅读中的所思所悟，简要概括和补充林中英散文的特色，以期更清晰地凸显其在文学史上的价值和地位。

其一，文学味浓，其文炳炳烺烺。

"文学味"是一种形象的说法，泛指文本中特有的艺术特征，它具备放大镜功能，可以窥见作家的素养与功底。眼下华文文学创作圈，多存在"评论味"有余、"文学味"不足的现象，具体表现在文章格式、选材和书写渐趋评论化。指点江山，针砭时弊，路见不平一声吼，是写作人的道义担当，断断不可或缺。不过，如果文章十有八九满纸评论或"论道"，"文学创作"势必被评论的汪洋所淹没，这一写作习惯和创作取向就值得商榷。在《一人一个窝》中，林中英写道："（副刊文章）是休闲时段中的一杯清茶，是上火时压压热气的一碗米皇白果粥，或是一块能怡悦己心的马其龙，或是起消滞顺气化痰作用的一块老陈皮。"① 看似讨论"豆腐块"之性质功能，但一股浓郁的"文学味"业已溢满纸背，令人为之击节。

今人用"炳炳烺烺"形容文章辞采声韵，挪以形容林氏散文也同样合适。如《消暑记》中的文字："十一时的塔石广场，暑气蒸发得差不多，此时推椅而起，到广场上疾走数匝，薄汗已出，还要它多冒些才行。广场上尚留下绿化周时砌出的临时花圃。两圈浅水上撑起莲叶，三数牛蛙咔咔呼应，几只蛤蟆嫩声呱呱咯咯。虽非深流净水，又无丰草深翳，却有这样子可人生态，是放养的还是自生的？蛙安于这简陋环境，只要花圃不被拆除便要作乐。"② 像一张图，一幅画，一首夏令欢歌，极具辞采声韵之美。想到林氏作品《女声独唱》《人生大笑能几回》，总是"又唱又笑"，我认为，以"炳炳烺烺"概括林氏文风倒也贴切。

其二，文学性与学术性互渗，其文波澜老成。

林中英以创作鸣世，其学术研究也相当可观。她的硕士学位论文，从澳门小说的文化品格与叙事范式的角度切入，系统梳理了20世纪30年代以来澳门小说的历史全貌与时代特色，所论多有己见，具有填补空白的意义。得益于严格的学术训练，在"炳炳烺烺"之余，林中英还练就了一手理性平和的表述功夫。一手创作，一手学术，文学性与学术性相融互汇，

---

① 林中英：《一人一个窝》，《澳门日报》2017年1月6日。
② 林中英：《消暑记》，《澳门日报》2015年6月19日。

这才是她的完整的写作特征。在探讨梅兰芳的情爱纠葛时，作者秉笔直书："一个在某范畴里的里程碑式的人物，即使他有一些缺点过错，甚至一些劣迹，我们在全面了解中，还是懂得怎样去判断和评价的。甚至在缺点过错劣行中，让人看到更丰满的历史——时代的局限、社会的迫逼；也让人看到一个不是经过剪辑的平面的人，让人真诚面对人性的软弱、阴暗，去反思那些就算是英雄、伟人、大师等也无法突破的框架，并引以为鉴。"① 这类文字，学术性与文学性互渗相生，朴素中显睿智，温润中见性情，绝非那些佶屈聱牙的"jargon"文可比。

波澜者，波涛也，形容笔锋藏藏露露，文气时起时伏；而老成，似可作文笔老到、功力深厚解。波澜老成，意即语句老辣精练，文辞元气淋漓，文气雄壮沛然。林中英写祖父："昨夜梦中，清清楚楚地看到祖父与外祖母都在家里，还在谈论做什么。不禁惊诧又欢喜，原来他们仍然在世的呢。这好了，我可以带他们上餐厅、上茶楼，他们爱吃什么便吃什么，我都可以付得起账。睁眼，原来又是一场梦。梦里真真，梦里空空，我的一点心意是永远无法投递的了。像这样的梦已经发过好几回，每回梦醒，都遏不住一丝失意。……我坐在小阁楼的书桌前，临下望着祖父瘦得只剩把骨头的模样，他在不停搔着臂上的痒，是墙上爬走着的大黄蚁蛰（蜇）了他。痒，成为他唯一的感知了。瓦面传来春雨的淅沥声，把一点点愁打进我的心头，愁的不可以。在这个本来只看到鲜花和蝴蝶的年龄上，我却深深体察到贫寒加诸人生的悲怆。"② 这段文字，文气时起时伏，笔锋收藏与释放结合得恰到好处，颇有名家风范，也每每让读者泪湿双眼。而写《我爸我妈》则是这般："结婚时，爸到营地大街福兴金铺买了两个金戒指，让妈左右手各戴一个。妈在屋前晾晒衣服时举起一双手，两个指头在阳光里舞出几道金光弧线，闪得邻里眼花眼馋。"③ 一"舞"一"闪"之间，幸福感已呼啸而来，其文气直如初夏雷阵雨般沛然而降。掩卷之际，一位笔力高超的名家形象随即在阅读视野中挺立起来。

其三，擅长杂文文体，其文生动隽永。

杂文旁出散文，刘勰在《文心雕龙》中曾设专章讨论"杂文"④，作

---

① 林中英：《头上彩虹》，澳门基金会，2014，第325~326页。
② 林中英：《人生大笑能几回》，星光出版社，1994，第106页。
③ 林中英：《头上彩虹》，澳门基金会，2014，第288页。
④ 刘勰著，戚良德辑校《文心雕龙》，上海古籍出版社，2015，第86页。

为文学样式的"杂文"概念自此得以确立。杂文是一种迅速反映社会现象或动态的文体，其特点是内容广泛、形式多样、"杂而有文"。有关社会生活、文化动态以及政治事件的杂感、杂谈、杂论、随笔等均可归入其中。这一短小、锋利、隽永的文体，能起到赞扬真善美、鞭挞假恶丑的针砭时弊作用，由于文艺色彩浓郁，又同时拥有独特的艺术感染力。

林中英的著述《头上彩虹》中，最是那些具备杂文文体特质的文字给读者留下深刻印象："有文章教女人早上要比男人早起来，晚上比他迟上床，为的是不让男人看到自己卸妆后的容貌……脸庞装修是最艰巨的工程，因为一边装修，一边被岁月摧毁。但，谁都爱美，要维持几分姿色，总带着些悲凉。"① 又如："但人不甘心束手待毙，科技除了要让人类上九天揽月，也来管眼皮鼻尖方寸间的事儿，把吃了会死人的肉毒杆菌注射在脸部。"② 在《吻被糟蹋了》一文中，以下书写更叫读者"过目不忘"："拿接吻来做比赛，是天下最煞风景的事……本来闭上眼睛地物我皆忘，此刻却眼睁睁痛苦地计算着秒针一下一下地移动，是赢取奖品的决心，硬撑着变了味的吻……今年情人节，成都引进了这种西方玩意，是为全国首届'情不自禁'情人接吻大赛，分老中青三组进行！……然而情动于衷，真情流露，是无声胜有声，是不计巧拙，真情一经设计拿出来表演，任冠上什么'为情而动'、'情不自禁'，依然不过是戏而已。"③

鉴赏杂文作品，应熟悉作品问世时相关的共时性文化背景。但凡杂文佳作，所概括出来的社会"类型"无不具有超越时代的普遍意义——读者即便不熟悉时代背景，也可以通过阅读作品把握作品的实质性内容。从某种意义上说，杂文的本质与底色是论辩的，字里行间总是或显或隐地荡漾着"论"的色彩，其写作目的则指向断是非、辨正误、揭示真理。需要强调的是，杂文的论辩是一种形象性的论辩，其形象性主要体现在"针砭时弊常取类型"。上述三段引文写的是"美容悦己悦人""化妆登台亮相""接吻比赛赢取奖品"，其"形象"无疑可知可感。若把它们合起来当作一组文章来读，从中可以看出当今大行其道的"扮靓"文化潮流，亦可窥见媚俗的社会病相。而文章的论辩性、深刻性与愉悦性，经由幽默、讽刺与

---

① 林中英：《头上彩虹》，澳门基金会，2014，第6页。
② 林中英：《头上彩虹》，澳门基金会，2014，第8页。
③ 林中英：《头上彩虹》，澳门基金会，2014，第10页。

文采的巧妙运用，庄谐并用，在一片和谐善意的笑声中得到了彰显。

其四，搬运小说笔法，其文推陈出新。

作为清代影响最大的散文派别，桐城派的秘诀之一就是在散文创作中自觉遵循小说创作理论，且能熟练地运用小说笔法，做到记叙、描写简洁细致，人物形象塑造立体丰满。林中英娴熟地搬运小说笔法入散文，这一创作特点值得重视。如《小岗村里的悄悄话》："初春的夜里，冷风越过淮河呼啦呼啦地吹打小岗村的蜀桧树，乱舞的枝丫透过寒月把暗影扫在纸糊窗上。窗下的炕上，黑娃爹像烙玉米饼似地不停翻身，三次撞到被窝里黑娃娘的光腿上。'他大，歇下这么久还睡不着？哪儿不滋润了啊！'黑娃娘悄声问……'他娘，话可不是这么说啊。得人花戴万年香，想想咱这房子，还不是那回江主席来咱村前，省领导赶建给江主席看的？没那回花个二百七十万块钱赶着建房子，赶着安装电灯、自来水管，咱村咋能奔、奔那个小康吗？'"① 这显然是典型的小说笔法。而在《王小毛放暑假》中，更有极具小说塑造人物形象的笔法："王小毛曾经闹了一个笑话。她到阿姨家吃过饭后，阿姨把香蕉皮剥下一半，慈爱地递给小毛。小毛把露出的香蕉肉吃了，举起剩下的半截问怎么办？阿姨吓得杏眼圆睁：怎么办？把皮拉下去不就行了吗？是年王小毛九岁……小毛，你来洗洗米，妈先切萝卜。小毛，米洗好了吗？这是什么气味？你用什么来洗米？什么？你用洗洁精来洗米？是年王小毛十四岁。"② 从《小岗村里的悄悄话》和《王小毛放暑假》等篇章的人物描写中可以看出，林中英业已走出了传统散文那种狭小封闭的叙事模式，多能根据书写策略需要，自如地搬运小说笔法入文，有时甚至还夹以口语和外来语，从而完整地塑造出各类形象丰满的人物。这一具有创新性意味的创作倾向值得赞赏与鼓励。

林中英创作题材广泛风格多样，其散文特色绝非"炳炳烺烺、波澜老成"等所能揽尽。如《来到了宜春》中的文字："到了明山下的月亮湾，饮过一盏驱寒姜母茶便到山上去。穿过一片竹林，已离开了山脚，眼前忽而开豁，远眺，一层层一段段的飞泉破开明月山鲜润的绿，从山体曲折透迤而下；近观，白波跳沫，涌成音。人在山径上，耳听天籁，眼观山景，

---

① 林中英：《头上彩虹》，澳门基金会，2014，第195页。
② 林中英：《头上彩虹》，澳门基金会，2014，第54~56页。

整个身心被吸附着，山外的一切尘嚣已浑然忘却。"① 可谓玄机处处，充满了空灵禅趣，颇得郁达夫作品之神韵。而"我知道，父亲明晨归魂时，步履是灵活的，因为他的膝关节良好；他的身影却有点倾斜，是他在年青到中年时期，被一家子逾十口人的重担挑压歪了一侧肩膀"② 等表述，又分明洋溢着"朱记"（朱自清）风情。

在澳门文学气氛日趋浓烈、澳门文学稳步走向新时代的进程中，对林中英其人及其作品进行梳理探讨，评述其创作实践与贡献，或能为澳门当代文学在百年汉语新文学版图中的应有定位提供真实客观的参照，其学术价值与现实意义自不待言。

---

① 林中英：《头上彩虹》，澳门基金会，2014，第 262 页。
② 林中英：《头上彩虹》，澳门基金会，2014，第 292 页。

从《卢氏族谱·艺文谱》看卢湘父的文化追求

卢湘父在港澳地区的办学时间长达半个世纪，可谓"桃李满门"。对此，史料多有记载。言及卢湘父在教育领域的成就，学界多持认可态度，而他为卢氏家族增修族谱等义举，更是广受时人称颂。虽说偶有"晚清遗老"之讥讽，但都不过是无伤大雅的口头禅。相比之下，作为教育家、作家的卢湘父，则较少为外界关注，这不免令人遗憾。卢湘父留下了数量可观的作品，其中不乏堪可捧读的文艺佳作。可惜这些成就与贡献学术界甚少提及，更遑论进行系统深入的研究。愚见以为，只有借助于研读文本，从文化、文学的视角观照卢湘父，读者才最有可能穿越时空隧道，返回历史现场，得以对"传主"进行近距离、全方位的端详把握。在教育范畴以外的文学层面观照卢湘父，不啻开启了一扇"品人及物"的门窗，唯有窗下细加揣摩玩味，卢湘父的形象才显得真实、立体、丰满。

一　卢湘父的办学轨迹与成就

万木草堂众门徒敬奉康有为为大教育家，其中尤以梁启超"先生能为大政治家与否，吾不敢知；虽然，其为大教育家，则昭昭明甚"①，措辞最为确凿且口气不容置辩。"雏既庄而能飞兮，乃衔食而反哺。"离开万木草堂后，卢子骏以"敬教劝学"为师训，他学以致用，编写了《妇孺韵语》《童蒙三字书》《童蒙四字书》《童蒙五字书》等多种通俗蒙学教材。卢氏谦称"《妇孺韵语》一书，雅俗杂糅，浅陋已甚，不过游戏之作"②。追忆与师长的交往片段："当先生问及时，予甚忸怩。不意竟蒙嘉许，且即执笔书此。先生之不遗小善，而诲我谆谆，故此纸今尚保留，以志师训。其

---

① 夏晓虹编《追忆康有为》（增订本），生活·读书·新知三联书店，2009，第7页。
② 夏晓虹编《追忆康有为》（增订本），生活·读书·新知三联书店，2009，第187页。

后先生尝以书来，中有句云：'弟久以教育闻，想近益进也。'"① 却是一股掩饰不住的激动与喜悦。

卢湘父"安砚于濠镜者十一年"，对澳门社会的教育发展倾注大量心血。叔祖卢九曾经出资兴建本族义学两所，后扩大到四所，惠及全乡。为了提高办学质量，卢九聘请卢湘父管理学校，另聘教师。由于管理认真，效果明显，受到族人好评："焯之公又虑无监学者，则收效尚少，乃委成于族侄子骏。凡延聘教师，编定课程，皆子骏为之经理，其教法注重认字解书，务使学童速通文义，故就学未久，辄能作浅白信札。岁时考校，奖励而诱掖之。如是两年，贫民戴义，颂声四起。"②

"戊戌政变"后，卢湘父远渡扶桑，后应梁启超邀请，出任日本横滨大同学校教席。1900 年归国后，先任澳门张氏家族专席教师，再于 1905 年在澳创办湘父学塾，以自编蒙学新教材教学。1911 年，学塾迁往香港，卢氏倡办女子学校，继办男校。1924 年，任澳门孔教学院院长。1928 年在澳门创办孔圣堂。1934 年湘父学塾改名湘父中学，至 1942 年日军占领香港后被迫停办。卢湘父桃李满门，在 40 余年的教育实践中，许多名流、学者、实业家都曾受业门下。

卢湘父矢志于教育事业，就师承渊源看，其思想近接康有为，远溯孔夫子。他是著名的尊孔思想家："余素崇孔教，香港孔圣会、中华圣教总会，均为董事，而孔圣堂倡建，余为创办人，尤多出力。"同门陈焕章在港创办孔教学院，湘父"既有捐助"；当香港孔教学院第二任院长离任时，卢湘父以 73 岁高龄继任院长，"亦义不容辞也"。卢湘父办学认真，重视品德教育。他诲人不倦，躬行实践，还创办了孔教学院附属中小学，并肩起孔教学校校长之职，为当地教育事业的发展尽心尽力。

在办学之余，卢湘父曾与雷荫荪联名发表《香港孔教学院呈国民大会书》，要求国民政府"阐扬圣道，息邪距诐"，确立孔教为国教，在各地立孔庙。经孔教学院历任院长的努力，在孔教学院的推动下，孔教在世界上的实际影响力越来越大。孔教在香港得以与世界其他五大宗教并列，成为联合国确认的 13 个传统宗教之一，与世界各大宗教相互承认。卢湘父为孔教事业的发展壮大所付出的努力将留载史册。

---

① 夏晓虹编《追忆康有为》（增订本），生活·读书·新知三联书店，2009，第 187~188 页。
② 卢子骏修《新会潮连卢鞭卢氏族谱》卷二十六《杂录谱》，第 13 页。

二 《艺文谱》：卢氏家族文脉的见证与缩影

在"家之有谱，犹国之有史"的传统风气影响下，国人重视修订族谱，各地望族更是将家谱的修订视为族中盛事。同一个姓氏，绝少因为家族的支脉衍生或迁徙而弃族谱于不顾。"国史以昭劝惩，家谱以示传述"，迁移者一旦扎下根来，伴随着人口繁衍到一定规模，族谱的修订工作就会顺理成章地提上议程，且最终都有篇幅不一的族谱文本问世。这也是族谱历来汗牛充栋，尤其是在明清以来大量出现的原因。

卢湘父"五经烂熟家常饭"①，包括方志、族谱、典籍在内的各类书籍自是了然于胸。其人一向热衷于家族文献的搜集、研读与整理，关于族谱的修订体例、内容收录等当有自己的系统思考。同时，卢湘父潜心于文艺创作，且有数量可观、质量上佳的作品问世，他自然乐意在族谱中增加《艺文谱》《杂文录》等专卷。此举既可扩充族谱规模，又可见证家族文脉兴盛，何乐而不为？然而，开列专卷收录族人的文艺作品在当时的族谱修订工作中并不多见，在族谱修订增补方面亦未成潮流。对此，卢湘父似也不太愿意"打破常规"：

> 汉书艺文志，与隋书经籍志等，俱各增书目。与夫撰人名氏卷数。则已然成帙。盖聚一代或数代之魁儒硕士，荟萃一堂，其成书也自易。他如省府洲县诸志，亦各有艺文，其书目亦自成门类。此又千里一圣。百里一贤。②

到宣统年间，这样的心态虽有松动却未改变：

> 宣统修谱时，以九江朱氏谱之美散，因略仿其体例，于旧有宗支谱之外，新增恩荣祠宇家传杂录等谱。我卢氏开族六百余年，向乏纪载，文献失传，虽欲网罗放矢，亦觉无从着手。故艺文一类。复做

---

① 卢子骏修《新会潮连芦鞭卢氏族谱》卷二十五（下）《艺文谱》，第15页。
② 卢子骏修《新会潮连芦鞭卢氏族谱》卷二十五（下）《艺文谱》，第1页。

是想。①

　　增收《艺文谱》的想法，恰似潮水起落，时时冲刷着卢湘父，最终只能因时机未成熟而搁浅于脑海。直到半个世纪之后，这一想法终于付诸实践，卢氏心愿亦得以了结：

　　　　迨民国三十六年，增修族谱，则又幡然改图。盖鉴于乱世诗书，类多废弃。文言日少，而语体日多。文化之迁流，不知伊于胡底。我族著述寥寥，虽不能以书目成类，然断简残编，散见于各方者，亦复不少。搜而集之，固可存家族之掌故，亦可觇当时之文化。碎金屑瑶，均足宝贵。编者虽尺见咫闻，所得有限，然并此不传，恐过此以往，更无有能传之者。今既有开必先，则后之修谱者，随时代而增辑之，亦将有所依据。谱例以盖棺论定之故。时人不为之传，惟文字不在此例。故时人著作，亦多选录。以今日采访之难，知日后采访之更非易易也。②

　　也许是意识到族谱修订中凡例的重要性，同时为了回应可能存在的质疑，卢湘父预先做了坦荡且合乎情理的交代：

　　　　今次更增开艺文一门，于吾族著作，搜罗宏富，其所以诵先德之清芬，而动后人之爱慕者，用意尤为深远。吾愿得斯谱者，什袭而藏之，以此为我族文献之传，吾尤愿外房同宗，得斯谱而读之，各兴其水源木本之思也。③

　　卢氏毕生致力于教育事业，对于文化传承自然格外看重，一句"诵先德之清芬，而动后人之爱慕"，就将《艺文谱》的收录动机做了贴切生动且意味深长的概括。篇幅颇为可观的《艺文谱》，也确实为族谱的整体形象增彩添色。《卢氏族谱》第十三册卷二十五下《艺文谱》以及卷二十六

---

① 卢子骏修《新会潮连芦鞭卢氏族谱》卷二十五（下）《艺文谱》，第1页。
② 卢子骏修《新会潮连芦鞭卢氏族谱》卷二十五（下）《艺文谱》，第1页。
③ 卢兴原：《中华民国三十六年增修卢氏族谱序》，载卢子骏修《新会潮连芦鞭卢氏族谱》卷首。

《杂录谱》共收 34 位作者的文集 76 篇，12 位作者的文外集 12 篇，18 位作者的诗集 909 首，另有 11 位作者的诗外集 13 首。而《艺文谱》之作者，除了族中历代文人作家之外，竟然还有族外名家出现。① 这不免令人惊讶，从中可以窥视卢湘父对同代学人的敬重以及对文艺作品的偏爱。

宣统元年（1909）、民国十三年（1924）两次增修族谱，卢湘父殚精竭虑，呕心沥血。忆及宣统元年修谱，有人"惊叹"，有人"窃笑"：

> 惊叹者之意，以为骏方授徒，日与学童共艰苦，乃能与青毡余暇，任斯烦剧。两年之间，衰然成帙，巧拙虽非所计，而亦可谓能人所难也；若夫窃笑者之意，则以为世界之大，人物之繁，爱群之心，当从大处落墨，若沾沾于家族之一小部分，亦已隘矣。

至民国三十六年（1947）修谱毕，卢氏感慨有加：

> 修谱有六难焉，一难修谱之事，毫无专责；二难修谱之事，从无年限；三难凡办一事，非财不行；四难谱学枯燥，谁复耐此？五难虽有此心，枵腹从公；六难钟鸣漏尽，夜行不休。凡此种种，"能者不欲为，欲为者又未必能"。②

自称"喜为诗，诗喜为容易格，不事雕琢"的卢湘父长期坚持诗歌创作，更与朱汝珍、江孔殷、叶恭绰、郑洪年、黎季裴等 19 人，结千春诗社，"课暇辄以此遣兴"③。其文人本色显露无遗。在诗歌之外，卢湘父的碑记、序言等文字亦见功力，他的总体文学创作达到了很高水平。将《艺文谱》专卷登载于族谱，一方面凸显了卢氏家族文化事业的兴盛，"然断简残编，散见于各方者，亦复不少。搜而集之，固可存家族之掌故，亦可觇当时之文化。碎金屑瑶，均足宝贵"④；另一方面可窥视卢湘父对族中写作人的敬重。于公，族中文人、少数族外作家的诗文作品进入《艺文谱》，

---

① 香山上栅一带，多有卢氏。乾隆十四年（1749），上栅诸村修官涌桥，桥成，澳门同知张汝霖作《官涌桥记》。该文亦收入《艺文谱》，为张氏罕有之作，极有价值。
② 卢子骏修《新会潮连芦鞭卢氏族谱》卷二十四《家传谱》，第 30 页。
③ 卢子骏修《新会潮连芦鞭卢氏族谱》卷二十四《家传谱》，第 30 页。
④ 卢子骏修《新会潮连芦鞭卢氏族谱》卷二十五（下）《艺文谱》，第 25 页。

壮大且丰富了族谱；于私，可以向外界及后来者展示《卢氏族谱·艺文谱》不菲的存世与阅读价值。"编者虽尺见咫闻，所得有限，然并此不传，恐过此以往，更无有能传之者。今既有开必先。则后之修谱者，随时代而增辑之，亦将有所依据。"① 凡此种种，都注定了《卢氏族谱》的耀眼醒目、与众不同，而《艺文谱》的出现更是顺理成章了。

三　卢湘父的诗文创作及其特色

题材涉猎面广是卢湘父创作的最大特征，《艺文谱》也因此给后世读者留下深刻印象。"秀出东南一枝笔""名惊四海如云龙"② 乃时人对卢湘父才气、文名的评价。于卢湘父，举凡往事追忆、劝学励志、婚嫁喜庆、交友唱和、游历山水等皆可入诗入文，且写来有声有色、别具风情。

> 先生每日辄谈一学，高坐堂上，不设书本，而援古证今，诵引传说，原始要终，会通中外，比例而折衷之。讲或半日，滔滔数万言，强记雄辩，如狮子吼，如黄河流，如大禹之导水。闻者挢舌，见者折心，受者即以耳学，已推倒今古矣。③

一段求学生涯的常见场景，时隔多年，在其笔下竟如此"活蹦乱跳"复摄人心魄。早已埋藏在历史深处的往事，一旦经由作者点、横、竖、勾，南海康先生似乎已告转世复活：他依然昂立于万木草堂的讲台，开口处，"滔滔数万言"，如狮子吼，如黄河流，如大禹之导水"。我们领略了卢湘父驾驭文字的非凡功夫，其人一旦研砚铺纸，笔底江山刹那间便风起云涌；又似乎吹奏着一支魔笛，笛声响起，众读者屏住呼吸，继而便被带回万木草堂，在那里跬足仰颈，踟蹰徘徊。因为在那一方肃穆尊严的历史现场，曾经有一位维新志士阔步登临历史大舞台，指点江山，疾呼变革强国，他的背影在戊戌年间是如此伟岸高大。

一节《草堂学风》的摘录，将康有为传道授业的风采生动地"回放"

① 卢子骏修《新会潮连芦鞭卢氏族谱》卷二十五（下）《艺文谱》，第25页。
② 卢子骏修《新会潮连芦鞭卢氏族谱》卷二十五（下）《艺文谱》，第15页。
③ 夏晓虹编《追忆康有为》（增订本），生活·读书·新知三联书店，2009，第56页。

给读者，而卢湘父敬佩师长的一面亦流露无遗，他已然是一个专心致志于学业的好学生。然而，倘若因此认定卢湘父不苟言笑、古板呆滞，那就过于草率武断。卢湘父疼爱子女，对为爱女动手术的主刀医生感激不尽。一首《丁丑六月长女楚翘以内就医于马里医院蒙何绮华大医生施割获痊赋此志谢》，尽显蔼然大爱的慈父形象：

> 翘儿抱恙几经年，汤药杂进不离口。齐女宿瘤内症结，群医相顾皆束手。医束手，可奈何，呻吟床褥叹壙坷。腹中痛楚谁与语，救星忽遇今华佗。何君绮华神乎技，马里诸医尤竞美。奏刀甫毕已霍然，感君再生凭十指。……①

高颧骨，灰眼珠，佝偻的脊背，拖着一条长辫子；满嘴之乎者也，时不时来几声干咳，辩解至激动处，青筋暴起，满脸通红……这就是晚清遗老留给后世的集体印象。这样的印象是有现实依据的，并非夸大。卢湘父曾经被讥为"晚清遗老"，然而，当我们驻足回眸，检视他的生平事迹时，我们说，这一支长长的充满"颓废"色彩的队伍中似不该出现他的身影。这位长期致力于教育事业的作家，身是"遗老"身，其思想却是开放先进的。别于那些面色发黄、身材枯瘦、体态龙钟但却热衷于蓄妾、喝花酒的遗老，长期关注女性命运的卢湘父显然是超越时代的、值得敬重的："……柏去一二年间，尚有音讯，其后则音问梗绝。四娘此时，惟有暮卜灯花，朝占喜鹊而已。……虽不识一字，亦须堂堂地做一个人。柏四娘有焉。"②

晚清的东南沿海地区，夫婿漂洋过海经年不归，独留妻子守空房的事例比比皆是。柏四娘在郎君音讯全无、遥寄无凭的情况下，唯有终日卜灯花、占喜鹊，困坐深闺泪自流。这样一位普通的农村妇女，与作者非亲非故，却能进入卢湘父视野，并使其慨然举笔为之撰写"行状"。我以为，从中不仅反映出一位富有正义感、具有良知的知识分子对底层妇女的深度同情，也隐含着一位教育家对"无情郎"的谴责与批判。作者赞美忠贞守节、任劳任怨、坚强明礼的底层劳动妇女，更顺势对未出

---

① 卢子骏修《新会潮连芦鞭卢氏族谱》卷二十五（下）《艺文谱》，第33页。
② 卢子骏修《新会潮连芦鞭卢氏族谱》卷二十五（下）《艺文谱》，第34页。

场的"南洋陈世美"及其同道踹出正义的一脚！

卢氏生于 1868 年，卒于 1970 年，从清朝同治时期到中华人民共和国，长达百年的人生旅程中，多少时代风云都随着白云苍狗而载沉载浮于眼前脑后。卢湘父年逾期颐，自是阅人无数，视野中的人与事，几可等同于一部近现代历史。一句"寂寂江山忽摇落，弟兄羁旅各漂泊"①，便将这位百龄老翁沧桑历尽、洞穿世事之心情悉数道尽。喜气盈门者，他挥毫记之；阴暗邪恶的，也不轻易从笔下逃遁。在《鼎湖纪游诗》中，他写道：

> 主人雅意为居停，下榻无端又反扃。佛偈此中参未透，翻将客馆作拘囹。②

并进一步详加解释：

> 游客宿寺中。入夜后，例将客室反扃。天明始开。乃不论良歹徒，先以盗贼看待，遽行监禁。此最不平之事。余等本欲一宿，借以畅游，因不满此例，匆匆遂去。……寺中积水埕千百，闻是每年贮山水，分送诸檀越者。檀越领水后，则贮满生油还之。故寺中生油，受之不尽，往往运售别处。佛门而市道矣。③

常人之旅行，若是女人，泰半流连于美食街、折扣店或购物中心，而男人则沉迷于牌九、番摊、百家乐等娱乐博彩，甚至雀跃于"钢管舞"、"人妖表演"和"古法按摩"的观赏与享受。旅人借游玩放松身心，视"旅行充电"为最高追求。游埠归来，继续碌碌于私家事务，甚少旁及其余。这样的旅游充其量是身在动，眼在看，心在跳，是"行游"、"形游"和"目击"，没有任何基于"他者"文化层面的思考与交流，属于低层次的旅行。纵使游者在旅行中有丰厚的物质收获，然其意义极其有限。相反，倘若行游中不忘带着拷问质疑精神，养成关注民生民情、直面社会现实、批判现实的思考习惯，这样的旅行才值得阐扬和肯定，付之于纸面的

---

① 卢子骏修《新会潮连芦鞭卢氏族谱》卷二十五（下）《艺文谱》，第 33 页。
② 卢子骏修《新会潮连芦鞭卢氏族谱》卷二十五（下）《艺文谱》，第 76 页。
③ 卢子骏修《新会潮连芦鞭卢氏族谱》卷二十五（下）《艺文谱》，第 76 页。

旅行文字才值得捧读。总揽《艺文谱》中的系列游记作品，不难发现，卢湘父每每携以文化的目光，高举一支正义之笔，目之所及，笔锋所向，莫不充溢着文化思考与现实关怀。一旦握管运笔，连向来清静，而今却藏污纳垢的佛门圣地，亦难逃挞伐。这就鲜明体现出一位热血猎猎的知识分子的可贵品格，比之当代那些"道行高深"之道长方丈——别出心裁地意欲将道观寺庙融资上市，笃信非如此这般不足以弘扬中华文化的"与时俱进者"——实在是霄壤之别。

"万木草堂学徒，每轻视八股，于考据训诂，亦不甚措意；惟喜谈时务，多留意政治，盖有志于用世者。"① 相比于热情澎湃的师友，万木草堂中的卢湘父就像一位中规中矩的乖学生。他没有如其师般北上公车，"冒死上书"陈述变革，为国家振兴而竭力奔走，也极少在友辈面前高谈阔论。他在政治层面没有太引人注目的举措，但涉及政治内容的诗文如《北京》七十四首，亦不乏现实主义精神，批判的意味彰彰可显：

> 昆明仿佛汉时功，水战旌旗想象中。当日太平真乐事，兰桡画桨即朣朦。②
>
> 仁寿堂皇宝镜开，湖光山色共徘徊。朝班青琐传呼偏，翟苇雍容昨夜来。③
>
> 乐寿堂前乐未央，离古卅六任翱翔。佛爷清福知何似，几辈尚衣伺晓妆。④
>
> 殿开颐乐例年年，喜听箫韶奏九天。优孟衣冠殊桎梏，忽闻呼杖忽颁钱。⑤

作者游览京师，驻足于昆明湖、仁寿堂、万寿山、颐和园等名胜，面对历史，睹物及物，思绪飞扬。游人的欢欣喜悦全然不见，代之而来的是源源不绝的惆怅与感慨。诗作以温和杂着调侃的笔调，极尽挞伐批判之能事，鲜明地传达出对当朝统治者慈禧太后及其党羽的不满，与"一骑红尘

---

① 夏晓虹编《追忆康有为》（增订本），生活·读书·新知三联书店，2009，第186~187页。
② 卢子骏修《新会潮连芦鞭卢氏族谱》卷二十五（下）《艺文谱》，第66页。
③ 卢子骏修《新会潮连芦鞭卢氏族谱》卷二十五（下）《艺文谱》，第66页。
④ 卢子骏修《新会潮连芦鞭卢氏族谱》卷二十五（下）《艺文谱》，第66页。
⑤ 卢子骏修《新会潮连芦鞭卢氏族谱》卷二十五（下）《艺文谱》，第67页。

妃子笑，无人知是荔枝来"颇有异曲同工之妙。诗人不再纠缠于街巷的道听途说，开始把关注的目光从民间转向朝廷，卢湘父诗文创作的可贵由此可见。笔尖不语，但在读者，即便遥隔时空，我们亦分明听到批判的声音呼啸而来，感受到卢湘父作品中特有的"于无声处听惊雷"的艺术魅力。

四　结语

在正史之外，传记、回忆录之类文字，往往扮演了补时之短、补时之阙的角色，凸显着自身的意义，而不仅仅是无足轻重的"稗官野史"或"街谈巷议"。其实，族谱何尝不可作如是观？承载着家族历史的族谱，以民间的性质所反映的家族迁徙流变，于不起眼处补充并丰富了历史，在某种意义上起着对历史进行记载和"再创造"的现实作用。

卢湘父呕心沥血，增补修订成《卢氏族谱》，"其所以上报先公，下垂后昆者"彰显了一位近现代知识分子的文化追求。《卢氏族谱》及其分册《艺文谱》不应是冰冷的线装书。游目其中，我们似乎看到了卢家大院的高墙青瓦、卢家祠堂的香炉烟火，以及从砖缝瓦隙中慢慢渗出的沧桑。一卷《艺文谱》产生的一股磁力，将隔着时代的作者、读者、研究者紧紧地吸在了一起，也将开族六百余年的卢氏家族与澳门卢九家族的形成和发展以及可资展开的研究紧紧地拴在了一起。《卢氏族谱》连同《艺文谱》似乎正形成一条流动的历史之河，水流潺潺，浪花漾漾，河中既有古代文化的遗香，更有当代研究的期盼。而族谱增修者卢湘父的教育事业与文化追求，赢得了后来者的掌声与喝彩，也一并在后人的努力中得到了呼应与升华。

程祥徽诗词的文化意义

——以《泛梗集》为例

澳门语言学家、诗人程祥徽教授，一手学术研究，一手诗词创作，多才并举，尤以语言风格学及社会语言学研究等领域成就斐然。饶宗颐教授为《程远诗词三编》题词曰："向但知君治语言风格学驰誉一时，不知于诗学深造独特，叙怀长谣，律切功深，信贤者靡所不能。"其诗词创作已有程远诗词四编问世。

——

《泛梗集》乃程祥徽的一部厚重的著述，全书细分为"草原影像""泛梗归来""语言杂咏"等七部分，内容多采用古体诗词写就，既有日常生活的咏叹，又有严肃的学理探索。这是一部极具现实价值的佳作，诗词大家叶嘉莹为之题诗，对作者其人其文做出精彩评价：

> 云中雕影拟英姿，漠北天南任所之。更具高才绘古今，慑人真气写新诗。
> 阅尽人生路窄宽，语林诗国两盘桓。大千忧乐关情处，不作寻常泛梗看。①

1957 年大学毕业时，程祥徽被打成"右派"发配青海，由此开始了长达 20 年的雪域放逐生活。仿佛一叶扁舟，正待扬帆出港，即遭受滔天巨浪的拍击，面临着被撕裂吞噬的厄运。令人欣慰的是，重温旧事，作者并不耽溺于"不堪回首"的感伤哀叹，字里行间既没有悲天悯人式的控诉，也不见歇斯底里般的绝叫。相反，作者始终秉持豁达乐观的生活态度，甚至

---

① 程祥徽：《泛梗集》（程远诗词四编），九鼎传播有限公司，2008，第 3 页。

怀着一种感恩的心情写下"风霜造就一诗虫"①的绝妙佳句。观其态度之虔诚、下笔之严肃，毫无扭捏作秀的态势。所谓"发乎情止乎理"，大概也就如此吧。

从某种意义上说，经年的萍漂浪走，必定使众生早早厌倦于人情世事；一双儒生的倦眼长时间打量世界，触目所及，满世界势必涌动着牛头马面。这一现象甚至可以看作颠扑不破的"真理"。然而，对于程祥徽，一切全然无效。细读"草原影像"诗作，作者或评或述，如数家珍，一股叙述热情扑面而来。忆往昔担任农场菜园园长，程氏写道：

> 不尝海蟹与河虾，偏爱青盐醮手抓。碗盏瓢盆清桌面，拳声震落漫天霞。②
>
> 菜园藤下筑篱笆，百亩方圆即是家。园子外边厮杀紧，桃源我自听胡笳。③
>
> 地窝换了主人家，门外但留桑与麻。春种秧苗秋灌水，夕阳依旧看昏鸦。④

这真是一名优秀的汉语手工艺者，仰仗手中笔，硬生生将"反动分子"艰辛非人的戈壁生活编织得花团锦簇、诗意盎然，使之媲美桃源仙境。而同样是谪守菜园，花和尚鲁智深逞勇倒拔垂杨柳，将前来偷菜的泼皮一脚踢进粪池。一文一武，都是生活。个中刚柔冰火、儒雅威武，各个演绎了动感十足的原生态生活场景。

程著第二部分"岁远情长"共录36首作品。故人契交、师生情谊、旅途胜境以及文友之间的诗艺唱和等题材得以尽情抒咏。遥远的地方与往事随着作者的记忆书写纷纷复活，灵动于历史画卷。细致研读，有助于我们深入认识那一群长年躬耕于朔北高原的"右派分子"的现实情状，加快走进诗人的内心世界。

程祥徽1953年负笈北大，师从王力、游国恩等名家，出徒时业已积累

① 程祥徽：《泛梗集》（程远诗词四编），九鼎传播有限公司，2008，第2页。
② 程祥徽：《泛梗集》（程远诗词四编），九鼎传播有限公司，2008，第8页。
③ 程祥徽：《泛梗集》（程远诗词四编），九鼎传播有限公司，2008，第12页。
④ 程祥徽：《泛梗集》（程远诗词四编），九鼎传播有限公司，2008，第13页。

了相当的学识。即便是这样一位青年才俊，亦见弃于命运之神。一纸令下，他不得不早早收拾行囊，流放到终年"长云暗雪山"的青海高原。逆境中的程祥徽没有萎靡退缩，他始终高昂头颅，笑对险山恶水，向不公的命运展示最高的轻蔑。开篇一首七律《草原抒怀》：

> 梨花放白出墙栏，引我寻诗到草湾。拔地青沙三万仞，依峦隆务九回环。
> 前朝已遇寒江浪，后路犹攀火焰山。夺胜途中抬望眼，迎风挡雪过重关。①

全诗激昂澎湃，气势逼人。诗中的"青沙""隆务"② 动辄"三万仞""九回环"，连同"寒江浪""火焰山"等隐喻，鲜活地写尽了生存环境之恶劣、脚底路途之坎坷，也隐隐预示了作者"踏遍坎坷成大道"的决心。

"寻诗""抬望眼"乃全诗之"诗眼"，颇值咀嚼。阐述治国理念，老聃主张无为而治，所谓"治大国若烹小鲜"者；采菊既歇，彭泽县令"抬望眼"，目之所及，南山悠然浮眉前；到了精忠报国的岳武穆，金贼未退，山河未收复，"抬望眼"处，止不住仰天长啸，兴冲冲几欲跨马提刀杀敌去也。三者或举重若轻，或怡然自得，或心潮澎湃。显然，程诗中的"抬望眼"，是在蹚过"寒江浪"、跨越"火焰山"之后，"夺胜"指日可待的愉悦心情的流露，是为迎接"笑到最后"，光彩体面地为自己"对镜"正衣冠、肃颜容。

至于"引我寻诗"一句，亦同样精辟。古往今来，不乏咏叹青海湖的诗篇。但在人鬼莫辨的荒唐岁月里，在"拾捡"身家性命的劣境中，并非人人都有到"草湾寻诗"的雅趣。觅诗、寻诗，其中蕴意之深邃，绝非现实生活中的口干喝水、肚饥进食所可比拟。鲁迅也觅诗，"怒向刀丛觅小诗"，那是目睹朋辈牺牲、山河变色之后的呐喊绝叫。没有坚定的意志，没有咬定青山不放松的如磐信念，作者安敢放言"寻诗"？愚见以为，此处之"诗"，既可以当作琐细的生活诗句解，又可以看作作者对人类生存命题的追问，对宇宙生灵乐章的咏叹。《草原抒怀》概括了作者在茫茫西

---

① 程祥徽：《泛梗集》（程远诗词四编），九鼎传播有限公司，2008，第18页。
② 前者为山名，后者为水名。

海的生存足迹，是诗人"单挑"并战胜险恶生活的奋斗史。信心百倍、心态豁达固然难得，孑然一身爆发个体潜能最终"夺胜"尤为可贵。掩卷之际，一个敢于直面惨淡人生的生活中的硬汉形象已经在我们的阅读视野中挺立起来。

1979 年，程祥徽南渡香江，近百人齐聚车站站台相送。在一篇友辈的回忆文字中，我们读到这样的感人描写：

> 就在老程握别众人即将走进车门的一瞬，看着他那半白的发，想到他矛盾的心情和半世的无辜、苦，忽地可怜和不舍的心情一下子涌上来，我把他的头抱在胸前，我们只是反复地嘱咐着"保重"、"保重"。①

如此送行场面，对非官非商的教书匠而言，至为罕见，从中可看出远行者的人缘与魅力。现实中的程祥徽，重义轻利，待人以诚。学者王宁在形容与程祥徽的交往时，动情地写道："一生一死，乃知交情；一贫一富，乃知交态。一贫一贱，交情乃见。"②

程祥徽性格豪爽坦荡，每每以文会友，以酒待客，颇得"酒中八仙""香山九老"之遗韵。一众患难时期结交的老友，30 年后重聚京华，作者诗兴顿发，挥毫写下热情洋溢的诗篇：

十老歌
茫茫塞外度寒冬，雪压霜欺看劲松。笑语声中忆苦乐，史家笔下辨虫龙。

梦游西海心犹暖，酒醉郭林情正浓。十老相加八百岁，明年约定又重逢。③

而作为一名园丁，他在教学岗位上尽心尽责，倾注热情。课堂内外，总能与学生打成一片。忆及多次因为醉酒被学生抬回宿舍的"迂"事，他

① 张建华、邵朝阳主编《语言学：社会的使命》，澳门语言学会、中国社会语言学会，2003，第 13 页。
② 程祥徽：《泛梗集》（程远诗词四编），九鼎传播有限公司，2008，第 12 页。
③ 程祥徽：《泛梗集》（程远诗词四编），九鼎传播有限公司，2008，第 23 页。

非但不觉斯文扫地、有损师尊，反而乐在其中，"公然"宣称，"我的酒量是学生培养出来的"①。与学生结下亦师亦友的深厚友谊，少不了"推杯换盏"，笑谈人间沧桑，但程祥徽从未将"传道、授业、解惑"的职责抛置脑后。一首《别一九七四届毕业生》：

窗明几净柳成行，犹有书声响耳旁。植李栽桃三载短，情深谊厚万年长。

清涟湖上轻身过，荆棘途中重担当。别后一言须记取，千锤百炼始成钢。②

言简意赅，语重心长，殷殷嘱托，尽压纸背。体现了一位现代知识分子的别样人间情怀。30年后，他重返青海看他的学生，此时学生们大都位居要职，老师写道：

大雁翻飞三十年，官高未敢忘黎民。此身报国以身许，每忆当年情最真。③

二

尚在本科学习阶段时，程祥徽便开始崭露头角。大三的学年论文更是得到导师杨伯峻先生"这篇论文写得很好，所有论点全部正确，例证也很恰当"④的高度评价。在青海流放生涯中，程氏参与《藏族文学史》的筹划与写作，作为主要撰稿人在学术界声誉日隆。"福兮，祸之所倚"，未几，正因为这部前所未有的文学史，程祥徽"右派"高帽尚未摘除，又以"借古讽今"的罪名增添一顶"死老虎"大冠，成为"文革"中劳改队首批"学员"。就这样，这位来自九省通衢之地的汉家郎，本应在学术的大道尽情驰骋的有为青年，被迫收敛起所有的锋芒与光亮。每天扛着锄头、

---

① 张济民主编《雪域留痕》，九鼎传播有限公司，2008，第176页。
② 程祥徽：《泛梗集》（程远诗词四编），九鼎传播有限公司，2008，第18页。
③ 程祥徽：《泛梗集》（程远诗词四编），九鼎传播有限公司，2008，第18页。
④ 张建华、邵朝阳主编《语言学：社会的使命》，澳门语言学会、中国社会语言学会，2003，第241页。

扫把，与秧苗稻草相约田间，与枯枝败叶相对麦场。在黄河的呜咽声中，重复着年年"游牧"、岁岁"泛梗"的艰苦生活。

"泛梗"一词，大致可作"漂泊、流浪"解，亦可延伸为"放逐、居无定所、流离失所或无根之漂"。这样的生存状态，用来形容程氏当年的高原历练再贴切不过。"泛梗归来"部分共收诗作 24 首，诗友唱和作品 4 首。如果说此书前半部分颇有孤寂冷清的意境塑造或"金刚怒目"式的情感宣泄，那么，此部分诗作则更多地展示了风云突变过后，作者沉淀下来的对生活的省思与感悟，其总体格调柔和而温润。

收录于此部分的《戊寅自寿》，乃作者在耳顺年写下的一首七律：

> 龟蛇二将锁江喉，浪涌波推黄鹤楼。学步登峰攀五岭，从师涉水闯幽州。
>
> 无端西去山间绕，有幸南来海上游。人世悲欢任取舍，只留快乐不留愁。①

诗作历时性回顾了作者大半生斑驳繁芜的"泛梗"生涯，着重提及燕园求学、青海流放、港澳重生等生命历程的转折片段。全诗用典精当，思绪飞扬，写来一气呵成。尤其是收尾的一句"人世悲欢任取舍，只留快乐不留愁"，卒章显志，为读者架起了一座沟通心灵的桥梁。仰仗此桥，我们得以跨越时空，与作者近距离接触，从中窥视作者的内心世界：那是一种乱云飞渡后的闲庭信步，历经磨难之后的拈花微笑。

作者半个世纪的人生征途"运交华盖"，尤其是青壮年时期遭逢"反右""文革"，笔墨纸砚等傍身之器悉数搁置荒废，专业知识也失去了挥洒的舞台，代之而来的是没日没夜的劈柴、喂马、雪山放牧以及随时可能降临的难以防范的被"揪斗"、被"批判"。这样一段"荆棘丛生、暗雷四伏"的悲惨日子，而今一夜风雨散尽，悠然消失在历史的深处。"悲"也好，"欢"也罢，二者业已模糊了界限，淡化了固有内涵，更无须辨识存档。胸中块垒已告消散，"人世悲欢"既然可以任意拾取，所谓"悲欢"也就不足挂齿。作者的情感意识似乎进入无"贪"、无"嗔"、无"痴"、无"恨"的超然状态，五蕴也渐渐滤空。由此，我们有理由做出这样的论

---

① 程祥徽：《泛梗集》（程远诗词四编），九鼎传播有限公司，2008，第 30 页。

断：在《戊寅自寿》成诗的那一刻，作者的心情是欢欣愉悦的，其生活姿态从容又不失禅趣。

草木的荣枯、自然时序的轮转，若川下之水去滔滔，片刻不能留驻。唯有文学的花朵才能绽放出恒久的情义光芒。"泛梗归来"辑选的诗词不乏佳作，其中又以作者与诗友之间的酬唱、抒发"人间晚晴""夕阳红"的诗作最为耐读。试看以下几首绝句：

> 纵马高原四十秋，摘星揽月显风流。江河源上功多少，山有回音水不休。①
> 飞舟过渡到明年，击鼓助威声震天。呐喊文章功尽否，登程再赴咖啡田。②
> 深情能破万重山，相隔八载又重圆。银发飘飘雄姿在，南国沃野拓新田。③

字字洋溢着隆情厚谊，友朋间彼此喝彩鼓劲的神态跃然纸上。人的一生，无论是自甘平淡，还是辉煌灿烂，都涂抹并散发着主体生命周期的色彩。两眼一闭一睁，一天的日子过去了；两眼闭合，再也不睁开，一生也就过去了。这样的运行规律，凡人都得遵从而无力抗拒摆脱。乐乎躬耕陇亩，矢志端坐庙堂，那是不同的职业抉择与理想追求，无须旁人褒贬春秋。盘点生活的账簿，或颗粒无收，或硕果累累，则取决于个人的才情、能力、机遇等诸多因素，亦不必强求划一均等。

程祥徽是谦谦君子，于己，无论是往昔的不堪际遇抑或是足可夸耀的成绩，他总是一语带过；论及师友文章道德，则笔锋饱蘸感情，在忠于历史真实的前提下点、横、撇、捺，谱写华彩篇章。此部分诗作思想内容不尽相同，表现手法各有千秋，但思考基点、写作背景却相差无几。那是历尽"生死劫难"、洞察人生旦夕祸福之后的真情流露，是对特殊时期特殊生活的阶段性总结。

通览各时期作品，我不由心生如此感受：仿佛一只丑陋的蛹，顿时化身

---

① 程祥徽：《泛梗集》（程远诗词四编），九鼎传播有限公司，2008，第30页。
② 程祥徽：《泛梗集》（程远诗词四编），九鼎传播有限公司，2008，第40页。
③ 程祥徽：《泛梗集》（程远诗词四编），九鼎传播有限公司，2008，第47页。

为翩翩的蝴蝶模样，时乖运蹇之窘况皆不复见，只觉得忽地满纸云蒸霞蔚，一片徽音吉祥。"唱罢大鹏唱逍遥"的洒脱性情把历史、现实和可期展望的未来紧紧地黏合在一起，也把读者的思考方向与精彩的文本牢牢地拴在了一起。

史书中的"青海"二字，似乎专为流放、贬谪、充军发配等悲惨际遇做陪衬。一句古诗"君不见青海头，古来白骨无人收"，总能将读者瞬间推入惊骇恐怖的无底深渊——在那里，阴风阵阵，鬼哭神嚎，牛首马面手执铁链转来转去……于程祥徽，青海无疑是生命轨迹中的重要驿站。正因为二十年高原炼狱般的生活，锤打出一身傲骨，作者的"泛梗"过程才显得跌宕起伏、沸腾激荡，生活因之精彩纷呈、耐人寻味。程祥徽曾经以"辞山字海任遨游"① 称赞同行，其实这也是他自己的真实写照。

程祥徽的诗词创作向来以量多质优著称，更是赢得业内专家"笔追灵感神为马""啸破南滇万里秋"② 的评价。然而，就是这样一位才思敏捷的学人，能够在坎坷岁月里"夺胜"的硬汉，却在盛世年代屡屡"败下阵来"，首先是他参与创建的中文学院在澳门回归祖国后竟然被撤销。他在《黑沙遇雨》（三首）中无奈地呻吟：

滚滚浓云压黑沙，雷鸣电闪雨交加。喧嚣过后晴方好，濯足清波唱晚霞。

云散烟消雷雨收，水天尽处见高楼。忽如一阵清风起，蜃景飘飘随梦休。

冲冲游兴戏泥沙，砌就亭台权作家。日夜海潮堤上涌，心思枉费自空嗟。③

此刻他心灰意冷，意欲在上海筑巢"隐居"，却不料又在置业中败在高官手下。他在置业前后的两首诗中写道：

长桥飞舞走蛇龙，误把浦西当浦东。还是旧时风景好，瞿溪日夜

---

① 程祥徽：《泛梗集》（程远诗词四编），九鼎传播有限公司，2008，第44页。
② 程祥徽：《泛梗集》（程远诗词四编），九鼎传播有限公司，2008，第32页。
③ 程祥徽：《泛梗集》（程远诗词四编），九鼎传播有限公司，2008，第35页。

水漭漭。(《上海置业之喜》)

　　世间好事难竟功，无奈高官权势凶，百姓呼天天不应，回声依旧水淙淙。(《上海置业之忧》)①

　　入市选购房宅，银两毫厘不少，而今徒然望楼兴叹，原来他订购的房屋叫区委书记和区长占据了，地产商还公然训责"谁叫你的官没他们大"。生活中"秀才遇见兵，有理说不清"的尴尬，在大上海的楼市交易场鲜活地兑现了。且这一回秀才所遇见的是比兵还强大的官，岂不打落门牙往肚里吞？但我以为，这起"得而复失"的购楼事件，恰恰体现了"败阵者"的雅量，"缴械"的一方才是高贵的大写的真人。

　　一个"用知识腐蚀青年"的儒者，他的职责在于弘文励教、作育英才，而不应该当然也不会以区长、书记为交锋对象，他的努力方向在于"说青铜、唱大钟、数铭文"②，致力于高雅文化的传播与弘扬。

　　没有村腔乡调，无惧"峨带博冠"，沪上之行，有"喜"有"忧"，喜忧参半，都不过是生活中的一段小插曲、一首小令，是生命交响曲的一个音符罢了。完美的生活，只应在天国寻找。唯有充斥着这样那样的"异音""杂调"，世俗生活才算真实完整。倘若此类"不幸"遭遇一概消失于笔端，这样的现实倒让人觉得虚假空幻，让人有理由"质疑"作者忙于粉饰太平。

　　《上海置业之喜》《上海置业之忧》二诗，文字平和冲淡，明写作者的置业经历，所言及的售楼不公现象，则具有普遍意义，展现了作者一以贯之的现实关怀。

三

　　士子儒生多劫难，自古数之不尽。一桩"乌台案"，使苏大学士枷锁套颈，开了"以诗治罪"先河；嵇叔夜"非汤武薄周公""越名教而任自然"，其言论有板有眼，可成一家之说，却也因此把自己送上断头台。儒士以唇舌笔墨谋生存，而语言文字及言论往往成为统治当局"取证"并编

---

① 程祥徽：《泛梗集》(程远诗词四编)，九鼎传播有限公司，2008，第38页。
② 程祥徽：《泛梗集》(程远诗词四编)，九鼎传播有限公司，2008，第38页。

织罪行的证据，这就注定了儒生士子的生命始终处于一种高风险状态。

检视程祥徽早期言行，可谓循规蹈矩。为自己赢得声誉的《藏族文学史简编》《汉语风格论》《青海口语语法散论》等著述，也是不带政治色彩的专业建树。但他依然逃脱不了命运巨掌的拍击，待到雨过天晴，南渡香江，大好青春业已蹉跎了整整二十年。

> 久唱阳关曲未终，天涯路尽始相通。池前万卷评青史，木下三分走飞鸿。
> 翡翠宫深承夏雨，薄扶林广坐春风。文章真伪谁人晓？试比琳琅纸上功。①

这是一首写于 20 世纪 80 年代初期的七律《赠香港大学友人》，文字简洁雅淡。"阳关曲""天涯路""万卷青史""雪泥飞鸿"等词语典故或被借用，或被点化，镶嵌得齐整妥帖、恰到好处。"春风""夏雨"之外的"翡翠宫"（酒楼名）对"薄扶林"（香港大学所在地）则更见精巧。

咏诵本诗，我的脑海中总会荡漾着一幅水墨国画：薄扶林下，惠风轻扬，众士子羽扇纶巾，横箫仗剑，清茶一杯，与作者团团围坐齐论道。又好比一场"群贤毕至，少长咸集"的诗艺交流盛宴，雅集的人群"举杯皆彦硕，谈笑无高官"，他们时而涂抹，时而吟哦，说说笑笑之间，文化天空竟如此娇媚绚烂。

诗抒怀，诗言志。这一首言志诗，写来明丽晓畅、收放自如，流淌着欢快的节奏，如小溪出谷，直奔大江。结尾两句更是浸满了乐观豁达的精神和"爆棚"的自信，丝毫看不出诗作者早岁曾经饱尝过如斯艰辛。

自信源于实力，实力的强弱则以现实中可视可感可触摸的论文著述为依归。作为北大高才生、王力教授的高足，移居香江没几年，程祥徽便接连推出《繁简由之》《语言风格初探》《现代汉语》等专著。在澳门工作、生活期间，《中文变迁在澳门》《澳门语言论集》《语言风格论集》《语言与传意》等著述也陆续面世。仿佛道旁一株肃杀寒风中伫立的杨柳，历尽寒冬，而今沐浴着南国和煦的春风，他的生命之树已告百鸟鸣啾，春在枝头。至此，我们发现，"试比琳琅纸上功"，绝非逞一时口舌之快，豪言已

---

① 程祥徽：《程远诗词三编》，澳门语言学会，1999，第 157 页。

经一一兑现。程祥徽的才华，既琳琅纸上，更为港澳地区社会语言学的研究发展注入新的活力。

作为一位年逾古稀的学者，程祥徽绝无他那个年龄段的人中并不鲜见的迂腐、狭窄和故步自封，他总是以开放的眼光关注当代社会语言学所发生的一切，并试图与时俱进。"语言杂咏"乃该书重要的部分，所辑诗作近80首。其内容之前卫、视野之开阔、思维之活跃，都足以使他有资格与"80后""90后"直接对话。这一现象固然让人惊讶，却体现了一位知识分子对民族语言文化的深切思考。《引子》开门见山，发表宣言：

> 语言到底为何物，代有才人创学说。多是鸿篇成系统，独无散论付歌诀。
> 辞骚兼表事情理，纪传包含文史哲。庶几街谈堪咏叹，遂将韵语充唇舌。①

以全新的眼光审视语言这一"司空见惯"的学科"名词"并提出质询，看似毫无必要，却带出极其深刻的现实问题。作者没有拘囿于对概念的斟酌，而是经过长期思考，在把握专业领域研究的历史与现状之后，站在学术前沿，提出以"歌诀"的形式对语言学加以新的探索和研究。这一颇有创意的思路，言人所未言，一新学界耳目。也正因为思路新颖，作者需要很大的勇气。也许是瓜熟蒂落般抛出新论，也许是以新式研究路数宣告自己完成了一次学术转身，当捧读"语言杂咏"部分诸多诗作时，我们才知道，多年来作者一直致力于以"歌诀"的形式来论述现实中随着时代发展而衍生出的各类语言现象，活化了社会语言学的灵魂，并取得了可观的成绩。且看下面一首《百灵沟》：

> 语言难辨劣和优，能渡江河即好舟。处处遭逢克里奥，潮流争作百灵沟。②

"百灵沟"乃英语"bilingual"的音译，指采用两种语言，即双语。

---

① 程祥徽：《泛梗集》（程远诗词四编），九鼎传播有新公司，2008，第38页。
② 程祥徽：《泛梗集》（程远诗词四编），九鼎传播有限公司，2008，第74页。

"克里奥"乃英语"creole"的音译，泛指南北美洲和西印度群岛之欧非混血人种所说的克里奥语，即"混合语"的意思。国际间的文化经贸交流越是密切，语言所起的桥梁作用越是不可替代，"百灵沟"及"克里奥"现象也就越是普遍。正因为语言的"介入"，彼此之间的沟通才能顺畅有效地进行，从而避免了"手语"比画、"鸡同鸭讲"的尴尬。文化无高低优劣之分，语言亦如是。"能渡江河即好舟"乃对语言功能的形象比喻。诚然，语言是舟，是器具，更是拆穿文化樊篱的一柄利刃。以音译法将"bilingual"译为"百灵沟"，且信且雅且通达，值得称赞。

近年来，文化市场劲吹"欧美风""东亚风"，所谓"哈西""哈韩""哈日"，即是此类社会潮流的写照。凡人皆有喜好，或高歌《大海航行靠舵手》，或浅吟《月亮代表我的心》，都是个人的自主选择，无须他者导引。文化娱乐需要也应该提倡多元化，但多元化不能以漠视、摒弃传统文化为代价。舶来文化勃兴，传统文化式微，是既存的客观事实，这一现象在年轻人身上表现得最为明显。在此大气候下，传统（节日）文化何去何从？一首《报闻首都大学生不知端午节有感》，将作者的忧虑尽遣笔端：

> 久违荷叶粽，未晓有端阳。非比情人节，遍传玫瑰香。
> 连根拔白蜡，祝寿动刀枪。Happy birthday，吉祥不吉祥。①

全诗将中西公共节日中的"端午节""情人节"与私人生日并列陈述，应节物品蛋糕、粽子、玫瑰花也一一摆上台面。同样是传统大节，一则"未晓"，一则"遍传"，构成鲜明反差。因包粽、蒸粽程序繁杂且技巧不易掌握等原因，端午节的节日气氛越来越淡，而今居然沦落到"未晓"地步，让人无言以对。而年轻一辈对外来的"情人"（节）过度溺爱，直接造成"洋媳妇"轻而易举领唱主调，成了文化的厅堂主人。同样是节日，华洋命运，竟厚此薄彼至此。目睹这一"怪现状"，作者没有居高临下疾呼"说教"，也没有捶胸顿足的情感爆发。仿佛一名睿智之士，他只是在举室"拔白蜡""动刀枪"之时，在寿星吹烛许愿、众人开喉"Happy birthday"之际，搬用中英双语上阵，很有风度地敲门轻问：哈啰，吉祥否？此外，再也没有多余的言辞。在我看来，这样的结尾，分明"此时无声胜有声"：笔尖不语，却将自己对于本族传统文化式微的

---

① 程祥徽：《泛梗集》（程远诗词四编），九鼎传播有限公司，2008，第74页。

态度唱得荡气回肠、豪情澎湃；也对本应喜气氤氲的寿庆吉辰，竟弥漫着"拔白蜡""动刀枪"的西洋雾气，顺势打出善意一拳。

作者长年孜孜于学术研究，时刻关注民族文化的动向，对外来文化也不盲目排斥。大学生不知端午节何谓，对此等近乎无知的怪事，作者不留情面，赋诗指斥，恰恰体现了学人的职责与良知。洋快餐走进千家万户，经营得热火朝天。这些不争的事实，在作者这里，非但没有刻意规避，反倒成了吟哦的题材。一首《麦当奴》描绘的欢乐融和场面，读者不应陌生：

> 麦当奴里西风紧，顾客齐讴生日歌。害怕博士爹吐药，吹灯拔蜡笑呵呵。①

祝寿场所由宅厝厅堂移至"叔叔家"（麦当奴），寿礼、寿面、寿包悉数为汉堡、牛排、薯条所替代，不闻爆竹声，耳际"铃儿响叮当"，"吹灯拔蜡"近狂欢。如此祝寿架势，尽弃传统礼仪，内容全盘西化，其来势之迅猛，不啻"春潮带雨晚来急"。纵然众口一词"害怕博士爹吐药"②，实则有可能博士害怕爹难受。一首绝句，顺口溜出，细致形象地探讨了西风东渐下祝寿方式的转变以及民众饮食文化心理的调整，不失为现实生活中的一剂清凉补——留下的思考话题岂止局限于区区"生日歌""吹灯拔蜡笑呵呵"？

2001 年初春，有一位跳水女王穿着一条印满"Sex""Fuck"（汉语译文从略）等一连串不雅字句的裤子出席商业活动。八年之后，又一位奥运冠军——以嘉宾的身份——穿着"你若是单身，请来夜店交际"（英语原文从略）的衣服，在公众场合现身。两位女郎皆貌美如花，赢得无数男士竞折腰，她们的语言水平也让我们瞠目结舌。体育天才可以成就世界冠军，但天才未必就能够掌握并娴熟地使用语言文字，尤其是母语之外的他国语言。不少国人感叹自己的外文学得不汤不水、举步维艰。其实，"老外"学中文，又何尝不是云里雾里、笑话百出呢？一首《洋人读错字》：

> 汉字多音异形，难为域外师生。银行墙上高挂，中国人民很行。③

---

① 程祥徽：《泛梗集》（程远诗词四编），九鼎传播有限公司，2008，第 74 页。
② 即 Happy birthday to you，此为老舍的调侃翻译。
③ 程祥徽：《泛梗集》（程远诗词四编），九鼎传播有限公司，2008，第 93 页。

如实道出了洋人学中文的窘况，让人捧腹之余，多出一份体谅与思考。而作者以语言学家的敏锐，时时观察现实中的语言现象，其钻研精神尤其可贵。

"语言杂咏"辑录的诗歌，大都短小精悍，作者试图以最节俭的笔墨阐述五彩斑斓的文化现象。往往寥寥数语，意到笔起，如匕首投枪，把生活的复杂性剖析得瓜是瓜、枣是枣，让读者充分领略了作者驾驭文字的深厚功力。《星字构词》就是这方面的一个典型例子：

> 五十年前放卫星，星星至此满天行。行行都有追星族，脱衣武打俱成名。①

乍一破题，即将笔触延伸回 50 年前举国喧嚣、头顶"卫星"漫天飞、地面欢呼震天响的荒唐岁月。借助大幅度的时空倒置，牵引读者的思考焦点从现实转入历史，进而借古鉴今，昭示未来。出于商业因素考虑，香江娱乐圈热衷于"造星"运动，巅峰处，一时触目皆星、星光熠熠，其热闹场面与 50 年前何其相似。在所谓天王天后级巨星的感召下，粉丝们尽守"职责"，长年追星，信念之坚定，或荒废学业，或倾家荡产，或以终身不嫁为荣，甚至祸及爹娘，酿就自沉悲剧。②

天上卫星神圣，人间明星耀眼。该诗以"星"为主线，贯穿历史与现实，历时性折射了半个世纪的时代"星"云变幻。同时，"星"作为全诗的核心内容，涉及政治的严肃性与娱乐的生活化，其内里是相通的。作者巧妙地将二者捆绑审视，顺势导出潜在的话题：是 50 年前的卫星余光照射凡尘，还是 50 年后的明星勠力回应天穹？二者之间是否有必然或偶然的联系？联系的纽带又是什么？其物质基础与精神资源何在？我以为，在笑贫不笑星的年代，这类问题理应引起大众深入思考。

程氏擅长古典诗词创作，他的白话新诗亦可圈可点。"自由吟啸"共收八首现代诗，为全书压卷之作。这些不受格律规限的"自由吟啸"

---

① 程祥徽：《泛梗集》（程远诗词四编），九鼎传播有限公司，2008，第 86 页。
② 报载 2007 年 3 月某日，68 岁的甘肃兰州市民杨某在香港尖沙咀海面蹈海溺毙，死因是香港某天王巨星未能满足其女儿合影会面等私人要求。其女自 16 岁开始疯狂崇拜某天王，以致学业工作两荒废。而父母为了实现女儿见偶像的愿望，多次前往香港，花光所有积蓄，更不惜卖房子、卖肾、借高利贷。

同样展现了他的性格与情怀。最早的一首《龟蛇二将》写于 1956 年，彼时作者正负笈北大。殿后一首《北京，好大的雪》写于 2000 年，其时作者以澳门特区政协委员的身份北上参政议政。这两首诗时间跨度长达半个世纪，其间多少人事皆随白云苍狗而呈现一番新景象，不变的是作者旺盛的创作生命力和一颗赤子心。《龟》诗以故乡武昌东湖为背景，以童年时代听祖母讲故事起笔，龟蛇二将、玉帝、老更夫、东湖、长江水、黄鹤楼、归元寺、老人的歌声等依次铺陈亮相。诗中人物、景物杂陈，气势恢宏，作者思绪来回穿梭于天上地下，笔锋所及，时而远古，时而当前，颇有史诗的气派。末了以一句"孩子，歌还长着呢，你自己去听吧"① 结束全诗，耐人寻味。《龟》诗登载于《长江日报》的时候，程祥徽还是一位 20 岁出头的小伙子。然其对生活感悟之深刻，对生命观照之豁达，与其年龄极不匹配，而其文笔之洗练老辣，更让人击节。

1962 年生日那天写于黄河岸边的《致黄河》、1995 年回顾人生写下的《路网》都是直抒胸怀、热情放歌，写尽一个"少年离家的诗人"如何走出粉墙之间的小巷，开始品尝"为"字的难写，"人"之如何似模似样。诗人这样总结自己"泛梗"的一生：

> 人的一生都在路上行走/有时前路繁花似锦/有时眼前烟雾迷茫/唯有用血气方刚的"人"字/铺设一条心中的路/才会引领人生冲开路网/迈向苍茫②

程著激情喷发、文采飞扬，涌动着诗人的生命春潮。《泛梗集》以约 300 首诗歌的容量铺陈了作者大半生的生命轨迹，生动翔实地记录了一位知识分子的心路历程。"天苦我以境，吾乐吾神以畅之。"作者大半生风风雨雨，在吟哦涂抹中已告消解于无形。他的人生缩影，真实地折射了时代风云，又似一幅水墨画，给读者留下广袤的思考与想象空间，成了警示后人反思的教材。

---

① 程祥徽：《泛梗集》（程远诗词四编），九鼎传播有限公司，2008，第 93 页。
② 程祥徽：《泛梗集》（程远诗词四编），九鼎传播有限公司，2008，第 85 页。

文学创作课堂教学创新思考

2005 年，完成博士研究生教育并获得学位后，我被汕头大学（以下简称"汕大"）聘为讲师，成了一名"园丁"。在汕大工作五年来，我给全日制高低年级本科生开设了必修、选修以及通识课等近十门课程，还应邀为潮汕地区攻读学位的中小学老师授课。一个澳门青年，在内地讲授中文，初登讲台，免不了因个别"捣蛋"分子而"怒发冲冠"，但更多的是听到一声声真诚的"老师好"之后满心荡漾开来的喜悦。

社会大课堂，校园小社会。教书育人的体验与感受，可谓苦乐杂陈、甘苦自知。以下将在内地教学生活中的片段拼凑成文，与同行分享，并盼望前辈们指点迷津，助我成长。

一 关于课堂气氛的煽情营造

汕大是一所综合性大学，学生来自全国各地，所操的方言有广府白话、潮汕话、客家话、福建方言、四川方言等。"游记文学专题研究"是我开设的一门供全校学生公选的通识课。针对生源分布特点，为激活课堂气氛，杜绝"发简讯""打瞌睡"等消极现象，我许以期末总成绩加分的奖励（未必兑现），让四位学生面对 PPT，用各自方言顺次朗读：

> 夹江千峰万嶂，有竞起者，有独拔者，有崩欲压者，有危欲坠者，有横裂者，有直坼者，有凸者，有洼者，有罅者，奇怪不可尽状。初冬草木皆青苍不凋，西望重山如阙，江出其间，则所谓下牢溪也。

文字摘自陆游的《入蜀记》，俊洁酣畅。各地方言的语速语调，或低回，或激昂，一番"声情并茂"之后，顿时掌声四起。对同学们而言，一场"方言盛宴"既已享受，大大地过上一把听觉瘾，总不会吝啬自己的掌声。

《徐霞客游记》被誉为"奇文字、大文字、真文字"。以"人、文共神奇"概括作家及其巨著并不为过。在讲到徐氏旅途中的艰辛惊险时,我以作者游黄山为例,打出一行文字:

> 塞者凿之,陡者级之,断者架木通之,悬者植梯接之。

要求学生译为白话文,借机强调今人旅游登山图省事、走捷径的弊处:"缆车直上"固然舒畅,但登山过程中的喘气、停歇乃至说笑之乐已然消失殆尽。这样的旅行是"叹世界",决计无法也没有机会感受"一览众山小"。我甚至不惜讥讽自己若干年前登泰山,坐缆车至中天门,而后弃车登山是"越位""偷步"行为、懒人作风,借此衬托徐霞客的伟大。此语既出,又分明拾获了学生满意的表情,便有意将课堂气氛稍稍弹压,"一本正经"开腔道:下面这行文字,女生们可以暂时闭上眼睛不看——一定要看的话——夜里做噩梦,万不可怪罪老师。几秒后,我特意让一位校篮球队身材魁梧的沈阳籍男生高声朗读:

> 石下有巨蛇横卧,以火烛之,不见首尾,然伏而不动。

"北方汉子"那常见的憨厚表情,辅以发音相对清晰的普通话,这样的课堂教学设计,该不会让授课人空手而归吧?不出所料,未几,教室里即回荡着女生们有意无意略带夸张的"哇""喔""好可怕""真恐怖"的感叹。这样抓住授课内容(徐霞客旅途"撞蛇"险情)之重点,分析印证徐氏旅途中的惊悚场景,也就不难给学生留下印象,从而收到预期的教学效果。

二 关于教学内容的合理想象

在短短数年的教学实践中,我的一项重要的收获在于深刻体会到"台上一分钟,台下十年功"并非仅指演员艺人,移于教学领域亦同样贴切。在具备丰富的教学专业知识之同时,还需练就一身驾驭课堂实践的本领。

"文学社团与流派研究"是我给高年级本科生开设的一门选修课。在开讲"玄学与魏晋士人心态"一章时,我先让学生给"竹林七贤"的角色定位,得到的说法计有"名士""文学家""思想家""风流才子"等。这样的定位与历史人物大体吻合，或者说基本正确，但缺乏创意，过于刻板，甚至沾上"正统论"色彩。为缓解被提问者语塞之窘境，我遂将话题腾挪到饮酒上来：传统的思维惯式往往以"豪饮"形容好人中的善饮者，而对坏人中的海量者则毁之曰"酗酒"。酒还是酒，同样嗜好"杯中物"，只因为"好坏"之别，造成字面意思相去天壤。"竹林七贤"个个酒量惊人——"豪饮"也好，"酗酒"也罢——同学们为何单单忘了在"名士""文学家""思想家""风流才子"以外，添上"酒鬼""酒徒"之类的"头衔"呢？看到学生们在些许疑惑状态下露出微笑，我便顺势列出可资论证"酒鬼说"的文献，以"释"其"惑"：

（1）山涛不甚放任，饮酒至八斗方醉。

（2）刘伶嗜酒，要酒不要命。"常乘鹿车，携酒一壶，使人荷锸而随其出游，谓曰："死，便埋我。惟酒是务，焉知其余……不觉寒暑之切肌，利欲之感情。"

（3）阮咸为不辍豪兴而与猪共饮："某日，咸与族人用大盆盛酒，围坐轰饮，一群猪跑来凑热闹伸嘴入盆喝了起来，他毫不在意，便共饮之。"

接着，进一步证明了"酒徒""酒鬼"说之于"竹林七贤"的合理性、有效性与必要性。几番引导之后，学生似乎顿悟"开窍"了。于是，我乘势将"竹林七贤"会不会是"色鬼团体"这样敏感大胆的假设捅了出来，强调说：别以为老师哗众取宠，阮籍、嵇康等人的举止言行，在相当程度上浓缩了魏晋时期的文人心态，是一道耀眼的人文景观。同学们且慢下定论，不妨斟酌以下材料：

（1）邻家女有才色，未嫁而卒，籍与无亲，生不相识，径往哭之……

（2）阮与王安丰常从妇饮酒，阮醉，便眠其妇侧。夫始殊疑之，伺察，终无他意。

（3）家有巨亿，每暑召客，侍婢数十，盛装饰，罗觳扳之，袒裸其中，使进酒。

在鲜活的论据面前，学生明白并接受了"色鬼集团"说的固有所指——他们业已充分领悟文字背后的真实内涵。

嵇、阮等高逸之士观泉赏石，吟诗抚琴，或竟日醉酒绿茵，并不表明他们就此自绝于天地万物。面对司马父子为夺权而制造动乱、陷天下于水火的局势，竹林集团没有缄默，更不曾失语，他们迎难而上，不太"识时务"地抛出君臣关系和治国之道等一系列政治理论。嵇康揭露帝王"凭尊恃势，不友不师，宰割天下，以奉其私"，阮籍喊出不要帝王将相的口号，以"盖无君而庶物定，无臣而万事理。君立而虐兴，臣设而贼生"等振聋发聩的言论冲击君权专制。有感于竹林士子斗敢"非汤武""薄周孔"，指斥"六经未必皆太阳"，对名教圣主周公孔子翻白眼，我用粉笔在"名士""文学家""思想家""风流才子""酒鬼"后边，重重写下"硬汉"二字，彼时，偌大的课室静谧无声，学生们的表情平静中透着严肃，没有任何异音传来。

三　教室以外的评委体验

汕大的校园生活丰富多彩。各院系、部门举办的课外活动总能吸引众多学子参与。我曾经多次担任学校"学术活动月"、"新生辩论赛"、"电影节"以及"宿舍和谐杯"征文比赛的评委。上述活动性质略有区别，但评委评阅作品并审定名次的运作程序不变。有时，手捧参赛作品，端详之，研读之，就像跨上一座座心灵之桥，借此得以跃入学子们的内心世界，似乎具备了窥探当代内地大学生情感家园、了解他们的人生观与生命价值取向的可能。

百余篇参赛作品，萦绕脑际的印象可谓喜忧参半。年轻学子的写作通病大致可以归纳为：第一，咏物感怀时的抒情流于堆砌，冗长拖沓。部分语句固然灵动新颖，但全文因刻意注重经营辞藻而削弱了文气；第二，人物描写则笔无藏锋，行文直露，流于公式化，比喻晦涩，形容牵强，语句过于朦胧含蓄，令人费解；第三，叙事时逻辑略显凌乱，结构松散，字面表述口语化倾向严重，又由于频繁引用古人字句，从而淹没了个人风格。

值得肯定的是，参赛作者情感真挚强烈，叙事用心卖力，文字优美，体现出不俗的驾驭语言的能力。有的行文雅淡却显得文意浓郁；有的作品在构思、谋篇、布局、行文等方面操作得娴熟自如；个别作品淡墨疏笔，以小见大，对所关注的社会现实问题感悟颇为深刻，有相当的思想深度。现摘录一篇散文：

字

一天，在电视上看一位专家妙解"安"字。他讲得声情并茂："'安'，就是屋檐下有一个女人。诸位想一想，家中屋子里有个女人，这不就是安吗？古人想得多妙啊！"

我忍俊不禁。细细思量，作为象形文字，汉字的确妙趣横生。每个字的构成，都是一首诗，每个字的形态，都是一幅画。余光中在《听听那冷雨》中欣然写道："譬如凭空写一个'雨'字，点点滴滴，滂滂沱沱，淅沥淅沥淅沥，一切云情雨意，就宛然其中了。"一回，看一篇写景的散文，第一眼看到的不是内容，而是满满一页的字。横竖撇捺像是有了生命一样龙飞凤舞，仿佛拥有难以抗拒的气势。突然间，我觉得这些字都有表情！像是"汪洋恣肆"，往纸上一丢，就分明看见一位神勇的壮士在仰天长笑；而那"薄雾浓云"笔划繁多，看上去还真就像一个小女子正蹙眉轻叹。我惊奇地看着一行行表情各异的字，全身心地融入文章，不由得发现：文章的美不单单在于内容、结构、音韵……还渗透在一行行生机盎然的字中呵！

人们都说文如其人。字也如其人。字的生机正是人给的。

柳公权的字方折竣丽，骨力劲健，连唐穆宗都欣赏得不得了。问他笔法，他慢悠悠地说："用笔在心，心正则笔正。"虽然后人将此事冠名为"笔谏"，把柳公权的"笔法"说成是"治国之法"，但我想，治国这样的大事，错综复杂，哪有"存乎一心"那么简单呢？心正则笔正。这不正是历代书法家人格笔风的真实写照吗？

王羲之"书成换白鹅"的故事早已传为佳话。我看他的字，端秀清新。至于《兰亭集序》中那二十个体势各异的"之"字，恰似二十只神态各异的天鹅栖于卷中，或是曲项向天歌，或是红掌拨清波，真正教人流连忘返！呵，若不是爱鹅如命的王右军，谁能写出这样"飘若浮云，矫若惊凤"的字呢？

颜筋柳骨早已随风而逝，宋四家的风采也日渐湮没在寂寥的古籍中。当人们欣欣然将字体从方正姚体换成华文彩云，由新宋体变作华文行楷时，什么字什么书法都已恍若隔世。"文化麦当劳化"正在将人们的艺术细胞同化，同化得像电脑键盘上的按键一样生硬，就算被敲击时，"嗒嗒"的呻吟也是一样的声调。

这字呵！

字，就是屋子里有一个孩子。

呵，字——原来就是一个鲜活的生命！

"文字简洁俊美，文笔流畅通脱，通篇写来如行云流水，笔锋时藏时露，收笔尤其出色，颇有'卒章显其志'之风采。全文气势汪洋恣肆又精巧灵动。"以上不假思索草就的评语，是我个人阅读之后喜悦心情的流露。《字》获得征文比赛二等奖。记得在颁奖典礼上点评发言时，我告诫学子：行文要保持头脑冷静，即便感情澎湃而来，也得设法抑制，硬生生冷却那份激动，情感一泻千里乃写作之大忌……回想自己面对优秀作品时每每情绪激动，我这评委可要竟夜反省了。

四　漫议针对教学效果而设置的课程评估指标

每学期考试结束之后，校方例行要求学生给授课教师打分。说来惭愧，身为高校教师，我对高等教育原理与管理不仅一无所知，更奇怪的是竟也提不起分毫"求知"的冲动。鉴于自己是一介门外汉，从不敢对课程评估指标（俗称"十七条"）妄加评论，更不敢质疑它的科学性、有效性、可靠性、权威性。现陈列评估条文如下。

1. 在课程开始的时候，老师明确地告诉学生课程的要求和考核方法，并且明确说明了学生的学习任务；2. 课程内容经过精心的组织，既有严密的逻辑结构，又便于学生学习；3. 老师对课程提出了较高的要求，对我是一个挑战，激发我努力学习；4. 老师的课堂教学始终吸引我的兴趣和注意力；5. 老师在课堂上提出的问题引导我独立学习，激发我独立思考；6. 老师能有效地利用课堂教学的时间；7. 老师诲人不倦，使我有勇气在学习遇到困难的时候向老师寻求帮助；8. 老师布置的课外作业有一定的分量，且与课堂教学的内容联系密切，能帮助我理解课程内容；9. 老师提供的补充材料很有用，对我学习和理解这门课程帮助很大；10. 老师及时批改我的作业，在我对学习内容记忆犹新的时候就可得到反馈；11. 我从这门课程中学到的东西超过我的预期，完成这门课程使我受益匪浅；12. 教师知识面广，讲授具有启发性；13. 教师授课有激情，具有感染力，在教学上与时俱进，富有创新精神；14. 教师授课思路清晰，举证贴切，深入浅出；15. 教师能做到师生互动，课堂气氛活跃；16. 教师课堂讲授知识内容丰富，知识点准确，要求学生掌握的课程知识难度适中；17. 通过这门课程的学习，加深了我对这门课程研究对象的兴趣。①

要而言之，"十七条"内容可以分为两部分：其中 1~11 条为一般课程评估所设，12 条以下为通用理论课程评估加设。由头（第 1 条）"课程开始的时候"到尾（第 11 条）"完成这门课程"，其时间跨度正好是一个 17 周的完整的学期。"解构"条文内容，可以看出，其中 1~6 条着重强调老师教学内容的课前准备以及现场教学表现，7~10 条则将重心移到课外（课后），显示出课外辅导（包括作业批改、材料提供等环节）的重要性。应该说，评估指标细致周全，设置精心甚至"精确"，以面面俱到形容也不为过。二者综合起来考量，可以发现，所有的设置（或者说愿景目标）都在为"懒人"的诞生提供温床，或者说创造充分条件。学生成了待"喂"的对象，本该倡导个体"我要学"的积极主动精神，在条文中消失了。"要我学"的慵懒气息取而代之，蔓延开来。诚然，教师的核心任务是"传道、授业、解惑"。我认为，当传、授、解的引擎启动时，另一端的受众也需随即积极回应，调动思维。唯其如此，方才能够将"教""学"的双重奏演绎得丝丝入扣，方才能够臻达教育的乌托邦彼岸。毕竟，师傅领进门，修行在个人。

当然，评估指标并非一无是处，愚见以为，为通识理论课程加设的第 12~17 条，针对性极强，找准了现代教学的命脉。评估条文制定者既充分借鉴了古代教学思想中的有益成分，也以求真务实的态度参照了心理学原理，好比在古今中外的教育资源库存中流连探索，并最终荷得宝物归。凡此种种，都符合现代教育理念，值得鼓励，有着推广实施的价值与意义。

---

① 本人任教期间的关于教师教学质量的课程评估条文。

由文字表述引发的语文写作教学思考

受制于词汇匮乏和写作表达能力有限，东南亚留学生的作业中颇有让人捧腹的病句：

  A. 我从北京出发，经地路抵达山西大同云冈石窟。
  B. 颐和园是北京的一个最美丽的公园之一。
  C. 大象庞大又蛮不讲理地在铁笼子里站立着。

A句的错误在于想当然地使用"地路"这一自造新词（受"水路"之启发）而弃"陆路"不用；B句则没有意识到"一个""之一"语意上的重复；C句（似乎很生动且"没有毛病"）规范的写法是：庞大的大象"蛮不讲理"地站立在铁笼子里。

尽管本澳学生的写作水平普遍高于学习汉语的境外留学生，但语法混乱，语句晦涩，文字表达别扭、拖沓，口语化倾向严重等"通病"，依然大面积存在。窃以为，这一现象可以结合内外因素进行剖析。在本澳，书面文字是汉字，但口语表达却是以粤语为主，粤语与普通话在语法上有一定的区别。平时习惯说粤语，一旦转为书面语，难免会产生一时的不适应；而书面语与口语之间的脱节，致使学生在写作时，难以将粤语词句转为较为适当、精确的书面语，由此带出一系列诸如"读多几年书"（规范写法应该是"多读几年书"）、"食多几碗饭"（规范写法应是"多食几碗饭"）等病句。外部因素无疑是长期阅读报刊上充斥的庸俗的"港式中文"——邻埠的娱乐周刊杂志在本澳拥有包括各级学生在内的大量读者群。（港澳两地学生的中文写作风格几无区别）耳濡目染既久，效仿的顽疾不改，致使文中掺杂着荧屏语句、流行术语以及不中不英的奇特词语和怪异表述。不妨看看校园以外的两段文字：

范例A：

  由澳门中华学生联合总会与澳门廉政公署合办，濠江中学学生会协办，教育暨青年局、澳门基金会、澳门环境委员会赞助之"学生硬笔中文书法比赛二〇〇七"颁奖礼暨作品展览，已于日前假澳门坊众学校顺利举行。出席颁奖礼活动嘉宾包括澳门廉政公署厅长唐淑青、教育暨青年局代厅长梁慧琪、濠江中学校长尤端阳、活动评委李鸿标及林祖善等出席。（《澳门日报》2007 年 12 月 17 日）

范例 B：

各位市民：转眼间农历新年又到了。我小时候和家人逛花市，拿红封包的情景至今历历在目。当时新年是我惟一穿新衣的日子，因为物资条件不丰裕，我们特别珍惜身边的物件。好像我 7 岁时父亲花了 5 元买来放年花的花瓶，我们一直留用到今天。……
——香港特区前行政长官曾荫权向全港市民发表农历新年贺词

A 段文字中的"已于"完全可以略去，而末尾的"出席"显然是一只"蛇足"。至于范例 B 中，"好像"就属于典型的将口语直接转为书面语而不做改动的鲜活例子，以"比如"替代就显得贴切。至于"当时新年是我惟一穿新衣的日子"一句，读来则显得颇为拗口。连新闻稿和行政长官贺词，都程度不一地存在语法毛病或蹩脚表述，各级学校学生的习作中存在诸多毛病也就不足为奇了。

学生的语文水平不理想，毕业生写作水平不高，每为用人单位诟病，不啻宣判了学校中文教学（尤其是写作教育）的"失败"。我们不必掩饰事实，我们必须为之愧疚——尽管我们可能已经尽力了。学生中文写作水平的普遍下降，已经成为教育部门和业内人士的心头之痛。不论客观与否，对错也罢，只要不时有家长、社会的异音传来，就证明了我们的教育政策存在不足，我们的教学质量出现了问题。理性务实的态度要求我们对此检讨反思：教学手段和方式是否需要及时改革？课程设计是否需要更新？唯其如此，教师等教育工作者才可能时刻保持清醒的头脑，严以律己，为时代作育英才，而不至于"误人子弟"。语言是思考的工具，是文化的载体。语言文字既关乎日常生活，又关系到历史文化的传承，其重要性无须饶舌。近年来，关于课程内容的设计、语文教育政策的改革的呼声日益高涨。如何因地制宜，制定出一个为多数人所乐意接受的语文教育政策，既满足不同的教育期望，又可臻达理想的教育境界，成了教育界的努力方向。

鉴于粤语说话习惯以及口语转换为书面语过程中存在的实际困难，影响波及学生阅读与写作水平，学界时有以普通话教学取代粤语教学的呼声。诚然，相比于粤语，普通话更接近规范的现代汉语书面语，多说、常用普通话有可能提高学生的语文阅读和写作水平。但这只是充分条件，而非必要条件。好比在北京土生土长的男男女女，每个人都能说一口字正腔圆的普通话，但他们未必就是写作高手。普通话教学在一定程度上丰富了教学语言，使得学生在粤语之外又掌握了一门语言口说能力（汉字并无粤语、普通话之分）。但它不是什么灵丹妙药，不太可能从根本上对中小学生阅读和写作水平的提高起救厄解困、立竿见影的作用。

教学语言的选择与分配争论不休，课程内容的设计同样"众声喧嚣"。围绕教学语言和课程设计展开的讨论此起彼伏，热烈又杂闹。这是一种好现象，表明教育界实际上已经意识到改革的重要性并且找到了改革的"命脉"所在。那么，理想的课程（专指中文或语文）内容又应该是怎样的呢？囿于时空条件，现时笔者手头没有本澳中小学各年级语文教材或课程课时节次安排数据，只好隔靴搔痒，说些外行话。关于中小学阶段的课程设计，我以为，应特别重视文言文、白话文的比例。小学低年级阶段的课本内容，白话文的比例应该居多，同时，出于培养语感的考虑，适当收录少量浅显易懂的文言文作品，如《静夜思》（床前明月光）、《登鹳雀楼》（白日依山尽）；对于四年级至六年级阶段的学生，随着词汇量的增加，可以尝试增添篇幅适中的文言文作品。在中学阶段，在古典诗歌以外，似可选辑散文、赋、词等各类文体，让学生全面接触传统文学作品。初中阶段的文章选辑，其内容以文学性为主、社会性次之、哲理性再次之为基准。到了高中阶段，随着学生独立思考能力的提高、见识面的扩大以及思维活动的日渐活跃，选辑的作品也须同步调整：作品题材不必再受限制，内容讲究多样化，平衡收录不同风格的名家名作，以期进一步巩固学生的文史知识基础。本澳没有统一升学考试，不一定讲求高考升学率。卸除"高考"指挥棒的挥舞，在某种程度上可以缓解教师的精神压力，这也为选辑教材提供了自由空间。考虑到各自的人文背景，内地、香港、台湾等地的教材可以参照，但不必照单全收。

阅读欣赏水平的提高，有益于提升综合文学学识素养，对于写作水平的提高在某种意义上起着导向作用。唯有具备了鉴赏作品的能力，文章的"好坏"及其范式标准才能够"了然于胸"。对应到实践中，一旦铺纸提笔，写作人自然知晓如何布局谋篇、构思行文。当然，受制于"功力""才情"等客观因素，并非每个写作人的笔下都能流淌出美文名篇，但只要掌握文章创作规律，勤写多练，那么，所创作的作品就不但可以摆脱"不堪卒读"，甚至有可能朝着起承转合得"有模有样"的既定目标稳步靠近。

写作教学中的理论阐解和作品分析固然重要，但其教学时间必须短于习作训练。因为写作知识的理论讲授和作品分析一旦侵占了习作实践时间，势必导致理论与实践脱节，致使课程教学"本末颠倒"，违背了课程设置初衷而流于空谈，更遑论实现提高写作能力的目标。笔者眼中的理想图景是：第一，从小学三年级开始到中学高三年级，每一学期都设置"作文""写作教学"课程或类似课程，让学生有充足时间去"写"、去"作"、去"实践"，务求学生在求学阶段始终保持较佳的"写作状态"。第二，写作课程学生数宜少不宜多，最好采用 20 人及以下的"小班教学"形式。不必强求进度统一（因为写作活动属于自主性脑力创作，个体差异性大），而重视因材施教，进行针对性辅导，鼓励创新思维、创作多元化、因势利导、以收循序渐进之功。第三，大力开展校园写作活动，积极营造校园写作风气。班级之间、年级之间定期或不定期举行习作交流观摩活动，相互促进；对优秀作品及其作者适当宣传并进行物质奖励，对少数较具天赋的学生，采用"导师制"，精心辅导，使他们的才情得以在最大限度上释放。第四，将实践内容扩大，从校园走向社会。教导学生养成阅读本地报纸杂志记者的新闻报道、副刊专栏作家的文章和主笔社论乃至政府宪报文件的良好习惯，并时刻睁大眼睛，为之把脉"挑刺"，敢于挑战"权威"，树立自信，展露自我，使写作活动成为一项生活乐趣而非"为赋新词强说愁"。第五，鼓励学生积极参加校园以外的各类征文大赛，学以致用，盘点检验课堂学习收获，并借此发现自身的优势和劣势所在，进而"对症下药"，扬长避短，为新一轮写作准备条件。

"罗马城并非一日建成。"在写作的园地里，没有终南捷径可走。宇宙之大、苍蝇之微、三皇五帝、柴米油盐皆可援为创作素材。唯有书写再书写，实践再实践，才有可能使手中笔由钝转利，才有可能在无限扩大的写作空间里自由地挥毫泼墨。谁不梦想拥有一支生花妙笔，使笔底江山熠熠生辉、绽放光芒？

那么，写吧，同学们，拿起笔不停歇，梦想或许就能变为现实。

情僧长恨苏曼殊

苏曼殊乃晚清名僧，拥有"花和尚""曼殊大师""革命诗僧"等诸多反差鲜明的绰号。他一生的足迹遍及日本、东南亚地区及我国的粤港、江浙沪等地，极具传奇色彩，尤以在僧俗两界频繁进出最为世人乐道。1918年，苏曼殊驾鹤西归，走完了短短35年的人生旅路。这位诗、画、译著俱丰的天才，给后世留下了说不完的话题。

一　僧僧俗俗为哪般

苏曼殊短暂的一生过得极不顺心，20岁以后的生活尤其落魄潦倒。[①]性情太过以及因不良饮食习惯造成的疾病时刻折磨着这位年轻人。对于他的疾病，柳亚子直言，"他是被人称为工愁善病者，但是要晓得他所善病的，乃是病食。就是他的死，也是死于贪食而成的肠胃症"，"曼殊最爱苏州，尤其爱苏州采芝斋的粽子糖"。"君工愁善病，顾健饮啖，日食摩尔登糖三袋，谓是茶花女酷嗜之物。余尝以芋头饼二十枚饷之，一夕都尽，明日腹痛弗能起。"[②] 苏曼殊并不掩饰自己的"嗜食史"，对于自己惊人的食量，其笔下多有流露："……食生姜炒鸡三大碟，虾仁面一小碗，苹果五个，明日肚子洞泄否，一任天命耳。"[③] 暴饮暴食危及本来就不大健壮的身体，而拙于理财也导致苏曼殊不时叫穷乃至借贷。"曼前离芜时，已囊空如洗，幸朋友周旋，不致悲穷途也。自初九日由杭返沪，举目无亲。欲航海东游，奈吾表兄尚无回信；欲南还故乡，又无面目见江东父老。是以因

---

① 1903年4月，20岁的苏曼殊参加了"拒俄义勇队"。5月，苏曼殊又参加由"学生军"改名的"军国民教育会"，与廖仲恺、朱执信等遵从孙中山关于"注意训练军事人材，为将来发动武装斗争作准备"的指示，组织留日学生练习手枪、步枪的射击技术，遭表兄林紫垣断去经济供给。

② 宋益乔：《情僧长恨　苏曼殊》，北岳文艺出版社，1987，第258页。

③ 宋益乔：《情僧长恨　苏曼殊》，北岳文艺出版社，1987，第258页。

循海上，卒至影落江湖。……目下剃头洗身之费俱无。嗟夫！长者，情何以堪？今不得不再向长者告贷三十元，早日寄来美租界新衙门北首和康里第四街爱国女学校徐紫仲转交苏文惠收。今冬长者返申当如数奉还。长者菩萨心肠，必不使我盈盈望断也！"①

特立独行的苏曼殊，在现实中四处碰壁，但在精神层面不乏知音。他处世"不从流俗，然与朋友笃挚，凡委琐功利之事，视之蔑如'②，颇得章太炎赞赏。陈独秀在留日期间就结识苏曼殊，并加入由章太炎、刘师培、苏曼殊等人发起的"亚洲和亲会"。陈氏曾向苏曼殊学习英文和梵文，并与苏曼殊合译了《拜伦诗选》。《存殁六绝句》是陈独秀的系列悼亡诗，其中以"曼殊善画工虚写，循叔耽玄有异闻。南国投荒期皓首，东风吹泪落孤坟"一首殿后，颇能佐证二人友情之深厚。而苏曼殊也多有诗作如《过若松町有感示仲兄》《东行别仲兄》赠和陈独秀。在陈独秀以外，时常驰书央求"借贷"的刘季平和柳亚子都是苏曼殊可竟夕长谈的好友。然而，不孤单的苏曼殊却是寂寞的。短于理财导致经济拮据，暴饮暴食导致患上肠胃症，使得自己早早退出健康者的行列。这仅仅是表面现象，深层原因在于他孤高清标、行事独立的气质。这些个性气质，无疑是受外力的刺激影响而形成的。此后徘徊于僧俗两界的生活经历和思想发展线索表明，这成了他的人生态度的基本因素，在面对现实问题时他便显示出相应的思想形态。

苏曼殊通熟梵文，时有关于佛学的文字面世，但其志不在此。相比于另一南社成员李叔同皈依佛门后勤研精进，苏曼殊的剃度似乎专为排遣愁肠而来。苏氏出家之念在与友人的信中时有流露，他在 22 岁时写道，"曼日来食不下咽，寐不交睫"，"明春必买草鞋，向千山万山之外，一片蒲团，了此三千大千世界耳"③；次年在《致刘三》一文中，他又发出"曼诚不愿栖迟于此五浊恶世也"④ 的感慨。

晚清新旧嬗变，各种思潮际会于斯，知识分子一时难以适应者大有人在。吟诗酬唱遣愁者有之，流连青楼驱闷者有之，厌世自杀求解脱者有之。如果说念经自度是沙弥佛陀分内功课，那么，普度众生则是完成功课后的高

① 《致刘三》，载丘桑主编《天涯红泪》，东方出版社，1998，第 108 页。
② 朱文华：《终身的反对派——陈独秀评传》，青岛出版社，1997，第 78 页。
③ 《致卢仲农、朱谦之》，载丘桑主编《天涯红泪》，东方出版社，1998，第 107 页。
④ 《致刘三》，载丘桑主编《天涯红泪》，东方出版社，1998，第 110 页。

远追求。对苏曼殊而言，剃度出家，栖身山林，既可以缓解当下衣食窘境，又可以静思宇宙人生，还有感兴趣的佛家经典置放案头供翻阅，实在是不二选择。佛门圣地成了心中的避风港，这是苏大师颇为自由的功利抉择。出家人度己之余，更须度人，普度众生是沙弥方丈们修行的高层次境界。苏曼殊的出家但求排遣心灵重负，绝无超度众生的意图。青灯伴古佛不过是以山门易火宅的另一种生活，说到底他还是恋世的。在他的意识深处，佛陀何为，戒律之遵行，一概不重要。这是一个"清醒的佛教徒"①。

在上述原因之外，苏曼殊的首次出家受戒，我以为乃出于一种忏悔质疑意识。苏曼殊孑然一身，浪迹各地。浪迹固然凄凉可怜，其过程却是一笔财富。因了漫无目的的浪游，在略显充裕的时间里，他得以从容思考并深入认识人、人性、人世等问题。当浪迹的终点移向山寺庙宇，则说明苏曼殊的思想已经接近或跃上了宗教平台。那么，大师究竟忏悔什么呢？其一，对彼此钟情却无结果的爱情的凭吊。一般来说，世人眼中的爱情大多以"终成眷属"为目标，而苏曼殊则另有己见：不成眷属无结果的爱情似乎更有魅力。有结果的成了眷属的爱情是爱情的世俗化，不成眷属无结果的但生死不渝的爱情则是爱情的理想化。在世俗化过程中，爱情本身吸纳了爱情晶体以外元素的进逼与附融，使得既存的爱情背离并取代了元初的单一元素构成的爱情，也就远离了理想可恋的爱情。为此，他既为私己的爱情凭吊，更为普遍的爱情哀鸣。其二，对复杂人世的质疑拷问。安居乐业是儒学思想长期影响下普罗大众的生存愿望。个体不同的欲念在此过程中必然因各种各样的利益发生冲突，人性的美丑善恶此时便得以彰显。纵观苏曼殊生活旅路，居无定所，时刻处于迁移动荡状态。率直的书生气，洁纯的少年郎，他在生活中处处碰壁。碰壁让人思己过、求变通，也可能让碰壁者茫然无措，走向封闭孤寂。曼殊显然属于后者。这便使得苏曼殊本已磕磕碰碰的旅路走得越发"凄风苦雨"，直至隐遁空门，过上青灯伴古佛的方外生活。

从社会分工层面看，方外高人与世俗人家截然有别，二者处于完全分离的两个世界。若非沿门化缘、弘扬佛法需要与凡人接触，出家人与尘世中人基本上处于隔离状态。然而，僧、俗两界又统属于现实世界，是同一世界的两个系统。从某种意义上说，剃度出家是对世俗生活的背离和超

---

① 陈平原：《陈平原自选集》，广西师范大学出版社，1997，第7页。

越，是对世俗生活阶段性的回顾遗弃，出家后方外人的思考基点和对象仍是以世俗人间为依据的。没有了世俗人间，所谓的"方外"就失去了存在的前提，也失去了意义。方外既然不复存在也就无从谈起。因此，方外和世俗间的关系可谓紧密相连，须臾难分。苏曼殊无论处身方外方内，他都得面对现实，而不可能完全避开人世。至于能否挣脱形形色色的枷锁羁绊，那得从个人心理层面开掘，看他是否做出了努力以及做出了怎样的努力。而事实是，相比于南社同人或同代人，直到作别人世，他的心智都不曾"成熟"起来。

其实，换一种说法，出家与世俗（社会）的关系问题也就是社会与人生的关系问题。社会是由不同的人组成的，是各种人的生活全景的总和。而人生就是人从降临世间到驾鹤西去过程的概括体现。在这一过程中，衍生出了各种制度、规则、法律等以约束、奖励、惩罚人们的行为。社会复杂，人生丰富，于是产生了各种各样的生活现象。生活现象不啻是一台无须外力推动便可以自行运转的机器。社会与人生的问题从世界上有人的那一天起就已经存在。刚开始是人裂变为社会和人两大系统。当人口增长到一定规模，社会也随之发展成一定规模。当社会发展到一定规模且足够强大时，它就完成了"喧宾夺主"的蜕变。它无语无言却无处不在，它无味无色却冰冷可触。当我们把苏曼殊连同他的作品摆放在社会与人生问题范畴内分析时，我们发现，他无疑是整个社会与人生问题花圃中较为鲜艳夺目的一瓣。

苏曼殊的出家案例可以视为出家与社会、社会与人生问题的时空切片。如前所述，苏曼殊的出家是一种颇为自由的功利抉择。这种功利抉择包含了物质以外的精神追求，同样可以纳入人生与精神范畴中讨论。苏曼殊穷困潦倒，处境凄凉。但实际上，以他的学问本领，谋取三餐一宿并非难事。因了"难言之恫"的身世而愤世嫉俗，因了愤世嫉俗而自残肉身、自疏尘世。如此行径，在很大程度上是追求精神解脱的另类行为。苏曼殊的学识素养和天赋才情表明，寻求一种精神上的解脱和自由才是经营所在，才是终极目标。但精神追求又是无止境的，在追求之初始，或有明晰的目标定位，等到跃入一定的层面，走到一定的阶段，势必将把自己拖入混茫境地，难辨方向，难以自拔。就精神追求而言，苏曼殊不可能到达极乐天国，他不是佛祖，就连佛祖也有其忧——佛祖担忧芸芸众生因为贪、嗔、痴而永沉苦海，更何况苏曼殊这样一个小沙弥、一个三心二意的情僧呢？像"衲行脚南荒，药炉为伍，不觉逾岁。旧病新瘥，于田亩间尽日与田夫闲话，或寂处斗室，哦诗排闷""尚留微命作诗僧"① 这样的惆怅情绪每每在他的笔下流露。看来，袈裟一身、闲云野鹤般的逍遥生活只是人们的美好想象罢了。

苏曼殊因加入富有浓厚政治色彩的社团南社而结识蒋中正、陈果夫等政界要人，但秉性使然，他并不受某种主义支配，是以他的一生总在精神层面上很"出世"地独来独往。游离性是苏曼殊行事的最大特征，也是他别于同时代人的标志。苏曼殊的游离性是以怀疑精神、否定精神、实践精神为基石的，在僧俗两界的自由出入则是怀疑精神、否定精神、实践精神的现实体现。世界既然让他在"难言之恫"的迷宫里百转千回，他为何不能怀疑并进一步否定他所置身的这个世界呢？有学者认为"知识分子应被理解为精神上的流亡者和边缘人，是真正的业余人"②，还有学者说知识分子必须是"为了思想而不是靠了思想而生活的人"③。作为疏离于社会秩序的"浪漫诗僧"，苏曼殊一时"僧"，一时"俗"，在僧俗两界自由进出，既不理会世俗的条条框框，也不恪守山门清规戒律。沿门持钵、化缘乡间时，大师可以仪表肃肃；一旦脱去袈裟，则立马改以"风流情种"的形象出现在人前。

耶稣基督的价值核心是博爱。爱是感情的一类，是感情的升华，是感情的最高形式和境界。当感情成了爱之时，连接爱与感情之间的纽带便是精神。这时，感情、爱、精神三者浑然一体，相互杂糅，不分彼此。在苏曼殊的精神宇宙中，他能意识到人间有爱施于己，但远远不够。他时常认为自己是上帝的弃婴。既然见弃于此，何不寻觅它处？苏曼殊的精神追求实际上也是觅爱的努力。显然，他要得到正常的男欢女爱，还要索取"我佛之爱"，以补偿"难言之恫"所带来的心灵重荷。

二 恨不相逢未剃时

爱情是文学世界久唱不衰的主题。爱情的魅力，但凡经历者都能留下

---

① 《致高天梅》（行脚南荒），载丘桑主编《天涯红泪》，东方出版社，1998，第 111 页。

② 参见〔美〕爱德华·W. 萨义德《知识分子论》，单德兴译，生活·读书·新知三联书店，2002，第 44~57 页。

③ 路易斯·科塞语，转引自许纪霖《另一种启蒙》，花城出版社，1999，"自序"，第 8 页。

堪可咀嚼的印记。凄惨也好，完满也罢，都或多或少具备了多棱镜的功能，折射出时代的一帘风云。

一部《断鸿零雁记》，字数不足 8 万，之所以赚尽时人的掬掬热泪，其原因就在三郎与雪梅、静子之间跌宕莫测的爱情故事。《断鸿零雁记》发表时，苏曼殊 28 岁。青年苏曼殊经历了复杂丰富的动荡人生：削发出家—追击康有为—任教于上海、芜湖等地—欲入留云寺为僧—南游新加坡、爪哇—主上海《太平洋报》笔政……苏曼殊才华横溢且多愁善感，这样的气质最讨女性喜欢。苏氏云游四方，糅合文人、志士、诗僧、浪子的多重身份让他通体上下充满了"传奇"色彩。对于苏大师谜一般的身世的追问，更为那些具备一定文化修养的深闺佳人翘首以盼。《断鸿零雁记》是苏曼殊的名作。书中主人公三郎的坎坷际遇，几乎就是作者现实生活的翻版。有趣的是，苏曼殊的乳名也叫三郎。这就让人有理由相信，现实生活中那个孱弱而率性的三郎果真愿意借书中的"三郎"向广大读者吐露衷曲。此"三郎"与彼"三郎"含混一片，你中有我，我中有你，难加分辨。但这些不再重要，重要的是能够分享书中三郎爱情的萌芽、发展历程、结局，连同现实中曼殊大师的别样情路。人们关注苏曼殊的焦点可以是那个意气风发的志士学人，也可以是持钵云游、徘徊情场的浪漫诗僧。

《断鸿零雁记》中三郎与雪梅、静子的爱情故事起于淡和，终于凄绝。其基调哀怨悲凉，蕴含人生无奈之况味，而情节则冷艳缠绵，充满悲剧色彩。我们不禁要问：苏曼殊以如此煽情布局，究竟想寄托什么？揭示什么？抑或只是纯由一支生花妙笔"跟着感觉走"？

苏曼殊出生于日本，并在当地生活多年，接受了现代文明洗礼。慧根深厚的苏曼殊懂多国语言，他的视野是开阔的，思维极其活跃。《断鸿零雁记》中描写的女性，大多以正面形象出现。长者如媪母、生母、姨娘无不和蔼、善良、仁慈、礼下，年轻一辈的侍女、雪梅、静子也都知书达理、和婉有仪。观苏氏系列文本，不难做出这样的判断：苏曼殊深谙女性的心理，善解人意，对女性体贴入微、关爱有加。如果说，小说中的三郎是以坎坷际遇博取女性同情进而使其萌生爱意的，那么，现实中的苏曼殊就是以柔和气质迎合并俘虏了万千读者尤其是女性读者的芳心。苏曼殊每能赢得异性青睐，但每段情却无一例外"只开花、不结果"。这就是他的可爱之处，也是争议之源。追逐爱情是上天赋予世人的权利。苏三郎的每段感情，情之真，意之切，动人心魄。然而，他又总在情感升华阶段骤然止步，抽身而退。是三郎成心作弄女性吗？非也。是三郎生来生理有缺陷吗？非也！我以为，最合理有力的解释就是那"难言之恫"了——一个长存心头挥之不去而又急需揭晓的身世之谜：生母是谁？一个连自己的母亲都无法确定的人，纵使他如何洒脱傲世、沉迷声色，他断断不可能完全拿得起放得下。明白此中意，就能理解三郎为何屡屡在爱的顶峰临阵退缩甚至脱逃。不愿对殷殷钟情的女子做出伤害之举，又缺乏提钢刀慧剑一斩情丝的勇气与魄力，于是，他只能在感情的漩涡中做无济于事的挣扎呼叫……

追求爱情是人之天性，即使是肢体残缺者同样有权利追求爱情，有资格与心仪的异性共享美好生活。爱情是一柄双刃剑，处理得好，那就鲜花簇簇，笑语满堂，臻达"百年好合，永结同心""执子之手，与子偕老"的幸福境地；一旦感情破裂，反目成仇，则可能身败名裂，神经错乱，甚至丢了小命。在爱情发展的过程中，不可预料的因素时出时没，影响并削弱了爱情的坚固程度和质量。这时，世人不愿看到的或说"浪漫"的多情便出现了，借机取代了爱情。如此"多情"可谓"滥情"。滥情在中国注定是要遭受谴责诟病的，因为它的出现使原本的爱情发生质变，对男女之间的一方造成情感上的致命打击。"多情"与"滥情"一旦与个体沾上关系，势必让演绎爱情故事的主角大半辈子难以翻身喘气。苏三郎的可贵在于多情而不滥情，他的多情与"一脚踏两船"毫无关联。这在我们通读苏曼殊文本之后是可以感受到的。以《断鸿零雁记》为例，书中三郎的爱情游移于雪梅、静子之间，两段情都纯洁而无杂质。现实生活中，颓废的苏曼殊固有"殊于歌台曲院，无所不至，视群妓之犹如桐花馆、好好、张娟娟等，每呼之侑酒"① 等离经叛道之举，但是，我们更应该记住，苏曼殊并没有累及心仪的女人。他纵然愁肠万叠、情漫云天，仍能在关键时刻及时止步。苏曼殊（三郎）不愿对心上人做出哪怕轻微的伤害之举，他重情念旧，在爱人面前却少有淋漓畅快的表白。类似的情节在其他名篇如《绛纱记》《焚剑记》《碎簪记》中亦反复出现。这类爱情题材的作品，但凡细读文本者都能体会。

---

① 《柳亚子文集·苏曼殊研究卷》，上海人民出版社，1987，第289页。

　　苏曼殊以笔墨为道具，发抒爱情，揭示两性关系，成功导演了一幕幕催人泪下的爱情悲剧。这类作品辞藻清丽，情节曲折生动，具有较强的艺术感染力，但始终不脱悲观厌世色彩。苏曼殊笔端澎湃着儿女私情，纸背无声的批判直指封建婚姻制度。作者热情歌颂真挚的生死不渝的爱情，但书中主人公无一例外地在顽固守旧势力面前抱憾屈从，无力抗争，其反抗力度甚至连冤死刑场的窦娥都不如。书中的男女主角都是有知识、有文化的青年男女，在很大程度上是见过世面、已经觉醒了的一代。接受了现代教育熏陶的青年男女，本来是最有希望展示聪明才智、创造出崭新局面的一代。遗憾的是，在苏曼殊笔下，这群青年人的精力都在围绕男女情爱打转，仿佛生活中除了爱情，别无他物。应该说，这一群爱情至上者实际上与伪爱情主义者无异——因为他们没有为爱情这一圣洁之物而真正用心投入、积极奔走。他们龟缩在硕大的爱情铜像底座之下，苦吟两声，叫喊一阵，便偃旗息鼓了。凡此种种，非但不能为爱情这一母题增光添彩，反而有损爱情的光辉形象。他们的龌龊与失败，在某种意义上甚至可以说是对神圣爱情的亵渎与不敬。当然，苏曼殊着力刻画男女主人公的爱情悲剧，从人物塑造和艺术提炼上说是成功的，这使得他的情爱描写至今魅力不减，为众多读者所津津乐道。但需要指出的是，苏曼殊笔下的爱情悲剧自始至终都只在表层上徘徊，而没有也不能进入本质：他的作品没有告诉读者什么是真正意义上的爱情，爱情的本质是什么，爱情的核心精神是什么。在爱情之花遭受罪恶势力摧残而行将凋零时，应该怎样奋起抗争使之傲然绽放，苏曼殊没有开出济世药方。相反，他的爱情小说作品无一例外地传递出屈膝认命、自甘折翅的软弱信息。这一倾向与同期或之后的鸳鸯蝴蝶派的徐枕亚的《玉梨魂》以及周瘦鹃、包天笑等人的作品一样，始终在"才子佳人"的泥淖中翻滚，唯一的区别只不过是比"卅六对鸳鸯同命鸟，一双蝴蝶可怜虫"先期现身"扑腾"于文苑而已。

　　新旧嬗替的年代，思想碰撞空前激烈的时代里，苏曼殊的作品，既乏苍鹰击殿的果敢精神，也少白虹贯日的勇猛姿态，他似乎钟情且始终盘旋于"如泣、如诉""声声慢"的氛围中不想自拔。这不免让人为之遗憾。在这个意义上说，苏曼殊的爱情作品从来就不具备现代精神。苏曼殊不一定是个作绮艳语、谈花月事的飘零者，但在读者眼中，当年那个英姿勃发、欲枪击康有为的时代青年不见了，取而代之的是为情所困、涕泗滂沱的感伤情痴。于是，苏曼殊不可避免地复归到传统旧式士大夫的角色，他只是简单地做了一圈物理学意义上的位移，就急急忙忙地归位于传统旗下。

三　结语

正统的文学史这样提及苏曼殊："当时南社拥有全国著名的翻译家与小说家之一"，"从事教育事业及文学，佛学各种撰述和翻译工作"。① 苏曼殊可以入史是确凿无疑了。他的爱国精神和文学贡献得到了一致肯定。苏曼殊的文学贡献主要表现在创作和翻译两个方面。"关于梵文，曼殊有译印度诗圣加黎陀娑所著的《沙恭达罗》剧曲一种，还有《梵文典》八卷、《初步梵文典》四卷、《梵书摩多体文》、《法显佛国记》、《惠生使西域记》、《地名今释及旅程图》……英文《文学因缘》《拜伦诗选》……"② 良好的外文功底加以天生的多愁善感，使他的作品哀艳凄绝、风情万种。《断鸿零雁记》《绛纱记》《焚剑记》《碎簪记》写来无不字字爱、声声叹，如泣如诉，其凄凉不下杜鹃啼血、山猿哀鸣。

独特的生存方式，使得苏曼殊备受瞩目。他的作品，尤其是那些爱情题材的诗歌和小说征服了众多读者，也为自己带来莫大声誉。苏曼殊的作品影响了几代读者，但多数拘囿于爱情，因题材过于单调而影响了文学成就。在苏曼殊手中，诗歌成了"寻愁觅恨之具"。然而，诗歌岂专为痴男怨女所设？岂专为花前月下吟咏？在那革命风云瞬息万变的特殊时期，除了寥寥的几首如《以诗并画留别汤国顿》《过平户延平诞生处》等激荡着时代浪花、充满激情的诗作之外，苏曼殊的诗歌，要么"蛾眉""妆台""肌似雪""泪沾衣"，寄情脂粉，笔耕不歇，要么"听啼鹃""枕经眠""孤灯引梦""异域招魂"，悲痛欲绝，以求归去。以如此心态为文赋诗，于自己、于读者、于时代，实际上都没有太大的正面意义。作为一名"革命诗僧"、一位热血澎湃的爱国青年，苏氏热衷于描绘"才子佳人"画卷，痴迷于"偷尝仙女唇中露"等情色描写，显然与时代脱了节，其文学表现与政治追求没有得到统一。

苏曼殊身上保留着浓厚的旧式文人气息，大部分作品沉湎于低沉迂腐

① 《柳亚子文集·苏曼殊研究卷》，上海人民出版社，1987，第 289 页。
② 《柳亚子文集·苏曼殊研究卷》，上海人民出版社，1987，第 348 页。

的氛围之中。严格来说，他还是一名旧式知识分子。他的情爱小说开启了现代心理小说的先声，但却纯粹是才子式的小说，缺乏新内涵。苏曼殊是个革命者，他的人是革命的，但文学却是非革命的，不具备革命性，没有政治追求。他的文学作品没有随着政治局势的变化而与时俱进，没有体现民主思想的追求。人、文学、革命三者没有统一起来。因此，苏曼殊的文学还仅仅是旧式文学。他是旧文学的最后一个小说家、知识分子，但却不是新文学的第一个知识分子，他的文学没能成为现代文学。他不是旧文学的掘墓人，也同样当不成新文学的奠基者。

第二篇 评论纵横

《澳门新移民文学与文化散论》评述

 由文学史家朱寿桐教授主编的《澳门新移民文学与文化散论》（以下简称《散论》），已于 2010 年 12 月由中国社会科学出版社出版。该书是学术界研究澳门新移民文学与文化的第一本专著，以一种宏观视角，系统全面地梳理了新移民文学与文化的历史发展脉络，展示出一幅澳门新移民文学与文化的纪实图景。全书共五编十七章，约 35 万字，是迄今为止关于澳门新移民文学与文化研究最为完备的学术著述。

 该书书名冠以"散论"，显然是谦逊之辞。通读全书可以看出，编撰者乃本着务实求真的学术态度，在一个广阔的背景下对新移民文学与文化做出历时性勾勒与评述。书中对新移民作家作品的分析与论断乃建立在对大量文献材料的精细研读基础之上；对新移民作家创作心态的阐述以及对各种文学文化现象的分析，有理有据，令人信服。《散论》作为内地学者与澳门学者的合作结晶，选录作品数量之丰、评论作家范围之广、透视文学与文化现象力度之深，都远远超过此前关于澳门新移民文学与文化的选本。

一 关于"澳门文学生态"的提出

 《散论》乃朱寿桐继《汉语新文学通史》之后又一部具有通论性质的著作。该书涵盖面广、时间跨度长、立论精辟、内容饱满，其学术价值与现实意义广获业内专家认可。我以为，"澳门文学生态"概念的提出，是该书一大亮点、一个重要的理论贡献。

 澳门文学生态是一个含义较广的概念。为了消除可能存在的理解层面的障碍，也为了顾及读者的阅读感受，朱寿桐不惜花费一个章节近 6000 字的篇幅，以"夹叙夹议"的笔墨，辅以最新数据，对澳门文学的基本生态详加论述与阐解。相比"指令式"规定性定义，这种阐释性情境定义紧扣作者的经验认知，其表述能够严丝合缝地朝着设想中的目标迈进，从而使读者得以在一种明晰可感的现实语境中，对澳门文学生态这一概念有清楚明确的把握。

　　那么，朱寿桐学术指掌图中的澳门文学生态，究竟是何等模样呢？我认为，可以从澳门文学与文化的以下层面加以概括领会。

　　其一，文学创作的业余性与性情化。澳门没有严格意义上的专业作家，即便在社会分工极其精细的今天，澳门作家和文学家仍然表现出鲜明的"业余性"和"非专业化"特征。①业余性、非专业化写作的一个优势在于写作自由度大，笔底江山可缘情随生随灭而无须顾及其余。早早挣脱了意识形态的"紧箍咒"，带给创作者的是一种性情化、愉悦式的写作。这种先天性优势乃体制内专业作家所不具备的，也为他们所羡慕。因为"这种性情化的写作排斥了市场运作对文学的可能干预，也拒绝了政治和其他意识形态的硬性植入，保证了写作者在只忠于自己的性情或只为自己的才情服务的写作热情及其独立性"②。性情化写作固然拥有种种优势，但也暗含着负面因素，乃至成了提高文学创作水平的无形"羁绊"。朱寿桐认为，性情化写作的负面影响是："人们普遍不追求文学创作的经典性，放弃了文学的轰动效应和显性社会影响的考虑，作品的总体质量难以提高到相当的水平，这是澳门文学在相当长的时间内都难以确立自己形象的一个关键性因素。"③

　　其二，属地文化的开放性与包容性。澳门文化乃岭南文化的分支，具有鲜明的海洋商业文化色彩。由于地缘关系以及各种原因，澳门较早而且频繁地——以一种或主动或被动的态势——与外界文化接触交流，在辨析、吸收、模仿乃至学习践行西方文明与文化方面拥有相当的积累与优势。这样的历史状况决定了澳门文化并不仅仅从属于岭南文化，它也必然拥有自己的文化新质。尽管这些新质不一定总是那么耀眼夺目，也注定不如骰子声那般悦耳动听。它是一种萌芽于宗主地（岭南）文化，经过四百多年的不间断地"纳新"，在面貌上呈现出异于岭南文化的更为丰富多元的"澳门文化"。诚然，澳门文化的核心内容是岭南文化，其文化地根依然维系于岭南而须臾不曾分离，但在接受外来新事物、吸纳"他者"文化方面，其气度更为彰显；在融汇包容外来文化方面，其胸襟更为阔达。这也是今天言及澳门这个岭南之南的蕞尔小城时，"中西文化交融互汇"成

① 朱寿桐主编《澳门新移民文学与文化散论》，中国社会科学出版社，2010，第4页。
② 朱寿桐主编《澳门新移民文学与文化散论》，中国社会科学出版社，2010，第6页。
③ 朱寿桐主编《澳门新移民文学与文化散论》，中国社会科学出版社，2010，第6页。

了一个避不开的热门"关键词"的依据所在。澳门是中西文化的交汇处，也是透视西方世界的重要窗口，更是研究人类文明史上多种族、多文化和谐共处的活标本。这些都是"交融互汇"的所指与内涵，不一定为岭南文化所一一具备。澳门文化一头挑着岭南文化的古风，一头又顺理成章地将自己推向更为浩渺的汪洋瀚海。澳门文化的开放性与包容性体现于"交融互汇"之中，又反作用于"交融互汇"，并由此推动了自身的成长。

其三，"纯文学"姿态突出，职场化意识淡薄。这是探讨澳门文学生态不可忽视的一个基本要素。如前所述，澳门文学作品是性情化写作的产物，在创作目的上，澳门作家鲜有追求经典者，甚至连向着经典靠拢的意识都缺欠，更遑论致力于作品的传世。这就使得澳门文学作品普遍显示了非功利性与本真性，体现出一种"纯文学"（或者说"原生态文学"）特征。功利色彩稀薄如此，职场化写作实在是无从谈起。

远古人类劳作过程中发出"杭唷杭唷"的号子，这常常被认为是文学创作的起源。当"我歌且谣"取代了"杭唷杭唷"的时候，在劳动号子"基调"上衍生出民歌、民谣等文学样式，从内容到形式都较单调的"号子"向前跨越了一大步。此后，更有表达人们对美好爱情的追求、对幸福生活的期盼的民间故事传说等作品不断涌现。历史经验告诉我们，澳门的文学创作不一定能够越过从"杭唷杭唷"到"我歌且谣"的历程而直接跨入后现代写作。当然，将澳门文学作品与民谣、民歌、民间故事相提并论，并非说明澳门的文学创作以上述样式为主，而是指向这类作品的非功利性和愉悦性等特质，它为我们认识澳门文学生态提供了重要参照。正如朱寿桐的以下解析："文学的原生态从来就不是为文学职业者、经典文学家和文化精英阶层准备的，文学本来应该是广大民众和写作爱好者表达自己性情与才情的文化品类。最原生态的文学往往都是民歌民谣和民间故事，所有这些原生态作品都不是为进入经典的殿堂而准备的。从这个意义上说，澳门文学的生态事实上更接近于体现文学的原生态意义。在这个原生态意义上发展起来的澳门文学，也许不能为汉语文学提供足以令人满意的个体文本，不能在文学经典化运作的历史进程中留下灿烂的篇章，但它的标本价值也许更大。这是澳门文学的基本生态，也是澳门文学的基本特色。"①

---

① 朱寿桐主编《澳门新移民文学与文化散论》，中国社会科学出版社，2010，第6页。

二 关于"文化气根现象"的揭示

显然，澳门文学生态概念的提出，是一种新视角下的新思维，它透视并解答了澳门文学中的"因果"交织及其具象显现等本质问题，对深入理解澳门文学创作"业余性"、"非专业性"与"性情化写作"等现象以及建基其上的澳门文学整体形象大有裨益。在此之外，该书的另一理论贡献便是关于澳门新移民文学中的文化气根现象的揭示与论定。

所谓气根，"多指暴露于空气中的一种生长在附生植物和与土壤不接触的攀缘植物上的根。气根有呼吸功能，并能吸收空气里的水分。有的悬挂在半空中，从空气中吸收水分和养料。有些直达地面，扎入土中，起着吸收养分和支持树枝的作用"。形象地说，气根与新移民二者的生存状态与运命颇有相通之处。

由于种种原因，澳门成了近代移民文化高度发达的地区，几乎所有的澳门文明遗存都带着移民文化的烙印。澳门社会安宁、民风淳朴、文化底蕴深厚，成为不少人心目中的上选移居地。新中国成立以后，一代又一代新移民通过各种途径进入澳门，为澳门带来了丰富、繁盛的文学和文化硕果，也开辟了移民文学和艺术的新的生存和发展范式。[①] 这些成为澳门新移民文学和文化主体的新移民文人，或在内地受过高等教育，或有丰富的人生阅历，对移居地历史文化多有深入认识。这就使得他们在很短的时间内喜欢澳门、认同澳门，进而认同澳门文化，并以身为澳门人为荣。

然而，文学与文化研究者毕竟不同于商家、投资人，后者对于移居地的情感投入与融入，一般不存在文化上的樊篱。只要事业兴旺，赚个钵满盆满，归属感便可油然而生。他们多数愿意且能够将"第二故乡"与故土家园融为一体，对移居地的赞美更是溢于言表。而对文学与文化研究者而言，要想真正融入移居地并非易事，仅有单向度的"喜欢""认同"并不足够，因为此类情感取向极有可能随着现实中的不堪际遇而变化或转向，随着个人的情绪波动而起伏甚至流失。文化人若要重新适应一个陌生的人文环境、适应自己的身份变化，则必须让自己从"生于斯长于斯"的故园文化中超脱，而与原先想象中的而今却需直接面对的新环境建立起更加广泛

---

① 朱寿桐主编《澳门新移民文学与文化散论》，中国社会科学出版社，2010，扉页。

的联系。顺此超脱，新移民的思想观念、人生情趣、价值观念、文化心理以及荣辱观等势必需要调整，即便是从心里认同和接受移居地文化，也都需要一个漫长的过程。于是，新移民作家、文学家对于澳门文化，更多地表现出一种文化气根现象："以真诚的意力向扎根处伸展自己的触须，但终究抵达不了移居地文化沃壤的深处，而只能在空中飘扬着，吸收着空气中的养分和水分，同时彰显着自己的文化认同。"①

新移民文人秉持"落地生根"的心愿，为融入移居地而努力，"落地生根"无意中成了自己显露于外的文学亮点与看点。体现在创作上，他们的作品常常抒写人生况味，作品主题不约而同地指向文化认同和身份认同；文学样式上，自由灵活的诗歌、散文成了绝佳载体。在"乡愁"之外，以澳门为背景或场景的作品如《普济钟声》《莲峰夕照》《黑沙踏浪》《卢园揽胜》等在新移民作家笔下常写常新，但"所有这类移民文学从澳门文化的角度看常常体现出热烈而浅表，彰显、有活力而缺乏深扎于澳门文化根柢的定力"②。由于文化认同与心理、情感认同产生的机制不同，移民文人对于异地文化元根的表现总会有些隔膜，他们表现的文化可以描述为文化气根——与深入泥土内部的文化元根并不一样。文化气根既彰明，较之又相当浅显，这是移民文学家普遍的创作现象，对于澳门新移民文学而言，这是它的部分特色。③

三 结语

如同海外各地汉语新文学一样，纵使新移民作家、文学家如何热衷于表现所在地（澳门）的风土人情、历史文化，其作品中的移入者身份之痕迹却难以彻底消除。幸运的是，所有的新移民文学都为澳门文学与文化的固有生态所接纳，同时为这样的文学与文化生态所改造、所融合，移民文学与文化因此成为澳门文学与文化的特色生态中的一个重要组成部分。而《散论》对包括"生态""气根"在内的种种文学与文化现象的精到阐解，彰显了编者的史识涵养，在扩大读者的阅读视界之余，也赢得了读者的敬重。

---

① 朱寿桐主编《澳门新移民文学与文化散论》，中国社会科学出版社，2010，第14页。
② 朱寿桐主编《澳门新移民文学与文化散论》，中国社会科学出版社，2010，第17页。
③ 朱寿桐主编《澳门新移民文学与文化散论》，中国社会科学出版社，2010，第13页。

《面海三十年》评述

传记、回忆录一类作品，往往起着补时之短、补史之阙的重要作用，而不仅仅是"稗官野史"或"街谈巷议"。这也是长期以来个人随笔文集和传记、回忆录书写长盛不衰且备受关注的一大原因。溥仪的《我的前半生》、季羡林的《牛棚杂忆》以及巴金的《随想录》等都是广为读者所熟悉的读本。此类作品扩展了后人的视域，为读者洞察历史真相、贴近真实历史凿开了别样的天窗。

《面海三十年》（以下简称《面海》）乃语言学家程祥徽教授的著述，糅合了回忆录文体的诸多写作特征，其文学韵味耐人咀嚼，发人深思。该书分"我爱濠江的桥""从东亚到澳大""忘不了老师和同学"凡十部分，铺陈了作者大半生的生命轨迹，生动翔实地记录了一位知识分子近半个世纪的风雨人生。我认为，不论《面海》是否关乎"俯仰天地、感时忧国"等宏大主题，单就进一步认识特定时期知识分子的生存实况而言，该书便具备了标本意义。

一 新移民的职场墙：绕不过的酸甜苦辣

香港被誉为"东方之珠"，诸如"购物天堂""动感之都""国际大都会"等光环，无不灼人眼球，令人目眩。虽说命运遭逢，各有际遇，然而，令人不解的是，熠熠闪耀的东方之珠，似乎多为"遍身罗绮者"锦上添花，而绝少给新移民的前路探射一缕亮光。即便同声同气的邻里乡亲，亦难以摆脱"阿灿""表叔"的讥讽揶揄，更何况那些语言不通、生活习惯有异、来自广东以外的"憨居居"（即"傻乎乎"的意思）模样的外省人呢？无技艺傍身、乏人关照的"表字辈"，要在香江谋生扎根，每每陷入困境自不待言；即便是著述等身的专家学者，意欲探问新途、谋职糊口，亦时常一头撞上职场墙：

　　我申请的第一份工作是一所要求用国语教语文的中学教师，全部履历材料寄去，至今没有回信。①

　　1980 年香港教育司招聘兼职普通话教师，结果只有一名港大数学系的毕业生中举。幼稚如我者碰得头破血流还不醒悟，以为自由社会真有职业竞争的公平机会，满怀希望地跑去申请香港大学的教席。大概没有"英联邦学位"吧，这次找工作又告失败。②

　　如果我们认同并接受这样的事实——教育乃阳光底下最高尚的事业，教师是人世间最美的园丁——那么，有关部门招聘教师，采取谨慎稳妥的态度与做法自然可以理解，甚至值得宣扬仿效。然而，聘请普通话教师，弃科班出身（北大中文系）的拥有数十年教学经验的正教授不用，而取本土数学系毕业生，就教普罗大众大跌眼镜费思量了：是香港地区普通话教程设置全球独树一帜、其体系与数学知识密不可分？还是港大学子"聪明""有本事"，早早搬运甘词厚币收买一班面试委员？抑或在香江接受教育、拥有"英联邦学位"者，注定是"传道授业解惑"的不二人选，其综合素养远远高于来自内地的学人？个中缘由，后辈读者似不便妄加揣测。无根据的揣测，非但无助于辨析真相，甚至可能徒增事端，有损各专家委员公正威严之形象。需要强调的是，在这次职场竞争中，候选者资历落差之大、学术分量之悬殊、何人更适合登临三尺讲台，在明眼人眼中可谓一目了然。然而，偏偏是实力"相差几条街"的候选者、毫无悬念的剧情，却演绎出一个令当事人及读者唏嘘连连、背脊发冷的结局，这实在令人遗憾。这让人真切领略了职场外围暗涌着的龌龊和丑陋，看清委员诸君皮袍洋装下掩掩着的"小"。

　　天下荒唐之事多如恒河细沙，上述职场事例，鲜活地折射出教育界招聘工作的黑暗，谓之"乌烟瘴气""帷幕深深"亦不为过。一般而言，但凡涉世未深的读书人，对于政府机构的招聘，尤其是那些注明"欢迎天下英才加盟""让我们携手共创美好明天"字样单位的广告，无不满怀憧憬，跃跃欲试。他们饱读贤圣书，胸怀"经世致用"之抱负，干劲冲天，勤奋者甚至把《辞海》《现代汉语词典》都给翻烂了，却单单不曾解悟"内定""造马"等

---

① 程祥徽：《面海三十年》，和平图书有限公司，2011，第 40 页。
② 程祥徽：《面海三十年》，和平图书有限公司，2011，第 58 页。

厚黑学词语的所指与蕴意。此类言之凿凿，标榜公开、公平、公正（此"三公"表述，业已成为各大公司机构的万用广告语）的招聘，看似人人享有均等机会，可一旦落实到具体操作层面，自有一套"不足为外人道"的玄机与规则。其详情与真章，又岂是局外人所能察览？在任人唯亲、任人唯利、"益番自己友"思潮泛滥的年代，无背景、缺人脉的新移民意欲在职场墙中突出重围，谈何容易？三十年后，回忆起当初香江职场的种种不平遭际，程氏不无感叹：

> 天真的大陆学者临时被邀来港访问，接触到的都是"热情有余"、"尊重有加"的表像，因为你不会在职业上给他造成威胁；要是你真正定居下来，他们的脸就变了。①

如此怅然无奈，令人不禁联想到"厚黑学"②。作为一门无处不在的特殊"学问"，"厚黑学"的运作规则可谓深不可测，绝非钻研一二课题即可练达。对于矢志学术、终日耕耘于"自己的园地"的学人而言，"厚黑学"几乎是一本打不开的"天书"，一个遥远而神秘的故事。在此大气候下，寄望招聘工作"任人唯贤"，不啻"很傻很天真"。尤具讽刺意味的是，李宗吾的《厚黑学》甫一面世，就备受各方热捧，以至于同名书籍大量涌现，"厚黑学"顿时成为一门"显学"。人们热衷于研习各种"黑"人之道并勤加实践且屡有斩获——小则窃高位攫厚禄光宗耀祖，大则拥江山抱美人只手遮天。唯有不以俗世之务为转移、不愿降志辱身、不愿曲学阿世的正直读书人，因不屑或鄙夷各类厚黑经，无奈继续磕磕碰碰于职场墙沿，于风雨飘摇之夜，舔品那或浓或淡的人生百味，涵泳那悲喜交集的生命线团。

二　悬崖劈开金光道　陋室可出好文章

显然，"厚黑学"乃损人利己的处世哲学之集成。言及《厚黑学》，林语堂有感而发："世间学说，每每误人，惟有李宗吾铁论《厚黑学》……

---

① 程祥徽：《面海三十年》，和平图书有限公司，2011，第40页。
② 此处单指惯于耍手段的学问，与李宗吾的著作《厚黑学》无涉。

有益于世道人心。"作为颇具绅士风度的作家，林语堂首译"Humorous"为"幽默"，其大半生文艺主张更是"性灵""幽默"个没完没了。然而，在"幽默"之余，林氏亦奉"文章可幽默，做事须认真"为操身行世原则。这就很可佐证他对李宗吾及其《厚黑学》的赞许，实则坏话好说、狠话柔说，无非借机讥讽那令"厚黑学"大行其道的环境与生态，悠悠地幽默一把罢了。

《面海》各篇什大多成文于"人之将老，其言也真"的生命后期，著者别有遭际，读者别有体会，总能引起情感共鸣。回放香江职场的不堪片段：

> 当其时，香港大学中文系没有一个能正正经经教现代汉语的老师，但绝对拒绝像我这样与现代汉语有缘的人加入他们的教师队伍。①

一幅新移民"掘井无水、谋事无成"的职场撞墙悲情图跃然纸上。在失意心寒而临路彷徨之际，程氏跨海前来莲岛。在这里，他的生活道路曙光吐露，他的学术天地豁然开朗。"氹仔充满宁静，充满神韵，给我乐趣，给我灵感，给我无穷的创意。"② 他书写了人生最辉煌的篇章。

程氏一手学术研究，一手诗词创作，多才并举，其专业建树和学术贡献备受学界赞许。饶宗颐誉之："向但知君治语言风格学驰誉一时，不知于诗学深造独特，叙怀长谣，律切功深，信贤者靡所不能。"③ 叶嘉莹更是做出"语林诗国两盘桓、更具高才绘古今"④ 的高度评价。1981年来澳定居，认定自己是氹仔人的程祥徽教授爆发了积蓄已久的能量，迎来了学术研究的又一个春天，陆续推出各具影响力的语言学著述如《汉语风格论》《繁简由之》《语言风格初探》《现代汉语》《语言与沟通》《语言与传译》等。同时，还主编了《澳门语言论集》《语言风格论集》《语言与传译》《方言与普通话》《港澳通用普通话教材》《澳门文学研讨集》等一系列备受瞩目的文集。而在创作方面，更是接连推出《程远诗词初编》《二编》《三编》《四编》《五编》《泛梗集》《泛梗续集》《面海三十年》等著述。

---

① 程祥徽：《面海三十年》，和平图书有限公司，2011，第46页。
② 程祥徽：《面海三十年》，和平图书有限公司，2011，第7页。
③ 程祥徽：《泛梗集》，九鼎传播有限公司，2008，第3页。
④ 程祥徽：《泛梗集》，九鼎传播有限公司，2008，第3页。

这些著述亮点处处、笔笔精彩。如作者在攀登峨眉山时口占的七绝：

> 石级三千当路横，台高梯滑懒攀行。松间小坐酒旗下，眼醉心明脚步轻。①

这首诗让读者对卒章显志的"眼醉心明脚步轻"生发深层次思考：人为什么会在迷惘的时候想起酒？如何将喝酒从喝闷酒引向欢乐？无酒自醉或眼醉该是怎样的境界？思考之后，进而领会了诗中那位眼醉者的超然生活态度。

程祥徽教授的专业著述，为港澳地区社会语言学的研究注入新的活力，为本专业的发展做出重要贡献。经由他的努力，澳门地区社会语言学的整体学术实力得到了很大的提高。值得一提的是，由他所操持的学术活动亦产生了深远影响。1992年，程教授发起和主持了"澳门过渡期语言发展路向国际学术研讨会"，为澳门回归祖国做语言方面的准备。1994年，他发起组建澳门语言学会的倡议，意在团结澳门各界同人，为中文的官方地位竭力争取，为实现中文的真正回归努力。此外，他还先后统筹举办了"语言风格与翻译写作国际学术研讨会""语言与传译国际学术研讨会""方言与共同语学术研讨会""港澳暨海外汉语创新研讨会""澳门文学的历史、现状与发展学术研讨会""中国文化与澳门国际学术研讨会"。回归后，又组织召开过"语文规划的理论与实践学术研讨会"等，充分展现了一个能者的学术活力与热忱，一个学者的深邃思想与智慧，一位澳门居民的文化远见与卓识。

三 结语

《面海》全书所载时间跨度达半个世纪，作者既陈述个体人生经历，又截取生命历程中的几个横断面，把众多人物、事件加以勾勒与串联，并完整细腻地表述出来。从某种意义上说，该书既是一位学者战胜艰难的生存记录，也未尝不可视为一名新移民的奋斗案例。可贵的是，回首不堪的往事，书中丝毫没有偏重于个体化的申冤与倾诉，也不因忌讳人事而刻意

---

① 程祥徽：《面海三十年》，和平图书有限公司，2011，第157页。

规避真相。捧读《面海》，一个锐意进取的文化人、一个生活中的硬汉形象长久地烙印在读者的阅读视域中。

时代风云凝聚笔端，心底凝重随风飘散。35 年前的夏天，当即将走向人地生疏的香港时，程氏动情地写下"人生到底几多路，浩荡烟波又一程"，以此抒发对漂泊生活的迷茫与追问。今年的中秋，他是否会在自家屋顶面海吟唱：今夜畅饮桂花酒，壮志虽酬，笔耕未休。

同舟共进谱新篇

——刘羡冰《同舟共进：澳门中华教育会史略》评述

2020年10月，刘羡冰专著《同舟共进：澳门中华教育会史略》（以下简称《史略》）由文化公所出版，为澳门中华教育会（简称"教育会"）百年华诞献上一份学术厚礼。该书系统梳理了教育会在抗日战争、新中国成立、内地改革开放、澳门回归祖国等历史阶段的发展脉络，回顾并总结了百年来教育会的角色扮演、使命担当、作用发挥以及实际贡献。全书共八章，约16万字，辅以近160张图片，生动翔实地呈现了教育会栉风沐雨、砥砺前行的非凡历程。这是迄今为止关于教育会会史研究最为完备的学术著述。

《史略》是刘羡冰的第15本专著，原拟名"澳门中华教育会会史"，被列入"中国现代教育社团史丛书"出版项目。以"史略"置换"会史"，固然降低了书籍"冠冕度"，却不影响该书的学术分量。在读者看来，书名如此平实，恰恰体现了前辈学者严谨谦虚的为人作风和务实求真的治学态度。《史略》援引大量史料，图文并茂，用词精确，可读性强。一册在手，即可察览教育会的百年沧桑与世纪辉煌。

刘羡冰从事教育工作逾半个世纪，是澳门现代教育事业发展的在场者、参与者和见证者，也是教育会茁壮成长的践行者、推动者和记录者。在新书发布会上，这位教育家表示：期望通过此书向读者叙述历史，让后人感受到教育会为培养爱国爱澳力量和治澳人才做出的贡献。

教育会以弘扬爱国爱澳精神为宗旨，致力于维护教师合法权益，推动教师成长，丰富教师业余生活，促进澳门教育事业发展。长期以来，该会积极参与各项社会事务，关心青少年健康成长，推派代表参与政府咨询组织工作，为澳门社会和谐稳定建言献策，为推动澳门社会发展做出不懈努力，赢得了人们的称赞。

镜海蕴宏愿，唯愿教育兴。刘羡冰长期躬耕于教育园地，曾任教育会理事长，在教育教学议题方面提出过不少真知灼见。自20世纪80年代以来，她积极参加各类学术会议，为《教育大辞典》《中国书院辞典》《澳门百科全书》《百科全书·港澳台教育》等工具书撰写词条，累计发表学术论文数百万字。1999 年出版的《澳门教育史》，被誉为"澳门教育史研究的奠基之作"。

《史略》乃刘氏最新著述，也是第五本有关教育史课题的著作，在骰子声充塞耳膜的时代，此类书籍尤其值得重视和品读。愚见以为，有必要将该书置放于大时代背景下，结合撰写凡例和章节设计，分析其书写特点，探讨其现实意义。

《史略》以时代变迁为纵轴，以重大政治、社会、教育事件为分水岭，将教育会堪可传颂的百年风雨融入其中，以或情感勃发或理性节制的笔墨展开阐述。由于各章节衔接性强，书写焦点明确，内容详略得当且彼此呼应，从而避免了泥沙俱下式的事件罗列与堆积铺陈。教育会一步一个脚印发展壮大的主脉络——不足与外人道的艰辛也好，乐意与友朋分享的喜悦也罢——都在或淡彩或浓墨的阐述中得到了彰显。值得指出的是，在各章节尾部，作者别出心裁地设置了"小结"，既照应前文、深化主题、抒发感悟，使文章内容和结构得到有机统一，又实现了提纲挈领、钩玄提要的作用。

历史，指向社会事件活动以及对这些事件的记录、研究和诠释，历史撰写的一项核心任务在于保留记忆、传承文明，不断发现、挖掘、整理真实的过去，做到以理服人，以信服众，以材料为依据，让事实说话。《史略》保持刘氏秉笔直书的一贯风格，不故弄玄虚，坚持以史为据，论从史出，据史实说。就像她在《澳门日报》新园地"图文配"专栏一样，她在书中以一种举重若轻的姿态，将百年激荡风云一一遣上笔端。如第六章"三大事件交错的十年"提到：澳葡政府长期不承担公共教育，澳门华人子弟 95% 长期就读私校。其中约半数就读于义学或社团开办的低收费、通过筹募支持的半义学。又如第八章关乎争取教育发展和师生权益的艰辛过程：《普及和倾向免费教育》苦苦坚持十年、教育法持续争取二十一年等。岁月悠悠，往事堪回首。回顾教育会风雨兼程的日子，刘氏不无感慨："真切体会二十世纪最后的十多年，这一个面临大变革的年代，确是最好的年代，也是最坏的年代。"

在该书结语中，刘氏对教育会的定位、经验和教训的总结值得细思量，甚至可以视为亮点所在。刘羡冰对教育会运作经验的概括，建基于她对教育会几经风雨形成的社团伦理和社团文化的精到阐述："凡一校单独无力解决的、有关学校生存发展、有关教育教学以及教师或学生重大影响的事情，教育会能组织群众，全力以赴才能取得成功。理事会基本发挥集思广益的集体智慧和集体领导，敢于担当精神和善于推进的策略，也是成功的要素。"

澳门拥有各类社团近万个。有的致力于澳门文艺形象的建构与推广，有的以推动澳门经济多元发展为己任，有的社团会务止于端午发粽中秋派饼。《史略》旨在阐述教育会会史，出色地还原并留存了教育会的历史原貌。其实，该书在某种意义上也阐述了澳门教育史、社会史。毕竟，教育会的会务并不限于教育范畴，还涉及社会、文化诸领域。捧读刘著，读者分明看到了澳门社会方方面面的发展变化。诚如著名教育家潘懋元序中所言，《史略》的实质，是一部社会发展史。他山之石，可以攻玉。刘羡冰对教育会的经验总结，为各类社团的建设与运作提供了参考与借鉴。

刘羡冰以 86 岁高龄撰就《史略》，令后辈读者叹服；她体健、脑健、笔更健，令我等慵懒碌碌者在仰慕之余，倍觉汗颜。在不同时期，刘羡冰能做事，做成事，所做皆为意义重大之事，赢得了社会各界的赞赏。借此机会，衷心祝福这位前辈学者：健体健笔，再攀高峰。

掩卷致敬为铿翁

——《铿锵岁月：冼为铿访谈录》序

对于辞典等工具书，我心存敬畏，视为严师益友。笃信借助工具书核对信息，可以消减错讹、少出洋相。相比那些拼速度、赶进度、蹭热度而随意印制的时尚商业书刊，由专家学者勠力编纂的典籍，无疑看得舒心、读得放心、用得省心。

初"识"冼翁，始于某篇概括翁学术研究的评论：一是不厌其烦地求教于"哑先生"字典或辞典；二是博览文字学书籍，消化别人的研究成果以弥补自己的不足。我既情倾工具书，自然留意谁人同此志趣。当上述文字映入眼帘时，一种亲切感油然而生，翁之名号从此长漾心海。

蕞尔澳门街，实乃藏龙卧虎之地。仅就人文社科领域而言，便有梁披云、程祥徽、杨允中、李成俊、李鹏翥、刘羡冰等硕学通儒。诸前辈术业有专攻，学问精深，名动镜海。

冼翁长期耕耘于文字学、语文教育和中华传统文化园地，被誉为"从实践中走出来的语文专家"。翁没有学院派意义上的师承，但禀赋高逸、无师自通。他善用业余时间钻研，其学术成果很值得重视。

与翁结缘，是在 2013 年春。彼时，我负责某期刊的统稿编辑工作。筛选稿件时，捧读十数页白底绿格手写稿，字迹方正清晰，笔锋舒展有力，字体圆润中显筋骨，竟是冼翁大作《高秉常主教率团访问京、宁、沪追记》。鉴于该文具史料价值与独特意义，编辑部随即安排在"口述史"栏目刊发。

因了文字缘，得与翁见面。犹记初夏傍晚，携两册样刊至冼家，应门者正是冼翁。上身一件翻领浅色衫，领口低且松，类极内地高校退休教授。翁延我入厅——与其说是客厅，不如说是过道，因为厅堂两侧装满书籍，厅内摆放桌子，狭窄的空间越发逼仄。但在我看来，仿佛走进师长的书房般温暖馨香。那天的谈话内容多半忘却，印象深刻者，冼翁身无俗气，人纯粹，蔼蔼然可敬可亲。

2018 年，业师王富仁遗著《鲁迅与顾颉刚》出版。该书所论，厚重中露尖锐，稳健中见才情，尤以对鲁迅、顾颉刚"交恶"以外的"杨荫榆与女师大事件""章士钊时期的中国教育"的阐析，彰显出超凡学识和史识。有感于此书值得推荐，我以"学术大师的世纪'积案'"为题，写了一篇短论。讵料刊出后，冼翁即打来电话，兴致勃勃地畅谈鲁迅、钱玄同、顾颉刚、刘半农，流露出欲掌灯细读王著的兴趣。

妙论相与议，好书共欣赏。今有镜海冼翁愿意阅读吾师著作，不亦乐乎？带着《鲁迅与顾颉刚》，我再访冼家。过道伫立，眼瞄书架，发现不少熟悉的学术书籍，对翁的学养又加深了认识，情感距离也随即悄悄拉近。

翁新著《铿锵岁月：冼为铿访谈录》（以下简称《铿锵岁月》）即将出版，来电嘱予作序。这份信任与荣耀，我倍加珍惜。然而，回念自家能、德未备，重担难肩，可能辜负翁之美意，不禁惶惶然汗不敢出。承命以来，晨忧暮虑，情感思绪每在"受之有愧"和"却之不恭"之间拉扯。序者，乃针对著述而来的"大手笔"。既阐明著述缘起、出版意旨，也聚焦作者、著述评论进行扼要而不失深度的阐发。其本质是"序主"本着对作者、对学术负责的态度，凭着提携新人、扶勉同人的热忱，关注学科发展，借序论学论道。若非名流贤达、师友前辈或学科泰斗，凡夫俗子断然不可也不敢犯忌作序。翁著述宏富，其书序文多由程祥徽、李成俊、何九盈等名家所撰。珠玉在前，续貂难为。每念及此，顿感诚惶诚恐、压力山大，以致数度提笔竟然怯于落字。然而，作为晚辈，面对卓有建树却甘于淡泊的纯粹学人，三缄其口或举笔不决，皆非我愿，何况翁我之间也曾谈笑融融呢！还是勉力抒写心得感受吧，至于是否狗尾续貂、贻笑方家，本不必斤斤于胸前脑后。

汉语言文字具有优雅、精练、丰盈、厚重等特点，优雅的汉语篇章，让人赏心悦目，还可以陶冶性情，激发民族自豪感与凝聚力。优雅的语言文字，需要传承和守护，更要避免滑向肤浅化与粗鄙化。为更好地表情达意、增强传播效果，无论是电台新闻播报，还是电视台节目录制，抑或是其他媒介，都必须选择正确规范的词语。譬如生活中的标语口号，其内容不应是居高临下式的训示呵斥，而要用妥帖温和的语言导人向善。无论是公文起草者抑或是文件审定者，都应该放下身段，虚心学习，不断提高业务水平。

文论视野中的组诗，泛指同一诗题下内容相互关联、相互呼应的诗作，具有主题集中、风格接近、情感伸延贯彻等特征，既可增加同类题材的容量，又能发挥篇章连缀的效用。杜甫的"三吏"、"三别"、《秋兴八首》，就是典型范例。冼翁学术产量丰富而厚实，《谈文字说古今》系列，因具备组合式篇章连缀的特质而备受瞩目。冼翁对汉字以及汉字在变迁过程中的现实功能的论断，体现于《汉字的优越性》《汉字改革问题随想》《谈谈汉字的简化》诸文中，在某种意义上构成了他的语言文字的思想认知体系——

> 几千年来，中国历史上有无数王朝的兴衰更迭，国土不断的分分合合，战国争雄、南北对峙的分裂局面已非一次，但中国到头来总是维持大一统的局面。汉字的统一不仅使国家的政令得以施行，而且使民族的感情得以沟通，因此汉字在维护中华民族的团结、统一，保存中国文化方面，发挥了不可忽视的作用，它确实有很强的凝聚力。
>
> 在中国历史上，北魏鲜卑族、清代满族，都是居于统治地位时自动放弃本族语言文字改用汉字的。其他如羌文、契丹文、西夏文等相当成熟的文字，都被汉字所取代。由此可见，汉字不但具有凝聚力，而且还具有强大的吸附力。

这是冼翁 20 世纪 90 年代初的学术论断，可谓高屋建瓴、稳健到位。正是在这种严谨的科学论断导引和深厚的民族感情感召下，冼翁的泛语言文字研究开始渐次铺开，并取得耀眼成绩。冼翁著述可圈可点者甚多，尤以对文字的音、形、义的研究以及相关商榷类文章最接地气。别于那些动辄居高飞翔于全球战略、国际形势的宏论，冼翁之文，立足于澳门社会语境，着眼于具体明确的微观议题，本着解决实际问题的立场原则，据实言说，从而避免了蹈空之谈。《谈文字说古今》系列著述至今出版了七集，评价高，影响大。冼翁高度关注本土语言文字应用问题，长期秉持"捉（文字）虱子"精神，执着认真。诚如何九盈教授所言，这位捍卫文字正确发音、正确应用的学者，从报纸、电视台、辞书到期刊、广告到标语，乃至学生的朗诵比赛、商店门口贴的告示，但凡有音读不正、用字讹误，一经发现，便怀着满腔热情，匡之正之。

如果说，数十年锲而不舍的"捉虱"癖好，使冼翁成为澳门语文园地不折不扣的"保健医生"（何九盈语），那么，展卷可见的商榷反思类文字，则鲜活地折射出冼翁的学者本色。统揽《谈文字说古今》书系，诸如《与金中子先生商榷》《与安子介先生商榷》《与墨斋先生商榷》，以及对传统文化的反思拷问文章如《否定旧传统打到"孔家店"》《鲁迅——反封建的伟大旗手》《全盘西化的倡议者胡适》等"扎眼带刺"的文字琳琅满纸。从篇幅上看，冼翁之文大多短小精悍，但这些"微文"，辨伪求真、论不虚发，未尝不可视为"盛世危言"。当然，那些被冼翁"商榷"者和回文"再商榷"者，都应获得对等的敬意。学术无禁区，理想的学术领地，应是林木葱郁、中无杂草，断断不可刻意塑造"权威"，更不必盲信盲从"教父"。争鸣的过程是相互激励、相互启发的过程，它要求参与者充分发挥自身学养识见，深入研究问题，给出令人信服的结论，从而达到对论题的正确认识。也只有通过商榷来激活议题、活跃气氛，才有望开辟学术新径，推动学术事业健康有序发展。

七册《谈文字说古今》，厚实沉甸，字里行间尽见浑厚学养。《铿锵岁月》不日亦将推出。前者融学术性、知识性为一体，后者回忆性、史料性兼备，二者互为文本，相得益彰。捧读书稿，心灵颇受触动，对冼翁其人其文又多了几许认识；认识之余，对这位濠江学人，不由得心生敬意。

大抵回忆录、访谈录、自传评传，无不侧重对受访者生命轨迹的铺陈、记录和评价。这类书籍往往起着补时之短、补史之阙的作用。《铿锵岁月》分"烽火童年""澳门学联""教学生涯""中华教育会"等八部分，载录的内容时间跨度长达80多年。这样的章节设计，符合访谈录文体属性，有利于书写的展开与深入。该书以时间为轴线，既陈述个体人生经历，又截取生命历程中的横断面，把众多人物、事件加以精要生动的描写，从而为读者搭建起重返历史现场的桥梁。

访谈录是一项恢复历史记忆的工作，其本质上是一种记录体文字，行文讲求舒朗亲切、张弛有度，自备一套"春秋笔法"。《铿锵岁月》中的童年旧事如"避难香港"，当时正值太平洋战争爆发，日本军机轰炸港岛，其内容自是"烽火狼烟炮声隆"。由于口述者忆旧生动清晰、语出淡然，采录者笔锋常带感情，书写精练传神，这一不堪的战争逃难片段，予读者一种身临其境的感受。关于"初到澳门"的叙述，特别是入读小学的场景，读来温馨感人。在那"食番薯都要限量"甚至食硼砂发胀大米制成的"神仙糕"的岁月，冼翁回忆所学的第一篇语文课文："滴答滴，滴答滴，钟摆往来不停息，一分一秒走得急，走得急。滴答滴，你看历史书一册，百年千年也只是一日一日的堆积。"80 年时光流逝，他竟然清楚地记得教语文的班主任姓黄名瑞煜，真是应了传统教育庭训——师之所授，未敢忘也。

1950 年 5 月 4 日，冼为铿发动创建澳门学联（全称"澳门中华学生联合总会"），在爱国教育事业拓展、爱国人才培养和爱国运动开展等方面做出巨大努力。"澳门学联"部分，占全书近 1/3 篇幅，是《铿锵岁月》中最厚重的内容。忆往昔峥嵘岁月，冼翁思绪飞扬——起草《告阖澳同学书》、发起"尊师运动"、出版《学联报》等，一一诉诸笔端，还原了学联筚路蓝缕的不凡历程，形塑了学联奠基立业的本真面目。

作为接续"澳门学联"的篇章，"教学生涯"和"中华教育会"无疑是《铿锵岁月》核心内容所在。冼为铿自幼语文成绩优秀，投身教育事业，乃受师长影响，也是喜欢教育职业使然。他参与筹建劳工子弟学校，先后供职于粮食同业公会子弟学校、濠江小学及中学，其间或登台授业作育英才，或操持校务谋求发展，数十年如一日。冼翁曾经担任澳门中华教育会理事长十数年，孜孜于师资培训工作，促进教师专业成长。在推动天主教学校参与教育会活动、推动各校参与全澳学生运动大会方面不遗余力。澳门教育园地晃动着冼翁不知疲倦的身影，冼翁见证并记录着澳门教育事业从蹒跚跋涉到阔步前行的过程。在南光公司和新华社工作期间，冼为铿分管文宣工作，促成高秉常主教率团访问京、宁、沪，使得天主教与内地的关系大为改善。

冼翁曾当选为第四届、第五届全国人大代表，2015 年获澳门特区政府颁授的银莲花勋章，是澳门社会贤达名流。如果拉开时空距离考量，我认为，冼翁归根结底是一位潜心于语言文字研究、关注语文教育事业、认真反思传统文化的学者、教书人，其本色趋近读书郎、邻居阿伯。季伟娅精心采录的《铿锵岁月》的出版，定当丰富澳门社会的人文记忆，对 90 岁的冼翁别具意义。

岁月铿锵，人未老。愿冼翁健笔纵横，凌云"铿锵"，也愿澳门人文社科之树常绿常青。

《澳门忆记》评述

秋天是户外行走的绝佳季节，白居易的诗句"下马闲行伊水头，凉风清景胜春游"，至今犹有附和的声音。在澳门，我们难以实地体验秋色秋韵。如果愿意在书籍铺砌的文化长廊悠游徜徉，兴许能拾获喜悦，感受秋收的厚实与沉甸。

金秋时节，由吴志良博士题字"文物闪亮 忆记成章"、程祥徽教授赐序的《澳门忆记》（以下简称《忆记》），经由澳门文化资源学会出版。《忆记》装帧朴素清雅，尚未开卷，就不由心生好感。待到读毕全书，又会沉浸在濠镜文史语境中不愿离场。《忆记》全书分"小岛往事""旧城往记""百业老行"三辑，16 篇文章，约 18 万字，辅以百余张图片。游目其中，一幅幅充满蚝油味和咸虾酱香的濠江风情画随即扑面而来。翻翻看看，品之鉴之，不得不由衷感叹一声：风景此书独好。

一　文物闪光发亮

澳门城区文物众多，那些中西风格共冶一炉的建筑群，从不同侧面反映了各个历史时期创造者的社会活动和生存实况，见证了数百多年来多种族多文化和谐共处的历史。对非博彩爱好者而言，作为世界文化遗产的澳门历史城区，其游赏魅力远在"番摊""牌九""百家乐"之上。他们游澳门、品澳门，更乐意写澳门、赞澳门。旅人关于澳门的游记文章，不乏图文并茂、灵动新颖之作。这些作品通过纸媒、博客、推特、微信等网络传播平台，推广并丰富了澳门形象，提升了澳门的城市美誉度与影响力。

澳门以博彩闻名，要深入认识博彩以外的澳门社会本真面目，绝非易事。细究外地旅行者对澳门的描绘，不难发现，这些文字大多停留在表层，甚少从整体上把握澳门的城市肌理与内蕴，所建构的澳门形象也因此动感、妩媚有余，深度、厚度不足。

统揽《忆记》各篇章，从凉茶制作零售、当铺典当经营、青楼献唱卖艺等个体化小众行为，到婚嫁礼节、神明祭祀、古村落建设等群体性大众活动，都一一纳入写作大纲。从读者阅读期待的角度看，以上题材无疑是澳门文史领域的热点与亮点，最能集中体现濠镜地域风情与特色。只有对澳门文史常识了然于胸者，才能设计出宏观缜密的写作框架。令人欣慰的是，著者拟定了一个务实、合理、可操作的写作思路，并在这一思路指导下，对所列内容进行了详略得当、生动有趣的刻画。对于丰富、补充、加深游客对澳门的理性认识，展现一道立体丰满的澳门丽影，阐述澳门文化生态并推广澳门文化，其意义不言而喻。

更为可贵的是，著者对于文物的思考细致深入又颇具见地。文物是人类发展进程中创造并保留下来的遗物遗迹。澳门文物大多体现在艺术品、工艺品、手稿、图书数据以及古遗址、古建筑、寺庙、石刻、壁画等可触摸的物件上。这些文物或因独特的外观形态，或因别致的艺术特性，吸引了数量庞大的游人前来观赏。也正是众多不可复制、不可再创造的价值不菲的文物，使得澳门有资格成为精巧的"博物馆"型城市。形象地说，整个澳门就是一座天然博物馆。这里每天都在上演大大小小精彩绝伦的剧目，散发着"小剧场大舞台，小澳门大世界"的都市魅力。《忆记》详细地记载了古望厦村落的建设、发展和式微，"第四大传统工业"造船业的往日盛况，以及当铺典押行业的运营状况。这类文史兼备的文字，颇能引领读者穿越时空，重返现场，一同领略独特的濠镜风情。在《造船岂止三斤钉》一文中，作者写道："在十九世纪中叶，沙梨头和新桥近海一带船厂林立。从事造船的工人众多。在1887年，沙梨头和新桥一带尚有二十五至三十家船厂。直到五六十年代，大大小小的渔船以澳门为港口，每逢新年度岁时，内港更会出现'千船集港'的宏伟景象，而这时船排的工人最忙个不停，因为他们正赶在渔民出海前把船只修理。撑起渔港的繁华，就能撑起澳门的经济，而支撑渔业的发展正是造船业的力量。"① 在《走进德成按》一文中，作者娓娓道来："进入德成按的大门，绕过一块巨大的红色的'遮羞板'，就是大家熟悉的当铺柜台，居高临下的格局，据说能打消顾客持物自珍的信心，同时客人也听不到朝奉议价时的内容。当朝奉接过典当物后，柜台上的厘戥、放大镜、试金石等大派用场，来鉴定物品真

① 劳加裕：《澳门忆记》，澳门文化资源学会，2016，第162页。

伪和瑕疵，再做定义。"①

应该说，上述题材的篇章，都能在察览现状的基础上，将笔触伸入历史文化深处寻幽探奇，做到落墨从容、言必有据、论从史出、文史并重。这些融趣味性、知识性、学术性为一体的文字，恰似点燃了一束束别样的历史烟花，点亮了一盏盏温馨可感的暖色台灯，鲜活地还原了濠镜历史文化情状，也擦亮了澳门文物的固有面目，并使之熠熠于天际海疆。

二　忆记成文成章

语言是人类沟通交流的桥梁，文字则是人们情感表达的载体。文章的魅力，在于作者笔端所流泻出的思想、观点与见解，在于文中所蕴含的情感性、思想性和哲理性。一本好书，一篇佳作，必然字字珠玑，处处玄机，纸面纸背有色有彩，光华似霞，闪烁着作者的睿智与慧识。因其独创性和真知灼见，往往能够开启读者的心灵天窗，启迪读者的心智，进而引起读者的情感共鸣。反观那些以怪异话语糊弄众生的文字，虽能博得一时的关注，但终归与艺术生命无涉。那些惯于哗众取宠、"语不惊人死不休"的写手，与鼻孔穿银戒、手臂刺青龙、胸口纹虫蛇、肚脐镶银环、午夜戴墨镜、深闺看掌相、清宵喝童子尿者，每每予人一种高深莫测的感觉。所炮制的雄文总是一副君临天下、玄之又玄的架势，其思想实则拙劣干瘪，艺术层面更是乏善可陈。

《忆记》是澳门文化资源协会出版书系之一种，是一项集体智慧的结晶。其总编、编者、作者、摄影师等都是澳门文艺界的重要力量。作者劳加裕长期致力于澳门历史文化研究，写有一系列文章。这些文章曾在"濠江野史"专栏登载，备受好评。② 需要指出的是，专栏名为"野史"，实乃谦逊之词。从文本属性及阅读价值的视角看，野史、正史可谓"你中有我，我中有你"，二者互相渗透、互有长短、各具千秋。一般来说，野史多在民间流传，故事性强，受众较多；而正史则由官方统一修订，具有权威性，有机会第一时间阅读者寥寥无几。野史有面壁虚构、制造噱头的弊病，但不乏史料依据；正史虽然"高大上"，却也存在"移花接木""指

① 劳加裕：《澳门忆记》，澳门文化资源学会，2016，第 132 页。
② 劳加裕：《澳门忆记》，澳门文化资源学会，2016，第 5 页。

鹿为马"等顽疾。古往今来，有史官宁可"因言获罪"，也不肯妄照统治者的意愿篡改历史，这正是正史的最大价值——以理服人，以信服众，"让事实说话"。学术视野中的野史，其趣味性大于真实性，娱乐性大于严肃性，在某种程度上是对历史的一种不负责任的诠释，甚至说是亵渎。这是野史时常遭受讥讽诟病的根本原因。不过，在正史之外，野史往往扮演着补时之短、"补史之阙"的角色，凸显着自身的价值，而不仅仅是无足轻重的"道听途说"或"街谈巷议"。通读《忆记》的 16 篇文章，无论是感悟式独白、抒情性陈述，还是学术性阐释，都能统筹兼顾，各有侧重，独立成章，各具看头。全书借忆记的方式，重温文化，还原历史，携领读者一同体验或远或近的濠镜生活。

忆记或记忆，就其本质而言是一种个人行为，主观色彩明显。记忆在人文社科领域尤其是在历史的编纂上产生过或隐或显的影响，这一现象今后将继续存在。历史撰写的一项核心任务是保留和传承记忆，有些历史学家甚至将记忆作为史料加以利用，并借以建立起一套叙述模式且践行不疲。历史与记忆关系之密切由此可见。然而，记忆毕竟不能等同于历史，要将记忆转化为历史殊为不易。尽管记忆有着不可或缺的作用，但基本上依附于个体意识与感知，随意性大，严谨性不足，有时更是与历史事实背道而驰。

受时代变迁、环境变化以及生理机能衰退等因素制约，记忆存在诸多无须掩饰的弊端，但不能因此否定其通向历史的可行性、有效性与真实性。回望《忆记》，仔细辨析其中的《濠江蚝情》《福隆艳史》《苦茶人情味》《百年果栏街》，这些文章内容大多立足于实地调查和人物采访基础之上，且能自觉地结合史料展开论述，从而避免了蹈空之论。在这里，作者扮演的是但问事实的侦探，而非明察秋毫的法官。这样的书写策略在《福隆艳史》中表现得尤其突出。且看作者如此轻车熟路、侃侃而谈：

> 不止是电影里，忆濠江当年，也曾是个艳帜高张的地方。在上世纪三十年代，澳门的"红灯区"可谓十分有名，即使是香港昔日著名的石塘嘴，妓院数量也未能跟福隆新街相提并论。内港区聚集百多家，而妓女人数达到千人，"濠江风月"的名声也随之响（享）誉远东。①

---

① 劳加裕：《澳门忆记》，澳门文化资源学会，2016，第 70 页。

借助记忆、史实、学识与情感，作者将文字编码串联成章，从而完成了对澳门各行业发展历程的介绍与还原，重塑了濠镜文化形象，让读者在博彩业之外，充分领略众多古老行业的真实面貌与独特神趣。

三 结语

特殊的历史铸就了特殊的澳门。澳门是个小地方，小小"澳门街"连接着一个大大的外部世界。优美的自然景色和独特的人文景观编织出澳门独特的欧陆风情。漫步其中，令人不禁遐想那个"明珠海上传星气，白玉河边看月光"的东方神秘海港。数百年来，澳门的魅力一直处于发酵绽放状态。"青洲烟雨""普济钟声""莲峰夕照"等景点更是让历代诗家流连忘返，吟咏不止。今天，纷至沓来的各地游客，无不对澳门的风土人情和山海形胜"另眼相看"、礼赞有加。澳门被四海宾客传说传唱，固然离不开自身的魅力——繁荣和沧桑同在，优雅和古朴并存，文化底蕴和异域风情结合得恰到好处，但更离不开各类文章的宣扬与推广。文章既能传承一时一地的文明文化，当然也可以释放此时此地的神韵魅力。于游客，成文成章的书籍文献，不啻一种精神食粮、一份情感手册、一首"撩"力十足的远方之诗。正是在这类"成章"文字的诱惑牵引之下，他们买舟揽辔，直奔濠镜而来。

澳门文化资源协会，一个以推广澳门文化为己任的民间社团。自成立伊始起，就积极为澳门文化的未来发展方向研讨把脉、建言献策。从总编、编者到作者，人人至情至性，个个"笔锋常带感情"。"以舶为田、凭风而耕"的澳门是他们的常住之家，又是不二的情感家园。《忆记》是该会策划出版的书籍，是一份献给澳门社会、献给各地观光客的文化礼品。捧读《忆记》，观书中所言、所论、所思、所感，似乎有一种温情压在纸背，一种"此情绵绵不休，只为濠镜山水留"的爱澳情结。在这个意义上说，该书虽是一本文史读物，又分明别有幽怀，对于澳门的文艺推广和文化建设，其重要性与现实意义自不待言。也正因如此，读者乐见《忆记》的成书、发行、流播，更有理由热切期待《忆记》系列的第三本、第六本、第九本。

《她说，阴天快乐》评述

常言开卷有益。翻看《她说，阴天快乐》（以下简称《她说》）扉页，尚未进入文本，情感就被重重一击。作者简介写道：贺凌声，又名陈小敌、灰田。爱文学、爱摄影、爱美女、爱美食、爱运动。如此表述，分明示露着个性才情，颇有充"五爱"于无疆、舍我其谁的气势。更有甚者，这位"玩世不恭却又泰然自若"的"博爱男"，宣称"要用一条命，做一个钢铁侠、蝙蝠侠、一个诗人"。小巧方寸扉页，植满煽情野性文字，配以似笑非笑的玉佩颈链黑衣照，濠江文坛"八〇后"酷哥形象顿时跃然纸上。

一

贺凌声擅写现代诗，曾多次获得澳门文学赛事新诗组冠军，乃本土实力派诗人。诗人为散文集起名《她说，阴天快乐》，纸面纸背诗意弥漫，让人想起戴望舒的《雨巷》和徐志摩的《偶然》。其实，新诗之外，贺凌声的散文创作亦具有魅力，这在通读其新著《她说》之后不难感受得到。《她说》由澳门故事协会于2019年12月出版，全书分"送一条非洲鲫给爸爸""迷雾惊魂""阴天快乐""写作骗子"共四卷，约70篇文章，附有图片，洋溢着插图本散文集的气息。夜读贺作，仿佛石塘巷的牛杂牛腩香、关前街的炭炉羊腩煲香和着翰墨书香袅袅升起，又似乎瞥见不知名姓的街头小情侣呢呢喃喃、相拥相亲。这种"接地气"式的阅读体验，就像闲走于阿婆井前地或散逛卢九花园，亲切熟悉，轻松自在。

写作是一种个体化行为。作家根据生活感受和体验，通过艺术加工，创作出具有个人风格的可供欣赏或静待"斧正"的作品，并赋予内蕴独特的思想意义。作为常见的文学样式，散文的书写方式灵活多样，无论是记事抒情还是状物感怀，都是自身情感的流露。读者熟悉的文论术语"形散神不散"（形散神聚），属于散文写作与鉴赏范畴的核心内容。所谓形散，既指题材自由、写法多样，又指结构不拘一格，不受时空限制；在表现手法方面，可以叙述事件发展、塑造人物形象、托物咏怀、发表议论，一切皆由写作人根据需要与喜好自主调整。而神聚，泛指文章内容集中，又指可感的贯穿全文的写作脉络。一般而言，散文写人记事，多为表面现象，其本质重在情感体验。情感体验可理解为"不散的神"，人与事则是可大可小、可多可少的"形"。

沿着阅读路径，由扉页"翻进"形散神聚的散文天地，细读《兼职》《看通书》《善良之心》《迷雾惊魂》《最坏的年代》等篇什，我们发现，《她说》果然"说来"绘声绘色、精彩动人。从网购、减肥、暗恋、巷弄觅食、街头取景拍摄等私人化小众行为，到呼吁支持写作、关注员工招聘、鼓励书店坚持经营、探讨文创业动向等严肃问题，这些都成了作者的审视对象、思考焦点和书写题材。结合澳门社会实际考量，文中指向的无论是小众行为还是大众事件，都应引起有识之士和政府官员的高度关注。因为这类题材往往是"此时此地"各界瞩目的热点与亮点，多能反映濠江社会问题，体现镜海风物人情。于作者，其作品"为时而著，为事而作"，意味着自己对现实的一个响应、对社会的一种关切、对时代的一份担当。这是知识分子自古以来赓续不断的文化传统和精神力量。于读者，站在阅读期待的立场，既能长见识、开眼界，又能触发情感共鸣，更能感受到富有正义感、有抱负、肯担当的作家，肩负起历史使命，在改造社会、促进社会进步方面付出的努力。对于埠外读者，尤其是非博彩爱好者而言，这样的散文读本，显然有助于进一步了解澳门文学、文化、社会的真实面貌。

贺凌声生于斯，长于斯，拥有零距离观察澳门、体验澳门、品咂澳门、书写澳门的条件与优势。因其写作态度认真，文字驾驭能力强，横折撇捺之下，澳门的风土人情便编织成可观、可感、可击节的篇篇佳作，而非浮光掠影式的以图片为噱头、内容干枯、语焉不详的"游后感"文章。《过年》中的童年趣事，读之如身临其境般并瞬间勾起回忆。作者写道："在一些巷子里，发现狗屎，便突发奇想，把爆竹或烟花插在粪便上，然后放进别人的邮箱内燃烧，当发出吱吱爆裂声响时，便吸引了其他街童跑过来围观。我们的恶性，把过年的气氛推到了高潮。"近年盛行的抒写故地"乡愁"情结，在贺凌声笔下亦多有流露。且看《重返板樟堂》一文，作者娓娓道来："只要宁静的小巷还有野猫出没，只要摇曳的老树还会在地上留下斑驳光影，那么，板樟堂依旧是板樟堂，我一定能在这里遇见平民百姓各式各样的幸福生活影像。"这类文字，以一种贴近情感的方式、一种文化的呵持护卫，深入澳门的城市肌理与肺脏，体现着对澳门这座特定城市文化环境的深层次认同。尽管笔触温和恬淡，行文波澜不惊，但都彰显了作品浓郁的本土色彩和作者强烈的现实关怀。

二

别于扉页文字的元气淋漓、霸气毕露，《她说》篇大都含蓄内敛、惜墨如金，尽显散文语言蕴含张力的属性特质。《她说》所收录作品多为短小精巧、质朴灵动之作，趣味性和严肃性兼备，特别是那些关于爱情的描写和讨论，寥寥数句，欲言又止，可谓吊足读者胃口。

爱情是文学世界中常写常新的母题。无论是少女、油腻大叔还是广场大妈、茶馆老爷，都需要爱情滋润，都有权利追求爱情生活。关于代际爱情观之特征比较，曾有网文如此概括："70后"追求"执子之手，与子偕老"；"80后"讲求有车有房，岁月静好；"90后"鼓吹及时享乐，对爱情婚姻的神圣感、责任感十分不屑，极端者甚至希望对方"父母双亡"，以便安安静静享受二人世界。

身为"80后"作家，贺凌声的恋爱婚姻观似也流连于"花前月下，岁月静好"的境地。倘需补充，也无非多出"有贼心无贼胆"式的精神出轨：诸如难忘初恋情人、惦念红颜知己等"纵然心不甘，奈何也枉然"的惆怅。这样的判断乃建基于对《她说》文本的精细研读，应不至于"差之千里"。当然，贺凌声对于爱、爱情以及缘分较具深度的观察、思考与总结，还是值得"点赞"。如《说故事》中借家佣续聘话题带出的爱情心语："如果真的缘尽了，就要懂得放手。当我说完这番话后，太太似乎有所感悟，抱着我的手呼呼大睡。"如此论断，符合"80后"情感预期的"三不"准则：爱情不需要勉强，不需要承诺，更不需要一生一世守护。它就是简简单单的一种有期限的感觉，一种岁月洗礼之后的产物。

命运遭逢各有际遇，相比于思想相对单纯的"60后""70后"，"80后"所面对的传统与现代观念的夹击与冲击更密集、更强烈，叛逆与顺从、自私与宽容、智慧与无知终日如影相随。对于爱情，"80后"既执着又直率，他们对爱情充满哲性思考，他们领悟爱情的自觉性和深刻性并非前浪可以凌越，也非后浪可以追拍。贺凌声《爱情沙龙》中的金句警句，读之令人眼前一亮又教人心生戚戚："我们的爱情，总有一个刻度，时辰一到，任你如何不舍，怎样挽留，都必须缘尽人散。……我们的感情，不过是到此一游的风景照。"

散文书写讲求缜密精巧的谋篇构思，白居易曾宣扬"首句标其目，卒章显其志"。散文作品的破题开篇，宜直接亮出立言本意，随之展开的内容则不必急于露底揭晓，应将情感哲思蕴含其中，结尾以简洁有力的叙述或议论作"豹尾"式收束，进一步明确、深化、升华主题。柳宗元的《捕蛇者说》、欧阳修的《醉翁亭记》、范仲淹的《岳阳楼记》、刘伯温的《卖柑者言》等，常被视为"卒章显其志"手法应用的典范。当代作家中的刘白羽、杨朔、秦牧、魏巍等，也将"卒章显其志"技巧应用得娴熟出彩。《她说》中有不少篇什巧用了"卒章显其志"这一传统技法。如《善良之心》中关于"脸书"开通书市嘉年华专页"壮举"的议论："脸书是一把绝世双刃剑，与其害怕它会引起江湖的腥风血雨，倒不如怀着一颗善良之心，跟它一起闯荡江湖，说不定还可以拯救世界。"每令读者感同身受，产生情感共振。我们有理由相信，贺凌声熟读古圣今贤散文名篇，深得"卒章显其志"技艺精髓。

作为清代影响最大的散文流派，桐城派作家自觉遵循小说创作理论，在散文写作中熟练运用小说笔法，做到记叙描写简洁细致，人物形象塑造立体丰满。回首中国现代文学史，京派作家废名《竹林的故事》、汪曾祺《钓鱼的医生》等作品，似散文又像小说，文体特征兼而有之。运小说笔法入散文，增加了散文书写的自由度与灵活度，丰富了散文创作手法，拓宽了散文的艺术表达空间。澳门散文具有开放性、超前性、世界性等特质。作者不同的人生历练、知识结构和教育背景，使得笔下的散文呈现出"横看成岭侧成峰"的形态各异、手法多元等特点。其中，就存在搬用小说笔法入散文（散文创作小说化）等值得重视的现象。在《北上消费》一文中，就有如下散文小说化的烙印："花花世界，行尸走肉，你能够想象到的玩意，珠海坦洲一带的服务场所，都能够满足你的需求。当时，你拿着一千港元，就可以在内地高级消费场所充当土豪，人人当正你是大老板般侍候，让你在真正老板面前受创的弱小心灵，得到一丝慰藉。"

三　结语

　　贺凌声侣诗歌而友散文，是一位创作多面手，行文自带一种举重若轻的洒脱。《她说》中的地点、人物、事件，大都以澳门为依归，字里行间透露出有温度地感知澳门的心声，浸漫着浓浓的澳门情怀，赢得了本地同行的好评。

　　有宋一代，严羽直言："天下有可废之人，无可废之言，诗道如是也。"澳门文学的脐带紧系于中国文学，澳门文学与母体中国文学须臾不曾分离。对于文学作品，应提倡厚古不薄今、褒扬"中心"而不贬抑"边缘"，更有必要拥有"已识乾坤大，犹怜草木青"的胸襟气量。岭南之南的澳门，是一方文学热土，包括贺凌声在内的众多写作人长年书写澳门、推广澳门，为夯筑澳门文学形象勠力同行。这种执着与坚守，令人感慨、感动。贺凌声年未届不惑，就出版了多种诗集、散文集、诗歌摄影集。我期待着他的又一部也许名为《他说，晴日狂欢》的散文集的到来。

读王富仁《鲁迅与顾颉刚》有感

庚子新春，新冠肺炎疫情肆虐蔓延，人人谈疫色变。"宅"，成了人们的生活常态，成了全民防疫战"疫"绕不过的关键词。作为一位秉性木讷、喜好清静的"宅男"，我选择家中开卷，新读或重读《盐铁论》《文心雕龙》《玉台新咏》《湘行散记》《受戒》《文学地理学会通》等著述。阅读印象最为深刻且不时生发情感共鸣者，应属当代著名学者、原中国现代文学研究会会长王富仁教授的遗著《鲁迅与顾颉刚》。

王富仁（1941~2017），山东高唐人，新中国第一位现代文学博士，北京师范大学文学院教授，汕头大学文学院终身教授。20世纪80年代，王富仁的博士论文以"中国反封建思想革命"的全新视角阐释鲁迅小说，开辟了鲁迅研究的新时代，被视为中国鲁迅研究史上具有里程碑意义的学术成果，成了新时期中国文坛思想启蒙的重要标志。此后，王富仁致力于中国现代思想文化研究、中国左翼文学研究、先秦诸子研究、教师主体论研究等，皆成就斐然。其晚年倡导的"新国学"理念，在海内外学术界产生了广泛而深远的影响。

《鲁迅与顾颉刚》是王富仁生前所撰"学识·史识·胆识"系列论文之一种。全书分6篇39节，约30万字。对于书中探究的鲁迅与顾颉刚因为文化的分歧而导致情感、情绪上对立、"交恶"的现象，作者坦承：花费如此长的篇幅清理这件"积案"，是因为它实际牵涉到中国现代思想史和学术史的一系列重大分歧，并且直到现在这些分歧还常常困扰着我们。

王富仁学风严谨，思辨严密，在学术上有高远追求。他通过对历史观念、学术思想、荣辱观念（面子观念）和顾颉刚质疑"鲁迅《中国小说史略》抄袭盐谷温《中国文学概论讲话》事件"的深入分析，揭示了鲁迅和顾颉刚矛盾和分歧的内在文化意义，阐明了这样的历史事实：鲁迅和顾颉刚的矛盾和分歧，实际上是在鲁迅以"立人思想"为核心的现代文化观念与顾颉刚在受教育过程中形成的中国现代学院精英分子文化观念的差异和矛盾中形成的。

该书的撰写目的在于深入探究并还原鲁迅与顾颉刚的"交恶"始末，但也不仅仅止于此。作者在具体论述过程中，多能结合史料，考订事实，以点带面，细致入微地探讨鲁迅和顾颉刚学术思想的形成和发展。同时，又将笔触伸入鲁迅、顾颉刚因何交恶，二者在思想上和学术上的分歧对立以及造成分歧对立的本质原因等层面，条分缕析，并在此基础上重新审视"整理国故"与古史研究、"现代评论派"和英美派学院精英与鲁迅的矛盾等众多复杂问题，从而实现了在更大更广阔的时代背景下审视和把握两位学术大师这起历史"积案"的实质。

全书视界开阔，新论迭出。其论述，稳健中见才情，厚重中露尖锐，如对鲁迅、顾颉刚"交恶"以外的"杨荫榆与女师大事件""章士钊时期的中国教育"的分析与阐解，无不体现了王富仁不同凡响的学识、史识和胆识。这是《鲁迅与顾颉刚》予我的真切阅读感受与体验。

王富仁所属的专业领域是文学，却又长期跋涉在一个又一个不一定拘囿于文学领域的学术课题之间。作为王富仁先生最后的学术研究成果，该书的实际思考指向是"五四"一代知识分子的精神道路的抉择。书中所提出的一系列学术观点与看法，对后代读者感受和理解"五四"新文化运动中不同的文化类型与学术流派，深入反思 20 世纪中国的学人、学术和文化，多有启发。

这是一本值得重视珍视、值得推荐推广的书籍。

读贾平凹《山本》有感

衡量一位作家优秀与否，并不存在也不需要"权威""统一"的标准。经验丰富的读者，大都自备一杆判定优良中差的秤，甚至不动声色地描绘作家群英谱。二十多年前，我很是痴迷"两张一贾"（张炜、张承志、贾平凹），至今仍然把贾平凹高挂在优秀作家榜单。若有"当代全球十大华文作家"之类的评选活动或问卷调查，我将毫不犹豫投贾氏一票。

贾平凹乃文坛"劳模""常青树"，几乎每隔一两年就推出一部长篇小说，《山本》是他创作的第 16 部小说。2018 年 3 月，《收获》长篇专号（春卷）全文发表《山本》；4 月，作家出版社出版简装本；同月，人民文学出版社出版精装本。《山本》面世后曾经掀起一股评论热潮，短短不到一年时间，就有近 30 篇学术文章在重要期刊发表，且所论近乎全盘肯定。与此同时，各类研讨会、座谈会相继举办，央视、《光明日报》、《文艺报》等权威媒体纷纷予以报道。贾平凹及其作品所受礼遇之高、风头之劲，大大超出了同辈作家，而出版界、评论界以及新闻界对《山本》的重视与"撑场"，更属罕见。可以说，《山本》搅动甚至震动了 2018 年的神州文坛。

《山本》讲述 20 世纪二三十年代，秦岭大山深处一个叫涡镇的地方，在军阀混战、"城头变幻大王旗"的乱世中，唱尽一曲从自保自强到坍塌毁灭的命运悲歌。

作品从童养媳陆菊人带着"三分胭脂地"的嫁妆嫁到涡镇写起，陆菊人原本指望"嫁妆"能给自己带来好运，却不料地块竟被公公送给家庭遭遇横祸的邑人井宗秀用作安葬其父亲的坟地。陆菊人大失所望，但又发现井宗秀重情重义、知恩图报，便把希望寄托在这位青年身上，并竭尽全力辅助成就之。井宗秀果然不负所望，历尽艰辛，攀上权力顶峰，成为涡镇"老大"。

涡镇地处秦岭腹地，但绝非世外桃源。作者以地方志式的书写叙事，写活了一场"命运与人性交织、苦难与超脱并存"的历史大戏。在这场大戏中，山贼刀客、游击队、保安队、预备旅等几股力量，以暴制暴，尽显血腥残杀以及苍生性命如草芥、命运难以自主的一面。底层百姓生活，有温情脉脉、守望互助，也有心胸狭隘、人性丑陋、逞强斗狠、蛮霸残忍，更有对爱情和幸福生活的执着追求。书中故事，既暴露人性之恶，也揭示人性之善。花生的纯真无邪、陆菊人的善良能干、井宗秀的睿智老到、郎中陈先生的精明通达、古庙老尼宽展师傅的温和慈悲，对这些人物的塑造和对人性光辉的描写，寄寓着作家的悲悯情怀，为小说增添了浓郁的人道主义色彩。

男女主角陆菊人与井宗秀，惺惺相惜、相依互存，合力演绎了一段互为知己般的凄美爱情，尤以陆菊人的恋爱取向——敢于也甘心为爱情付出，愿意推"臣妾"之心置"郎君"之腹——最为感人。在协助井宗秀的过程中，在那个乌天暗地的乱世时空，陆井之恋就像一轮清辉满月，光彩熠熠，温润迷人。令读者在掩卷之际，生发出无尽唏嘘。

几大出版单位几乎同时推出《山本》，有评论家惊呼"一女三嫁"，有书评人认为《山本》具有"百科全书式的容貌与风格"。也有批评家从价值观、情感表达、艺术形式等方面进行剖析，认为《山本》"叙事琐碎拖沓，细节粗糙造作，感官放纵无度，立论消极陈腐"，是欲望和暴力的大观园，所展示的是价值观的虚无，是一部失败之作。更有批评家将《山本》与同为陕西籍作家的陈忠实的《白鹿原》做比较，指出《山本》的不少情节与《白鹿原》雷同，在叙事上模仿《白鹿原》却不成功。

在《山本》后记中，贾平凹写道："这本书是写秦岭的，原定名就是《秦岭》，后变成《秦岭志》，再后来又改了，一是觉得还是两个字的名字适合于我，二是起名以张口音最好，于是就有了《山本》。山本，山的本来，写山的一本书。"

贾平凹是当代文坛屈指可数的奇才、"鬼才"。《山本》延续了贾平凹一以贯之的亦庄亦谐的风格笔调，对秦岭山水草木、乡镇衬寨的勾画，对风土人情的描写，清晰而生动。若欲了解秦岭地区民风民俗以及感受乱世男女的"推心之恋"，此书值得一读。

读艾芜《南行记》有感

在传统道德视野中，浪子或流浪汉不但不被人待见，甚至常被讥为"洪水猛兽"。浪子行事不受道德习俗约束，不务正业、游必无方；流浪汉则因经济困绝而乞讨城乡、露宿街头。浪子放荡不羁，有家不归；流浪汉居无定所，无家可归。反讽的是，描写此类"浪人烂事"（或曰"英雄末路，沦落江湖"）的作品如秦琼卖马、杨志卖刀等，从来不乏捧场者。自称"天下第一滑头"的韦小宝以及"仪表天然磊落"的燕青，也因为够骚够浪而俘虏了万千女子的心。

《南行记》是艾芜的成名作、代表作。作品对 20 世纪二三十年代滇缅地界底层人民的苦难生活和异域民俗风情的书写，丰富了中国现代文学的创作手法，拓宽了中国现代文学反映社会生活的领域。作为为数不多的具有流浪汉小说特质的作品，《南行记》予读者惊喜、受同行推崇、为文坛增色，成了中国现代文学园地的一朵娇艳奇葩。

流浪汉小说兴起于 16 世纪中叶的欧洲，是一个倡导描写城市草根阶层生活的文学流派。书中主人公大多出身贫寒，他们心地善良，富有同情心，但为社会大染缸所腐蚀，最终堕落为偷讹拐骗之徒。这类作品多以底层百姓视角，观察分析社会，反映现实生活，描写主人公多蹇的命运，揭示欺骗、偷窃行径的本质，鞭挞社会不公，表达反抗精神。小说语言简洁、文风幽默，具有相当的文学价值与魅力。

《南行记》收录《人生哲学的一课》《山峡中》《松岭上》《在茅草地》《洋官与鸡》《我诅咒你那么一笑》《我们的友人》《我的爱人》八篇小说，是作者在滇缅地界漂泊经历的文学呈现。因不甘"这浮云似的生命就让它浮云也似地消散"，作者"发下决心，打算把我身经的、看见的、听过的——一切弱小者被压迫而挣扎起来的悲剧，切切实实地绘了出来"。作者以第一人称或第三人称的形式描写底层劳动者、流浪汉、贫苦人民悲惨命运的同时，尽力挖掘他们身上的高尚品德，对"那些在生活重压下强烈求生的欲望的朦胧反抗的行动"也多有着墨。

仿佛一道道画卷屏风，《南行记》中的每一篇作品都独立成章，八篇合拢起来浑然一体。捧之读之，生活质感和时代感裹挟着异域风情顿时澎湃而来。贩卖烟土的汉子、深山客店的老板、行署洋官、翻译师爷、寺院僧侣、摊档小贩、黄包车夫、店小二、叫花子以及"我"——一位"文能写字武能挖土""零售劳力贩卖脑力"的落魄知识分子等人物形象跃然纸上。即便不知尊号、未出场的寺庙神明，也似乎要趁风雨飘摇之际，在远处灯火人家那一声两声的犬吠声中颤颤而来，抚"我"创伤，祛"我"凄然。

艾芜早期的流浪生涯和充满浪漫色彩的小说，给读者留下了深刻印象。他笔下所塑造的野老鸭、小黑牛、鬼冬哥、老江等人物，是中国现代文学史人物长廊中独具艺术感染力的存在。艾芜的小说被译成英国、俄罗斯、德国、法国、日本、朝鲜等国文字，深受国外读者喜爱。根据《南行记》改编的影视作品叫好又叫座，影响深远。

《南行记》以浓郁的异域情调和绮丽的滇缅风光为背景，写尽一曲曲流离悲歌、一幕幕人间悲剧，赢得一代又一代读者的情感共鸣。艾芜的小说创作，曾经得到郭沫若、茅盾、胡风等名家赞赏。巴金认为"艾芜是中国最杰出的作家之一"，鲁迅赞之曰"中国最有希望的青年作家之一"。各类文学史著述也对艾芜及其流浪汉小说的成就与贡献给予高度评价。

读惯了满纸刀光剑影的武侠小说、明抛媚眼暗送秋波的言情小说，若有余暇，不妨读读"凄风苦雨"般的流浪汉小说；在陶醉于文学世界中的湘西田园牧歌、流连于文学世界中的浙东农事人事之余，我们似乎也可以把阅读的目光投向滇缅地界，投向流浪汉小说。

"当我在南国天野里漂泊的时候，没饭吃、便做工；得了流汗换来的工钱，就又向一个充满新鲜情调的陌生地方走去。"这是小说《在茅草地》的破题之句。在《山峡中》里，艾芜写道："桥头的神祠，破败而荒凉的，显然已给人类忘记了，遗弃了，孤零零地躺着，只有山风、江水流送着它的余年。"

这文字，这文学味，这充满流浪气息的文学世界啊，如此美不胜收。

新加坡文学期刊《赤道风》刍议

《赤道风》是新加坡的一份文艺杂志，创刊于 1986 年。十五年的文学旅程，十多万册的发行量，凝聚着出版人、主编对事业的心血。这份文学刊物，既缺政府津贴，又乏民间资助，她的存在，本身就是一个值得关注的文化现象，其中必然有着某种深刻的蕴意与启示。今日的《赤道风》宛若一个大姑娘般亭亭玉立于南洋文学河岸，带给文学研究者慰藉和鼓舞。这是可喜的一面，彰显了分析、探讨、总结《赤道风》的必要性。毕竟，《赤道风》的成长、成功是个典型特例，对了解当地文学生态、文化语境有着不可忽视的意义。

手捧一册《赤道风》，清丽大方，装帧精美，配以散发着历史韵味的封页插图，尚未开卷，就有惊喜和期待的感觉。待到读毕全刊，不禁沉浸在纯文学的学术思考中，不生他想。如果知晓这份杂志今日乃由一对夫妇"苦撑"的详情，我们一定会惊讶、慨叹和感动。作为一份杂志，《赤道风》为我们吹开了一扇窥探当下新加坡及东南亚华文文学的窗口，她因此不再平凡，而她的何去何从（扎根在经济快速发展、文化相对薄弱的新加坡）就更让人关注。

新加坡是个极其成功的现代化国家，多种族、多文化共生并存。华人占总人口的 3/4，但中华文化不一定就是主流文化。而且，近年来华文教育的日趋衰弱更是事实。欣慰的是，政府矢志要建设一个文化港湾、民众渴望拥有真正的优雅社会的决心不变。这说明了举国上下对精神文明的热切追求。问题在于，文化底蕴的贫乏并不能以富庶的物质文明弥补和替代，二者间的难以协调的矛盾造成政府和民间无法掩饰的尴尬。有效磨合或者逐渐消除这一尴尬，无疑是今后国民的一个努力方向。新加坡的大街要道、地铁站口悬挂着诸如"讲华语，开辟生活新天地""学而不思则罔，思而不学则殆"的宣传标语①，显示了政府鼓励和弘扬中华文化的诚意和

---

① 这些标语还有更丰富的内容，今仅选取两句。

用心，这让我们有理由对中华文化的中兴抱以乐观的态度。

《赤道风》杂志和她的前身《热带文艺》是在令人乐观的环境中响锣登场的。《热带文艺》创刊之初，编辑部人才济济。集思广益，人多本该好办事，最后却因口众意杂而草草收场。随后，赤道风出版社和《赤道风》季刊另起炉灶，于1986年4月推出创刊号。初时，积极拓展"文学的外交空间"，热闹了一阵。两年之后，好景不再，陷入"稿源紧缩、银库空虚、七位编辑剩下一人（即现任主编方然）、眼看要'收档'①的惨境。这段历史告诉我们，办好一本杂志，光有人才和信心还远远不够。杂志每出一期，似乎都得解决太多的琐事。文艺刊物乃至文学活动自身要存活——在此经济挂帅的年代，是多么的艰辛。

困难的存在是不以人的意志为转移的。相反，人的意志往往在困难面前消沉、消解，但有时也会成为克服困难的最重要动力。《赤道风》的刊旨——"立足新马，面向东南亚乃至港、台、大陆的读书界……欢迎不同派别的作家、评论家表达自己的美学理想、发抒己见……重视幼苗的成长，培养更多的文艺接班人的工作是文学刊物必须承担起来的责任之一"②——在困境中始终不变。

这份宣言，看不到意识形态的说教，也不居高飞翔于"全球战略国际形势"的虚幻之境，其文辞务实，针对性强，切实可行。芊华、方然接手后的编辑宗旨，也承此血脉。如果说有变化，那就是方、芊二人把宗旨落到实处，迈开了坚实的步伐。

从第9期革新号起，《赤道风》的发展迈向新征程。第9期栏目在原先的基础上增设了"新文荟"、"摄影选"和"文殊中学作品专辑"，初步体现出主编、出版人提倡的"年轻化、活泼化、多样化"的文学追求。正是从第9期起，杂志销进校园，从此拥有一大批年轻读者，闯出一条生路。这也呼应了编后语中的本意——今后我们的方针是："严肃中求活泼，传统里融现代，并尽量让'新面孔'多亮相。"③

《赤道风》的另一回漂亮出击，是在1992年与民间社团联合举办"学生文艺创作比赛"，设立"赤道风文学奖"。这项旨在"推广学生文艺，发

① 方然：《风情十四载》，《赤道风》第45期，2000。
② 《我们的话》（代发刊词），《赤道风》第1期，1986。
③ 《编后话》，《赤道风》第9期，1992。

掘文坛新秀"的活动，取得了预期效果。同年六月，《赤道风》还与"春雷文艺研究会"共同举办"文学周末 7·31 讲座"，广邀本地作家开讲，其热烈反响更是赢得电台、报纸争相宣传报道，刊物的知名度和影响力因此得以提升扩大，为《赤道风》在南洋劲吹猛刮创造了基础条件。

《赤道风》的所有员工，只有出版人芊华、主编方然夫妇二人。夫妻联手打天下，其勇气实在可嘉。但人手之短缺、力量之单薄、工作量之大让人不敢想象。人少的好处在于有利于思想的沟通和编辑思路的统一。意见一旦统一，人为的障碍便不复存在，即可朝着既定目标昂首迈进。方、芊二人都是作家，作家创办杂志，有着外行人缺欠的优势，至少在稿件选择、审阅编校方面可以随时自己动手。然而，文艺杂志要流通于市面，它就是一件商品，仅有自己的想法和计划显然不够。面对各类读者，刊物必须随着读者的需求应变调整，才能求生存、图发展。实际上，文艺刊物（不包括那些具有官方背景的硬性征订的刊物）的生命力在很大程度上维系于读者的"胃口"和"口味"，而读者"口味"咸淡、"胃口"大小则维系于刊物的整体格调和所登载作品的质量。《赤道风》在这两方面有着清醒正确的认识。自"夫妻店"开张经营以来，常设栏目计有：评介（纷纭亭）、小说（微型小说）、散文随笔、赤道风诗之页（诗廊）、游记（天涯行脚）、新文荟（青少坊）。大致包罗了各类文学体裁，基本满足了社会各阶层读者的阅读需求。

然而，仅有多样的栏目而不讲求合理科学的编排，难免造成刊物内容的枯燥、拥挤和重复，这就要求栏目设置要有灵活性、变通性。让各式体裁按一定的比例分期轮流亮相，是该刊的一个高明策略。为避免栏目的固定而产生焦点模糊、重心缺乏、平淡僵硬的通病，《赤道风》每以小辑或专辑应对，出奇制胜。"抗战五十周年纪念""印尼排华事件"的结集推出就是实例。因了这些特辑，我们读出了文本以外的编者的眼光和见识。读者也借此窥见海外作家、诗人以期刊为旗、为正义奔走呐喊的本真的一面。这种编排思维和策略，既具备报纸的及时性、严肃性，又充分发挥了期刊时间相对充裕、时事剖析的从容性、深度性的优势，进而提高了杂志自身的可读性，密切了文艺和现实的关系。高品位的追求当然广受读者、文艺界好评，使读者（特别是异域读者）对海外作家借创作宣泄个人情感、为自己分辩言说（如政治冷感论）、确认自身价值（如黄皮白心"香蕉人"说）和时刻汹涌体内的华人热血情义有了更深层次的理性认识，以及因认识而来的某种期待。

　　《赤道风》立足新马，两地大部分有名望的文艺同人都曾在刊物上发表过作品。其余的作者来自中国、印度尼西亚、加拿大、澳大利亚等国，阵容鼎盛。这使《赤道风》初步具有了国际杂志的特色与气派。不同地域的作者作品，紧紧把握住文学发展动态的脉搏，合力奏响了华文文学发展动态的联展联欢曲调。二者的汇合统摄，鲜活地展示了华文文学的当代真相。这既是《赤道风》的与众不同之处，又是她成功不可或缺的因素。纵览40多册《赤道风》，一种骚客的"风"中聚义意味呼之欲出。他们在各个栏目挥笔过招，彼此不分"大碗""小辈"，却又共冶一炉，各写各精彩。作品内容或以反映南洋拓荒、农园垦殖而具有认识意义，或以礼赞温柔敦厚、任劳任怨而具有教育意义，或因独特的艺术构思、巧妙的笔法而具有审美意义，或因异域风情、异邦地貌的描绘而具有知识趣味。主题基调崇高或平凡，深沉或活泼，现代或古典，热烈或冷漠。其阅读价值与"老中青咸宜"的办刊方针正相吻合。在这里，每一篇文章、各种观点都能保持原貌。风格多，不雷同，同期刊出，真正体现了兼收并蓄的杂志精神。遭受报纸副刊"窄巷"排挤的本土作家、诗人，在这里找到了稿件的发表平台。他们无酬投稿之余，还义务帮助杂志推销认购。异域老友新朋的来稿，提升了杂志的质量。一份杂志，一旦成为一块精神的净土，一处理想的憩园，就不啻缩短了作者、编者、读者之间的心灵距离，促进了相互之间的诗心交流和诗艺探索。

　　《赤道风》恪守文艺信用，创刊伊始的承诺——"辟有文艺苗圃，供在籍学生和自修青年投稿"期期兑现，其范围还在扩大，战线还在拉长。令读者印象深刻的是每一期的"新文荟"（青少坊）都少不了学生专辑的登台亮相。翻动书页，即闻雏凤声声，清音绕耳。"赤道风文艺奖"的设立和颁发，文艺座谈会的不定期举行，大大减轻了文艺新苗登涉文学殿堂的心理负担。有不少作家正是因学生时代在该刊发表处女作，从而走上创作道路、成为文坛的中坚力量的。《赤道风》用汗水浇灌着文艺园地，无论顺境、逆境，都能坚守原则，不媚俗，不降格，求索不懈，努力不止，彻底告别了当初"杂志刊出后，摆在文艺表演场所门口，主编扯下脸皮，向入场观众逐个哀求"的窘况，换回"国立大学图书馆定期收藏""国家图书馆派有专人负责收编我刊作家作品的资料"[①] 的荣耀。

---

　　① 方然：《风情十四载》，《赤道风》第 45 期，2000。

如果说上述工作尚属内部事务且完成得很出色，那么，出版人、主编与各地文学社团的切磋交流、互访联谊更值得用掌声来肯定。文学不分国界，艺术之路本相通，只有碰撞的思想才能擦出智慧的灵光。端详 40 多册《赤道风》，因交流而得到的收获一目了然。更为重要的是，《赤道风》每年由各地飞来的贺词、建议、忠谏居多，绝少拔高吹捧。这也从侧面印证了编者对文艺事业的执着博得了同行同道的支持和赞赏，以及被寄托的深切希望。《赤道风》以蹒跚步履跋涉文学旅途，为华文文学的勃兴、华人文化的弘扬所做的贡献，至此不言而喻。她的广获人心，变各地读者被动的阅读为主动的参与，奠定了不摇的基石，二者间的佳话，足以供同行借鉴。

《赤道风》创办十五载，见证了南洋华文文学的盛盛衰衰和华族文化的起起伏伏。其自身便是一支建设文学、宣扬文化的重要力量。她于一致看低之下劈开一块新天地。这份"没有商贾号声垂怜，又少名家名人青睐"的杂志，在新马文坛相士"杂志莫办，三期完蛋"声中，并没有弃甲竖白旗。她一步一个脚印的行程，悲壮复振奋，为世界华文文学的天地留下了一道光彩的风景。有学者认为，"普通人可以没有历史感，而作家不能没有。把中国历史之重，用各自的方式表现出来，是每一位中国作家不可推卸的历史责任，作家天生要肩负历史的重载和承受历史的重压"①。

---

① 谢冕：《文学的纪念》，《文学评论》1999 年第 4 期。

越南文学期刊《越南华文文学》刍议

　　政府性质的报纸杂志，自有其权威性与无可替代的阅读意义。即便是那些不具备多大传播价值的刊物，一旦挂钩于"行政干预"或"宏观调控"，其订户数量和发行业绩总能季季飙升。这样的现实情状实在慕煞各地文化人。在东南亚，由文艺爱好者集资创办的刊物，每每为生存而挣扎。一句"杂志莫办，三期完蛋"，听似夸张，却也鲜活地道出了刊物经营的艰辛。

　　《越南华文文学》（简称《越华》）是在全球化浪潮裹挟下，在经济领唱主调、文化式微且被挤至边缘的境遇中响锣登场的。因此，她的存在，既是"奇迹"，又是一个值得关注的文化现象。《越华》创刊于2007年，这份纯文学杂志，既无官方背景，又缺商人注资，更乏圈内人捧场，活脱脱一副"三无"刊物的薄命模样。但在我看来，蹒跚学步中的《越华》，恰似一个天真无邪的小女孩清纯可爱。她逆势而上，无畏无惧的勇气令人钦佩。

　　《越华》装帧简朴，杂志的封面多选用具有传统华人文化韵味的水彩画编饰，"榕树下""雄风万里""人牛同耕图"等画卷，散发着浓郁的历史文化气息，兼有一股"根的意识"涌动其中。如此品相，自然能够快速缩小读者与出版人的情感距离，使得读者真切感受到"南洋存知己，四海一家亲"的浓情厚谊。

　　《越华》的固定栏目计有：诗广场、散文诗、散文谷、小说篇、微型诗、诗人谈诗、教与学、学生习作。其中前五项为常规板块，其余的则为兼顾栏目。这样的栏目设置涵盖了主要的文学体裁。一期《越华》在手，在某种程度上也就拥有了察览当地文艺创作动态的可能，《越华》也因此成为透视文艺苗圃的一扇窗口。不难发现，《越华》所刊登的作品，并无名家新丁之别，只要作品言之有物、格调健康向上，都能在文学的航道上扬帆竞发、各显风采。不同年龄段、不同阶层的作者齐集旗下，不同风格的作品同期刊发，期刊浓郁的本土色彩便由此凸显出来。

丰富多样的栏目设置乃期刊的一个不可或缺的核心因素，甚至是命脉所在。但仅有多样的栏目而无视合理的编排，又势必造成杂志内容的拥挤、重复，给读者带来阅读疲劳。这就要求编者要时刻追踪文坛最新动态，适时调整编排路数。流通于文化市场的杂志，在某种意义上等同于商品，刊物一旦上市，高雅也好，通俗也罢，终须接受读者或者说消费者的"评判"与"鉴定"。唯有满足读者的阅读需要，及时更新应变，才能求生存、谋发展。毕竟，刊物的生命力在很大程度上取决于读者的"胃口"与"口味"，而读者的胃口、口味，则取决于刊物的整体风格和所刊载的作品的质量。《越华》既不独宠"小说王子"，也不溺爱"诗歌女神"，又不偏袒散文游记。她统筹兼顾，合理安排固定板块，兼顾各栏目作品均衡"亮相"，从而满足了读者的期待。

如果说文学作品是精神食粮，能愉悦读者情感，助其提升审美能力，那么，对评论性文章的研读则往往能够加深读者在某一话题或某一领域的理性认识，进而提高其思辨能力。杂志作为作品与理论文字的载体，其价值与意义就在这里。《越华》以登载原创性作品为主，"诗人谈诗""教与学"两个较具理论色彩的栏目是该刊亮点所在。歇脚于斯，读者往往能够拾获最新理论信息，了解业界研究动态，甚至激发出参与学术争鸣的热情。① 当读者的要求、作者的呼唤、编者的努力很好地统摄在纯文学的大旗下时，当《越华》将人文性、学术性熔于一炉时，一份成熟的杂志也就呼之欲出。

《越华》立足中南半岛，本土与东盟以及周边国家和地区的作者多有佳作刊登其中。"学生习作"的开辟则为新苗的成长提供了土壤。得益于此，越南华文文学之树一时间"老凤甫开喉，雏凤声声应"，呈现出百鸟鸣啾的繁荣气象：

潺潺一江东流水/蜿蜒两条宿命/父亲在源头 我在尽头
不选择驻足的水/席卷两片芳心/父亲出澜沧 我走九龙

似两截趋水浮萍/起伏同一波涛/他芳华抖擞天涯/我海角……挥霍青春

---

① 关于微型诗（一句诗）的学术探讨，《越华》杂志多有登载。

潺潺昔日逝水/流淌两端相思/父亲在上游/我恋下游①

一首《同是一条湄江水》，写来欲歌无声，将泣无泪。全诗百转千回，一唱三叹，颇得余光中《乡愁》之神韵。两代人的际遇宿命，恰似愁肠千千结，赚尽读者掬掬热泪。这类优秀作品，将《越华》的天空装点得格外璀璨。

受制于人力和财力，《越华》没能像政府期刊那样动辄举全国文艺界之力炮制"文学主张"；也极少开展文学活动，构想"跨世纪话题"；更没有居高飞翔于"全球战略"与"国际形势"的舆论制高点。这份民间刊物，就像一块文学运作的试验田，一个抚育文坛新秀的摇篮：在这里，青少年作者互相切磋，初显身手；老一代写作人宝刀出鞘，再谱新曲。得益于田间的摸爬滚打，有实力的作家开始显山露水，《越华》在文坛的名气，由此在圈内响起。年仅两岁的《越华》，宛如早熟的姑娘，亭立于东南亚华文文学河畔，我们感到惊喜并为之鼓舞。

没有意识形态的"紧箍咒"，没有居高临下式的说教，更没有派系之争与文人意气之辩，《越华》刊物的总体格调可谓温润淡定、清爽和气。倘若因此论定其编排策略乃秉承"无为"原则，走一条乏善可陈的平庸老路，那未免过于冒失武断。毋庸讳言，《越华》的地盘相对狭窄，迄今为止亦不见重量级作家、学者在此留下大作，甚至连表面客套实则硝烟弥漫的"商榷"类文章也踪影难觅，但她的自留地尚有深广的空间可供开垦挖掘。编辑部为打造有本地特色的刊物尽心尽力，对本土以外的稿件也同样欢迎。他们期待各路"大腕""小辈"投稿赐文，携手为《越华》开疆辟土，并视之为繁荣中南半岛华文文艺的有效举措。在这一办刊思路指导下，"各立山头"和"门户之见"等行业顽疾彻底失去了生存空间。这份胸襟开阔、包容开放的杂志，每期都能吸纳来自东盟、港台和内地作家的优质稿件，其国际性刊物的雏形已告成形。

一本杂志一旦问世，她就不再专属于某人某地某机构。她已经由筹办阶段的私有性质转化为天下之公器，要承担社会责任，肩负起舆论宣传和监督作用。审视我们的部分新潮作家，他们终日在文字的迷宫中兜兜转转，标榜个性，偶一复归到现实主义道路，其创作题材又从厨房、病房一

---

① 《越南华文文学》第 3 期，文艺出版社，2008，第 34 页。

路写到闺房、洞房和产房。诚然，在个人隐私地带横、折、弯、勾，翩翩起舞，惬意快活，且符合创作美学中的真实原则，然文学创作岂专为一人一事而来？创作视域如此狭小，其创作水平焉能迈步向前？反观《越华》之编排风向，可谓紧扣时代潮流。当华东水灾、汶川地震等事件发生后，刊物总在第一时间刊发文稿，呼吁各界伸出援手，呼吁中华儿女出钱出力，帮助当地尽快恢复社会秩序，帮助灾民重建家园。我们必须承认，《越华》刊物的人文关怀因跨越国界而具有普遍意义，她无愧于"天下公器"四个字。

第三篇　创作天地

我眼中的程祥徽教授

二十多年了，只要面对那些从事教学科研的专家学者，我就不期然地想起当年叩开程祥徽教授办公室大门的情景。

那是 1997 年深冬的一个早晨，怀着既紧张又激动的心情，我来到澳门大学大丰楼程教授办公室门前。紧张，是因为此前只是读过程教授的部分著作，自己并不认识程教授，谈不上有什么实际交往。此番冒昧求见、求索推荐信（报考研究生需要），结果如何心中没数。激动，是因为一旦"闯关"成功，自己就具备了报考研究生的资格，有机会参加入学考试——招生简章上明文规定所有考生均须递交"社会贤达或专家学者的推荐信"，而其他的报考条件我都符合。尽管心里装满了素心向学的期盼，憧憬着重返校园，但那时我的人脉资源整一个"四壁空空零库存"。"找谁写""专家愿不愿意写"竟成了压在胸口的大难题。想到程教授乃著名语言学家，是本地最高学府的中文学院院长，而我报考的又是中文系，那就找上门去吧。至于如何开口、能否获得推荐，我心里颇为忐忑，丝毫没有把握。

没有"哈哈哈"般的寒暄和"久仰久仰"式的恭维，也不懂得敬烟奉茶以缩短主客之间的情感距离或博取好感，当然，更不敢妄称要为澳门地区文学与文化事业的繁荣进步添砖加瓦，借此欺骗老人家的信任。在表明自己是个业余文学爱好者，报考研究生需要推荐信的来意后，我把表格交到了程先生手中。程教授用最快的速度翻阅了我的个人简历，随即写下数行热情洋溢的推荐理由，并在"推荐程度"的选项——"极其乐意"——上打钩签名。在这个过程中，他坐着，我站立，彼此之间再也没有多说一句客套话。因为距离近，趁他低头写字的工夫，我得以多打量了程先生几眼，打量之后，脑海中不由蹦出"相貌堂堂""一表人才"八个字。记得当时程先生穿着深蓝色西服，内里配搭一件淡蓝色细条纹衬衫，系一条色彩适宜的领带，整个人显得稳重、大方、干练又不失儒雅。国字脸上，印堂极为光亮，两道又浓又黑的眉毛，有力地向着眼翼延伸。在学者惯有的温良、恭谦、睿智形象之外，程先生留予我的还有另一种更为鲜明的印象，那就是现实生活中一位重感情、讲义气的真汉子，一条硬汉。

程祥徽教授早年负笈北大，师从杨伯峻、游国恩、吕叔湘、朱德熙等名家，是语言大师王力的得意门生。他学识渊博，一手学术研究，一手诗词创作，多才并举，其专业建树和学术贡献早已为学界所推崇。国学大师饶宗颐誉之："向但知君治语言风格学驰誉一时，不知于诗学深造独特，叙怀长谣，律切功深，信贤者靡所不能。"诗词大家叶嘉莹言及程先生，更有"语林诗国两盘桓，更具高才绘古今"的高度评价。面对这样一位重量级学者、人文社科领域的通才名家，且又是一个地位不低的"新官"（程教授于1997年出任澳门大学中文学院创院院长），我当时竟镇定如山，毫不怯场。现在回首往事，连自己都觉得不可思议。因为平时见到什么舍监屠户、处长主任，我都战战兢兢复毕恭毕敬，生怕一不小心冒犯人家而吃苦头甚至招祸上身，但为什么偏偏在程教授这样一位德高望重、著述宏富的长者面前，我却能应对自如且方寸不乱呢？究其缘由，我想，这就是所谓"无知者无畏"了。也许还可以这样进一步解释：我既纯粹为推荐信而来，则推荐者也应当是一个纯粹的人、一个高尚的人、一个脱离了低级趣味的人。其人宅心仁厚，学问广博精深，与之相处，如沐春风尚嫌不足，又何紧张之有？

"你还考上新加坡教育学院哪"，就在我准备告辞的时候，程教授亲切地问了一句。若干年前，为谋生计，我曾经浪迹马六甲，并通过了新加坡国立教育学院的考试，准备当一名中学教师。而后听从长辈的建议，选择了报考研究生。木讷的我彼时"嗯嗯"地应了一句，就再也没有说些什么。现在回想起来，真是懊恼至极。先生主动发问，乃出于关心鼓励，展示了蔼然长者一贯的修养与风范。于我，无论是为人还是为学，都可谓一个面聆教诲的好机会，奈何自家愚顽，竟不辨其中真意，矜持缄默得不行。自己何曾料到，这一次辞别，待到再次见面，已是十年之后的事情呢！观音山（注：澳门大学附近有一观音庙，大学所在地因此唤作"观音山"）之行在程先生一句"祝您成功"的祝福声中结束，虽然会面时间只有短短十来分钟，他语我言合计不超过十句话，现场气氛甚至还有些许拘束，但在我看来，却是生命中最值得珍藏回味的片段。打那以后，我的记忆库中因为多了一位和蔼可亲的前辈学者而显得清雅厚实了许多。二十多年来，无论是在萍漂浪走时期、寒风吹袭季节，抑或是在夜深人静之际、掌灯翻卷时刻，程祥徽先生都成了我不时感念的对象。灯下，一旦忆及大丰楼，想起程先生，想起那一句"祝您成功"，感恩的潮水便不由地满心荡漾开来。

怀揣推荐信，我当天就赶到报名点，顺利地报上了名。承先生吉言，不久后我便考上了厦门大学中文系。慵懒成性既久，入学一个月后，猛然想起要给程先生写一封信，汇报自己的动向。说来惭愧，那封信简直惜墨如金，寥寥三两句，无非说些专业研究方向、年度修读课程等了无新意的话，本该是一封报喜兼及感谢的函件，写来竟干瘪瘪的，毫无气象。更可恨的是，其篇幅甚至比当年程先生给我的推荐信还要"言简意赅"。应该说，相比于先生的宽厚仁慈、奖掖后进之热诚，自己活脱脱一个不谙世情的薄情郎。

三年南闽学习生活，有太多的乐趣和感慨。最难忘 1999 年元旦前夕，同学递来一封有澳门大学标志的邮件。我当场拆开，先生的笔迹赫然映入眼帘："景松同学，拜年！"下署"程祥徽"三字直是遒劲超脱、龙飞凤舞。贺卡中还附上一句："贵系×××教授是我同班同学。"这是我迄今为止所收到的最高级别的贺卡。那一刻，我心中的惊喜难以言喻，先生的贺卡，捎来的岂止是远方的关怀和祝福，更不啻新年的一份丰厚礼品。

不久之后，我因事回澳，寻思给程先生捎带些什么，想了好几天都不得要领。一次偶然路经南普陀大门，瞥见一群游客人手一袋久负盛名的南普陀素食馅饼，不由得好一阵雀跃。这素饼不正是最好的手信吗？我为自己的"发现"高兴地差点跳了起来。作为名满海内的著名学者，程教授集语言学家、诗人、书法家、报刊活动家于一身，可谓大器大成，但我始终认为，先生归根结底只是一位潜心于学术的素心人、读书郎。学术建树使他卓然屹立于社会语言学领地，成为后辈仰视的楷模，这也是他的最大魅力所在，但要论及先生身上最厚重、最耀眼的本色，则非素心仁义莫属。素饼赠予素心人，称得上绝配，我高兴得有理。略为遗憾的是，当我兴冲冲迈步至先生办公室门前时，却被告知程教授外出未归。我把素饼托办公室职员转交，道过谢，怏怏地离开了观音山。这一次没能见到程先生，与先生缘悭大丰楼，直到 2008 年才再次相见，而时间竟已过去了整整十年。

二

完成了硕士阶段的学业后，我前往北京攻读博士。表面上看是继续深造，实则为了游荡校园继续混日子。就地理位置而言，京华较鹭岛距离澳门越来越远，但我对沉潜于学术并做出突出贡献的程先生的理解与认识则越来越清晰，对于先生的道德文章也越来越敬佩。入学安顿完毕，我把北京的通信地址告诉了先生，此后便定期收到一本本清新可读的《澳门语言学刊》。每回打开信箱，看到静静躺着的装帧清雅的《澳门语言学刊》，心里总有一种莫名的愉悦，边走边翻看，在了解澳门学术界动态的同时，透过纸背，仿佛看见了半个世纪以来辛勤耕耘、至今犹在学术园地里挥锄不懈的程先生，那位在濠镜"老气填胸唱晚秋"的可敬长者。

程先生学术禀赋超群，尚在本科学习阶段时就备受诸多师长赏识，大三的学年论文得到导师杨伯峻先生"这篇论文写得很好，所有论点全部正确，例证也很恰当"的高度评价。在青海流放生涯中，程氏参与《藏族文学史》的筹划写作，作为主要撰稿人在学术界声誉日隆。作为北大高才生、王力教授的高足，移居香江没几年，先生便接连推出《繁简由之》《语言风格初探》《现代汉语》等专著。在澳门工作生活期间，《中文变迁在澳门》《澳门语言论集》《语言风格论集》《语言与传意》《泛梗集》《面海三十年》等著述也陆续面世，为港澳地区社会语言学的研究注入新的活力，为本专业的发展做出重要贡献。经由他的努力，澳门地区社会语言学的整体学术实力得到了很大的提高，得到学术界的重视和称赞。值得一提的是，在专业著述之外，由他主编的时政杂志《九鼎》，甫一推出，就受到各界读者的喜爱，赢得如潮好评。今天的《九鼎》风行于港湾台与内地（大陆），在诸多高品位的杂志中占有一席之地，读者在饱"眼福"之余，先生之功更应记取。

伫立窗前回忆往事是我的习惯，这一习惯在硕博阶段日益突出。金秋时节，窗外摇曳着杨条柳枝，高直的桦树飒飒有声，望远山苍翠、烟霞漫天，我时常想：标举"人世悲欢任取舍，只留快乐不留愁"的先生，此刻在忙些什么？遥在濠镜的先生，是否俱怀逸兴，又绘就了一首好诗？先生的诗词创作以量多质优著称，业内专家每以"笔追灵感神为马""啸破南溟万里秋"相赞誉。在他的佳作中，有一首《草原抒怀》最值品味：

> 梨花放白出墙栏，引我寻诗到草湾。拔地青沙三万仞，依峦隆务九回环。
>
> 前朝已遇寒江浪，后路犹攀火焰山。夺胜途中抬望眼，迎风挡雪过重关。

全诗写来激昂澎湃、气势逼人。诗中的"青沙""隆务"（注：前者为山名，后者为水名）动辄"三万仞""九回环"，连同"寒江浪""火焰山"等隐喻，鲜活地写尽了生存环境之恶劣、脚底路途之坎坷，也隐隐预示着作者"踏遍坎坷成大道"的决心。

"寻诗""抬望眼"乃全诗之"诗眼"，颇耐咀嚼。阐述治国理念，老聃主张无为而治，所谓"治大国若烹小鲜"。采菊既歇，彭泽县令"抬望眼"，目之所及，南山悠然浮眉前。到了精忠报国的岳武穆，金贼未退，山河未收复，"抬望眼"处，止不住仰天长啸，兴冲冲直欲跨马提枪杀敌去也。三者说的都是一种心态，或举重若轻，或怡然自得，或心潮澎湃。显然，程诗中的"抬望眼"，是在蹚过"寒江浪"、跨越"火焰山"之后，是"夺胜"指日可待的愉悦心情的流露。至于"引我寻诗"一句，亦同样精辟。古往今来，不乏咏叹青海湖的诗篇。但在人鬼莫辨的荒唐岁月里，在"拾捡"身家性命的劣境中，并非人人都有到"草湾寻诗"的雅趣。觅诗、寻诗，其中蕴意之深邃，绝非现实生活中的口干喝水、肚饥进食所可比拟。鲁迅也觅诗，"怒向刀丛觅小诗"，那是目睹朋辈牺牲、山河变色之后的呐喊绝叫。没有坚定的意志和咬定青山不放松的如磐信念，作者安敢放言"寻诗"？此处之"诗"，既可以当作琐细的生活诗句解，又可以看作作者对人类生存命题的追问，对宇宙生灵乐章的咏叹。《草原抒怀》概括了作者在茫茫西海的生存足迹，是诗人"单挑"并战胜险恶生活的奋斗史。信心百倍、心态豁达固然难得，孑然一身爆发个体潜能并最终"夺胜"尤为可贵。掩卷之际，一个敢于直面惨淡人生、一个生活中的硬汉形象已经在我们的阅读视野中挺立起来。程公硬汉乎？硬汉也。岂止是硬汉，简直是铮铮铁汉。

对我这个地地道道的"南蛮"而言，京城的魅力，在于高校扎堆、书店星罗棋布，更在于那雪花纷飞的景象。那一年，北京连降六天大雪，虽说苦了各路清洁工人，但却乐坏了我这"南蛮小子"。见时针指向子时，我披衣下楼，独自踏雪去也。我在雪地里且走且停，时而掬雪洗脸，时而向天空撒雪。兴至酣处，还不时伸脚踢出一记记不亚于贝克汉姆的"世界波"。彼时四周静谧，偶有一二情侣相拥走过。皑皑白雪在不知名姓勤劳的老师家的灯光照射下，愈发晶莹剔透。我乐不思返，思绪共雪花齐飞扬。什么"雪尽马蹄轻""大雪满弓刀""明月照积雪""独钓寒江雪""北风吹雁雪纷纷""胡天八月即飞雪"一股脑儿涌来。蓦地，又来了一句

"青海长云暗雪山，孤城遥望玉门关"。就是这一个"暗"字，顿时把我的思绪牵引到先生当年"流放"青海的传奇生涯中。

先生走出燕园时业已积蓄了相当的学识。就是这样一位青年才俊，亦见弃于命运之神。一纸令下，他被迫早早收拾行囊，流放到终年"长云暗雪山"的青海高原。逆境中的程祥徽没有萎靡退缩，也没有怨天尤人。在他笔下，艰辛非人的"右派"生活，竟如此亲切感人、诗意盎然：

> 下马圈专营大牲口：马、牛、骡、驴；下马圈工作人员八个：地、富、反、坏、右、汉奸、特务、走资派各一名。大概我不过是右派，而且早已摘帽，与其他人比较，政治条件是要好些，因此场部派我当了圈长。我每天侍候几十头牲口，逐渐对它们有了感情，不再轻易给骡马套鞍，骑在它们身上奔跑，觉得所谓"骑着马儿过草原"多数属于艺术想象。牧民只有在聚会的时候才把坐骑打扮得漂漂亮亮，好像把儿女妆扮一番在众人面前显摆。

> 放牧人给许多羊取了名字，集合时呼其名嘱咐要注意的事项。例如放牧人对着羊群说：喂，伊凡诺夫，今天上山别乱跑！

琢磨先生的诗句如《草原抒怀》，每每能够拾取向上的精神力量；翻阅先生的回忆性文字如《雪域留痕》等著述，则有助于参悟生活的真谛。那么，直面先生，与先生面对面展开交流，又有怎样的感受和收获呢？

三

混迹校园的日子终有期限，揖别了首都北京，我背上行囊，来到粤东小城蜗居糊口。未几，知道我要来相见，先生非常高兴，在邮件中详细列出了自己的一周行程和联系方式。当他发现我回复邮件的时间是凌晨四点时，即来函嘱咐说：你这样不行，要注意身体，注意作息时间，切不可熬夜太迟。那口吻像师尊，又如家人。终于，十年之后，在先生珠海的家中，我再次见到了程先生（这一回还第一次见到黄翊师母）。

那时，程先生将时政杂志《九鼎》打理得有声有色，每个月我都按时收到先生的寄赠。《九鼎》时代感、可读性兼备，颇受知识界青睐，同事中常有向我借阅而趁机占为己有者。临近年终的时候，礼贤成性的先生要宴请编辑部同事和文化界友人以表示答谢。在客厅匆匆聊了一阵，我们下了楼，由黄翊师母充当司机，载着一行三人向酒楼方向驶去。

路上，程先生问我有什么业余爱好，我坦承自己爱运动，打球、爬山、骑自行车样样行，但就是滴酒不沾，而且抽上一口烟会头晕老半天。先生说他啤酒、红酒、白酒什么酒都会喝。先生、师母并坐前排，我在后座，这一回，我不再像十年前那样悄悄打量，时间、所处位置都容许我对先生细加端详。我惊讶地发现，先生的头发全白了。再从侧面细瞧，先生的轮廓分明有点像报刊活动家、教育家兼诗人于右任。

因了先生的错爱，我的一篇蹩脚文章得以在《九鼎》上刊出。先生领我与编辑部朋友相见，气氛极其温馨。那也是我第一次与编辑自己文章的辛勤劳动者见面。我见到了编辑部主任郭济修记者，还有卢婵女士、熊帆先生、廖颢先生等人，我感激他们的细致编校。

程先生性格豪爽坦荡，每每以文会友，以酒待客，颇得"酒中八仙""香山九老"之风神。记得在《泛梗集》一书中，先生老实交代说"我的酒量是学生培养出来的"，甚至道出多次因为醉酒被学生抬回宿舍的"迂事"。由于座中有几位谈兴颇健的珠海新闻界友人，那一顿饭，吃出美味、吃出笑声，也吃出诗意、吃出文化味来。难忘那位性情爽直、长相娇媚的东北姐儿，每个话题善意中带着拷问，极其刁钻，而先生立对有据、收放自如，尽显气度与风范。让我领略了其学术以外的另一面。先生酒量极好，但绝不是那种"感情深一口闷"般的酗酒，而是诗意淋漓的豪饮。酒席散场之后，先生对我"不烟不酒"大感不解，伸手搭在我的肩上，笑着说："搞文学者，怎么能这样呢？总要会一点烟酒吧！"我表示今后要加强这方面的训练，但就是弄不明白为何喝酒之后，喉咙苦涩、指缝间发痒，继而心跳加速。先生说，喝多了，习惯了也就没事了。因为要赶去苏曼殊故居摄影、查资料，我没能将"酒落愁肠，化作相思泪"等"酒语酒话"深入到底，留下两篇文稿后，便匆匆地与先生、师母道别离去。

第三次见到先生，还是在先生珠海山水华庭的家里。那时，我刚回澳工作。先生知道后很高兴，来信说："太好了，你终于回来了，我们又多了一位亲人。"早晨约十点钟的光景，我来到先生家，刚踏进门口，先生就喊道："上来吧。"我正纳闷，为何只闻其声却不见其人，师母用手指了指头顶，说："老师在天台，你上去吧。"我还真没有想到先生家的天台修竹娟娟，地面错落有致地摆放着数十盆花草，一口鱼池蜿蜒有致，再一看，十数条锦鲤游得正欢。整个天台显得曲径通幽、别有洞天、诗意悠扬。而不远处，珠江口海面波光粼粼，一群海鸥在盘旋、嬉闹、拍翅扑腾。这山水华庭不下桃源仙境啊！

当我回过神来时，我见到了一个极其本真的先生。他穿了一条常见的沙滩式褐色短裤，一件胸前印着抽象图案的红色T恤，因为宽松肥大，看起来更像一件睡衣，满头银发既不凌乱，也不熨帖，似有冲冠之势。那一只在学术领地里龙虫并雕的大手，正忙着向鱼池丢洒饲料。随着手腕轻轻一抖，食物落入水面，鱼儿争相蹿跃抢食，"扑哧""扑哧"声响处，水波漾漾，瞬间又恢复平静。好一幅雅淡和谐的程翁戏鲤图！

背山面海视域开扬，天风海涛四时相伴，先生珠海的住所清雅中示露着诗意。这样的所在最配德能兼备者栖居。一首《自题珠海山水华庭寓所》："此去国门一箭程，依山傍水筑华庭。无钩空对伶仃水，入夜听涛看海星。"写来质朴淡和，悠然自如。喂饱了锦鲤，师母递来一杯水，先生拉我坐下。"这么多花盆，都哪弄来的，还有鱼池竹林，该花多少钱哪？"我问。"不贵啊，楼下装修工人帮忙的，是我老乡，很客气，很热心，购买材料时甚至为我省钱。木槽、翠竹、鱼池都是他帮忙设计的。"雇主与工友之间，最常见的是一方吆喝、一方哈腰，但在先生这里却化为一种朋友的关系。先生和善平易的为人由此可见。有时，看着那件红T恤，我觉得先生就像一位上了年纪的退休装修工。那天，他就是穿着这件像睡衣一样的红T恤到星级酒楼用餐的。蔼然仁者，历历眼前。就在这个天台，关于自己当年求学北大、被打成"右派"、放牧青海等话题，先生娓娓道来，我发现，重温旧事，先生并不耽溺于"不堪回首"的感伤哀叹中，更没有悲天悯人式的控诉或歇斯底里般的绝叫。相反，他的神情总是闲闲的、淡淡的，仿佛幼童专注于摆弄积木。

先生从不炫耀自己的专业建树和学术地位，在他看来，教学科研乃分内事，一定要完成好，就像山中老农驱牛推犁、操持于陇上一样，只有耕耘才会有收成。与先生清谈是一种享受，谈锋所及，那是品读不到文字的大篇章。而捧读先生作品，则时有赏心悦目之感。我的书架上竖立着先生的各类著述，加上杂志有好几十本。这些著述见证了一位以学术为追求、视学术为生命的耕耘者的足迹。记得程先生说过，自己的头衔很多，但只看重语言学家一个，其他的什么客座、特邀、委员、顾问都是浮云。人之既老，其言也且真且善且美。信哉。

先生多才多艺，诗、词、文、书法俱佳。尤其令人感佩的是，他年逾古稀仍笔耕不辍。捧读厚厚的《面海三十年》，我惊诧于先生旺盛的创作生命力，以至于一度怀疑先生是否长借文曲星的神笔而耍赖不还。

先生最新著述《面海三十年》，并不是一部通常意义上的文集，而是一部历史，甚至可以看作"程祥徽五十年史"。一夜风云散，历史可言说。追忆往事，先生或许悲愁胀溢于胸，但下笔之际，却不曾义愤冲天。更多的时候，他乃本着宽容的心态，用诗一般的语言，让半生不堪遭际在记忆的河床中静静流淌，随意起灭。面对难堪的岁月，他从容淡定，化控诉为言说。但对于读者来说，仿佛被拽着跌进历史深渊，在历史现场兜兜转转泅泳了一圈，最终开了天眼，拾获了宝贵知识。没有闪烁其词，没有逞笔翻腾，端详文本的那一刻，作为局外人的我似有所悟：先生吐纳时代风云于笔端，也同样愿将心头之沉重化作一缕缕谈笑的清风。

程祥徽教授澳门从研从教三十年研讨会，既是先生个人教学科研生涯的阶段性总结，也是澳门学术界、教育界和文化界的一件大喜事。以文会友，群贤毕至，谈文论艺，乐其何哉。我们盼望会议开幕的时刻，更期待明年秋来再相逢，再把盏闲话程先生。

印象林中英

近代福州，才子才女扎堆。林则徐、沈葆桢、陈宝琛、陈衍、林纾、严复、冰心、林徽因……但得请出其中一位，都足以让人言说经年。以谢婉莹（冰心）、黄淑仪（卢隐）、林徽因为代表的福州女作家群，更被视为中国现代文学史上最优秀的作家群。这一论断，史家学界鲜有"异音"。无论是从创作实绩、文学贡献还是文坛地位、文化影响等方面看，谢、黄、林组合都堪称优秀卓越，时人难撄其锋。愚见以为，林中英之于澳门当代散文乃至澳门文学，亦可作如是观。

从来谈论作家印象或形象者，莫不瞩目于其人其文两瓣。这也是文人骚客之所以能在读者心中占据位置的主要原因。大约在2003年的时候，偶然读到本地报刊一篇署名"林中英"的文章，内有"雨夜抵达福州"等字句。彼时细雨霏霏，冷风拂人如泼水。当这些文字映入眼帘的那一刻，我的心底陡然升起一丝暖意。——福州是我家乡，今有澳门作家驾临僻境并留下文墨，不也教人欢欣鼓舞？于是，我牢牢记住了林中英的名字。

我爱阅读，尤爱游走于书店、图书馆，年少时即从书刊的插图扉页里"结识"了林中英。没有友人介绍，也不曾拜访讨教，这是一种"书中自有颜如玉"式的浪漫邂逅。这种性质的"我认识她"，不乏亲切感、尊崇感，何况还有"2003印象"的发酵与强化呢！然而，一旦想到同处澳门街、共饮濠江水，竟也只能书中见，未免有点惆怅。

初见林中英，是2012年春天的事情，距离借阅读而认识已有时日。因为同台用膳，始得以近距离观察这位女作家：一头柔顺短发，戴着金丝眼镜，言语不多，语速适中。轻声细语之下，一股清雅淑娴的书卷气、知性味随即扑面而来，令人不禁想到民国学堂里那些脖颈披巾、步履婉约的知识分子。

也许是常年伏案工作使然，又或者是长期熬夜劳作所致，林中英给我最深的印象是睡眠不足、缺乏运动。偏偏那天伊人身穿靛蓝色羊毛衣，于是乎，衣蓝蓝、人白白，蓝色白色一"相逢"，那肤色就愈加白净直至苍白了。这种白我不陌生，我也曾经白净过，并不无得意地形容为"熬夜白""敬业白""智慧白"。对于学者、作家、教师、写作人而言，欲与"三白"说再见，又谈何容易？无论是钻研课题、撰写教案还是阅读写作，总需讲求夜间的一桌安静，否则，写文章绝难一气呵成。由于初次见面，加上自己言辞笨拙，我没有拱手作揖口说"幸会幸会""多多指教"之类的客套话，甚至连那句"笑姐（林中英本名汤梅笑，文艺界中人多以'笑姐'相称谓），你要注意休息多运动"也给无限期押后了。

迄今为止，与林中英见面仅仅三四次。说来也巧，每次见面都是酒桌饭局的偶遇。主人家约请林氏夫妇，我也在获邀之列。那种三两桌的宴席，尽管排场不足，但胜在气氛温馨融洽。座中既不闻处长代处长的官腔官调，也不见名流名媛。席不在多，有诗有酒有书法，夫复何求？倘若附庸风雅，有心人大可在席终人散之后，忘归家之远近，沿路呢喃"何日君再来"。

防火防盗防酒友，戒酒戒色戒饭局，是今人对饮宴文化的新认识、新阐述。处此尔虞我诈的商业社会，此说可起警示作用，可收"盛世危言"之功。但由于出语僵冷武断，把饭局的潜在风险无限放大，同时也就把诗意丰盈的传统酒桌文化一棍打倒。如此这般"危言耸听"，实在是煞风景。我认为，人在江湖走，不可没有酒。古往今来的饮宴酒会，颇有可歌可颂可宣扬者：如动力十足的"醉打金枝"、乐趣融融的"曲水流觞"、舒朗清爽的"杯酒释兵权"等，即便是乌云压顶、杀机四伏的"鸿门宴"，读来也精彩纷呈，令人难忘。

某年，我受师友之邀，发起创建澳门文艺评论家协会。林中英应允出任副主席，令我雀跃。彼时，协会的活动多由我发邮件通知，打电话确认。林主席总是及时回复，从称谓到结语，写来有板有眼，其为人处事之认真由此可见。电话里她耐心倾听，偶尔会说"某某去吗，如果她去，我也去"一类的真心话。这让我高兴不已，以为吾道不孤。于我，宴之遇，最尴尬者莫过于与七品八品官僚同桌。只有见到能够说真心话而不是虚与委蛇者，心里才踏实，才有"安全感"。否则，就会"方寸小乱"，误将冬瓜干贝吃成凤爪猪肺。

在我看来，林中英的酒桌表现，值得忆记回放，也值得偷师仿效。无论是入座后的淡定，闲谈时的文静，抑或是敬酒时的平静，都散发着独特的女性魅力，让我不动声色地静静欣赏。最近一次出席寿宴，恰与林中英同席。待寒暄三句、菜过五味，她示意向邻桌友朋敬酒。于是，郭伯济修（本地新闻人）、李叔业飞（林中英夫婿）、愤青刘某（笔者），很默契、很自觉、很听话地尾随而上。万物流转，天地有情。这三男一女的敬酒阵容，其步伐之整齐，心态之一统，笑颜之一致，直教我从猴年深秋回味到鸡年盛夏，看将延伸到宇宙洪荒、天地玄黄去了。

当人神共愤的"暂住证"制度取消之后，我们都堂堂正正地拥有了公民身份。君迷白兰地，我恋菊花茶。男性公民中的三闾大夫、彭泽县令、曼殊大师、弘一法师，我已决定钟爱一生。我在心海深处为他们建造了一间敬仰小屋，门口贴着"儒雅英姿"四个汉字。赞美女性的词语，如金枝玉叶、沉鱼落雁、秀外慧中、卓尔不群、倾国倾城、风华绝代等又何止千百？仲夏夜，万家灯火耀濠镜。我独自在辞海中悠游徜徉，想起林中英，便严肃正经地挑了"温婉有仪"牌匾，作为隔代年轻人对"其人"的一家之论。

林中英的创作量多质优，近年新著不断，其状态之佳令人羡慕，用力之勤令人激赏。每出一本书，她都端端正正签名相赠，而每次收到赠书，我例必满心欢喜，挑灯细读。我的书桌上摆放着一沓伊人著述，翻开书页，看着那娟秀清丽的赠言字迹，耳际不期然响起周璇的"春季到来绿满窗，大姑娘窗下绣鸳鸯"。我总觉得，这位出生并成长于雀仔园的优秀作家，既能以一双素手"绣"出诸多赏心悦目的文章，那么，她的少女时代，也定然擅长用针线编织毛衣，懂得为爹妈分担家务。这是我捧读林文时抑制不住的联想，并愿意将之作为"知人论世"的一个粗疏脚注。

章回小说中的战争描写，常常予人一种"横扫千军如卷席"的阅读快感。散文佳作，则如盐入水，看似无形却细品有味。夜读林文，我时而会心微笑，时而颔首称妙。端午以来，我重读了林中英的几乎所有作品，并萌生出新的敬意。这是一位"笔锋常带感情"的作家，无论是"秦砖汉瓦"还是"宋瓷清茶"，似乎皆可入文。其人下笔之自如，创作之旺盛，令人佩服；其散文所营造出的脉脉温情，让人陶醉。文章真伪谁知晓？试比琳琅纸上功。敲键至此，我不禁再三咀嚼文坛前辈那句肺腑心语："人家汤梅笑，还真是会写文章啊。"

信哉。

金字塔里的美好回忆

——献给母校厦门大学创建九十五周年

春雾缥缈之夜，静坐案前，忆及求学历程中的"厦大时光"，情感的波澜顿时如潮水般荡漾开来。

大概是悲秋久之的缘故吧，20世纪90年代的最后几年，心事犹如万叠愁云郁结于胸，我总想背起行囊，觅一处清幽雅致的地方吐一口郁气。恰彼时心中装满素心向学的信念，重返校园，到书声琅琅的校园洗涤身心，便成了逃避世事的不二选择。

厦门大学乃闽地最高学府。孩提时代，"厦大"二字，直如大山般巍峨矗立，听师长大人言说厦大，总有一种肃然起敬的神圣感。敬畏既久，即便二十多年后驻足厦大大南校门，犹自好一阵怦然心跳。

初宿芙蓉园，难免兴奋。那是盛夏的一个夜晚，凉风拂面，圆月高悬，耳际涛声阵阵，那闪烁于山腰谷间的点点灯影尤其荡人心魄。友人温婉地说："对面就是凌云研究生宿舍，你以后要来，就住那。"言者无意，讵料竟"一语成谶"，翌年我还真考取厦大，成了厦大人，此后便惬意地栖居于凌云（五）403室直至毕业。

宿舍背山面海，推门可见海鸥拍翅、邮轮进出。又因地势高，点缀着几朵游云的蓝天愈加显得辽阔无垠。赶上春暖花开的季节，一湾海水波起浪涌，满园新绿映入眼帘。这时，套上耳机，信步悠转，便是妙不可言的散心养性了。听五老峰百鸟鸣啾，嘤嘤成韵；看建南堂春燕衔泥，筑巢正忙。步履所至，春光满地，恍恍惚惚如入桃源仙境，不知今夕何夕。

也许，在旁人看来，追忆求学时光，无非盘点一本光阴的流水账，其内容不脱"零余者"们《念奴娇》《声声慢》之类的心事堆砌，与诗情画意端的无涉。但在我看来，那是自己的求学史，历史的真章唯有当事人才可真正理喻。最忆宿舍后山那片相思树林，黄绿相间，层层叠叠，时有不知名的鸟雀跳跃其间，似与学子相乐。傍晚时刻，金乌西坠，微风送爽，树下踱步而过，心中充满喜悦。闭上眼，默念着天官赐福，在枝丫互荫的转角偶遇笑意盈盈的牧羊姑娘。兴许因缘未至、福分浅薄，又或者未曾挨伊人一顿细细的皮鞭敲打，多少回臆造中的"美丽邂逅"，终归化作了无影踪的缕缕清风，至今思之怅怅。

宿舍楼边侧有小径通往五老峰，翻越峰顶，可抵万石植物园。不知是为了节省门票钱，还是期盼密林里现出一个林妹妹，周末的日子，总有游人络绎于坑谷之间。久而久之，违规路竟成了逃票的康庄大道。在山顶无名村落的畦地里，顺着残留的梗叶，我徒手挖出一个番薯。手捧番薯，皮厚者如我全然不顾是否犯下"窃薯"之罪，一味沉醉在拾获果实的愉悦中。就一洼山泉水，匆匆搓洗，张口咬向尚余泥土芳香的番薯，嚼之咽之，一边跳步前行，一边轻哼"洪湖水浪打浪"，真是"薯"不尽的美味，"薯"不尽的风情。说说笑笑间，松林、芭蕉树次第掠过身旁，忽见坡下有阿兵哥招手：喂喂，你们两个，快下来，有朋友找……

兵令如山，唯有快快下坡来。欲待细问缘由，兵哥正色道："倒没有什么朋友找，喊你们，是因为你们越过了警戒线，这里是军事重地，不能随便进入。"闻听此语，我们大感惊骇，仿如豹子头误闯白虎堂。兵哥表示要扣下一人，另一个须拿证件核对身份。考虑到自己是境外生，为避免不必要的麻烦，连忙挤眉努嘴示意友人先行返回宿舍。其间，为缓和气氛，也为了消解无聊，便嚷着要看电视并将频道调至体育台。终于，苍茫暮色中，友人气喘吁吁地赶回军营。当瞥见传达室内两个男人谈笑正欢时，不由得一脸纳闷。如实告之曰兵哥哥也是球迷，我们看球赛、说国足、谈论浪子高峰（原国家队前锋，已挂靴）。友人揶揄说，早知如此，悔不该一路飞奔将你赎，应让澳门同胞留宿军营聊个够。我以"秀才遇见兵，越聊越开心"应之，口舌之辩虽占上风，但也因此吃了几记"粉拳"。

厦大三秋，那一千多个日子业已编织成迄今为止最为逍遥快乐的生活场景。悠久古老的闽南文化，犹如旧酿；时尚现代的特区气象，恰似新醅。二者共冶一炉，酿造出高雅醇美的鹭岛风情，令我不饮自醉。检视旧日时光，学识渊博的师长同道、多彩多姿的校园生活，好似经典影片一般在记忆的长廊里静静回放。而库存中那一道永恒的风景，当属我们的"校主"陈嘉庚先生。

先生早年求生计于异乡，后将生意场经营所得用于创建集美学村和厦门大学，冀盼厦大"研究高深学问，养成专门人才"，"为吾国放一异彩"。他以侨商之身，孜孜于文教事业，即便身陷时艰，亦坚持"变卖大厦，支持厦大"。这种散尽家财培育英才的执着，一步一个脚印，悲怆复振奋，为厦大的前行注入了血性和元气，其思想之精深、境界之高远绝非同时代富绅可比。他行事果敢，颇有一股项羽举鼎般的霸气，由此建构起独特而丰富的"嘉庚精神"，并铸成一道雄浑厚重的风景。每到春雨淅沥的时节，校园主楼先生像前，鲜花簇簇，那是各路学子、校友胸怀感念，寄托哀思。花篮花盆，拱卫校主，间有晶莹水珠沿花瓣悄然滑落。盛满康乃馨、百合、马蹄莲的花篮，分明凝结着千千万万厦大人的心血。念及先生于国事蜩螗之际，以一己之崇高，惠泽无数学子，力倡"所获财利，慨办教育"，不由得为之动容，满心戚戚。

建成一所高水平现代化中国大学，是校主的宏愿。他任人唯贤，出手慷慨，所聘教授多为一时之选。建校初期，林语堂、鲁迅、顾颉刚、沈兼士等名家，纷纷南下，芙蓉园师资一时蔚为大观，厦大学术因此盛极一时，鹭岛人文也因此风光一片。

今天的校主雕像已是校园一景，而好汉坡前的鲁迅石像草坪，则是莘莘学子挥洒激情的乐园，一处精神高地。夜色初降的时辰，红色塑料桶化为烛台，蜡烛燃亮，叽里咕噜声中，诗意朦胧的"英语角"便宣告开场。热闹哄哄又磕磕绊绊的口语对话正待入戏，便见"袋里少钱，心头多爱"的学弟们一脸正经地自弹自唱：天地悠悠，过客匆匆，潮起又潮落；我曾经问个不休，你何时跟我走？可你却总是笑我，一无所有……真是思绪飞扬，激情饱蘸！漫行中停歇脚步，借助暗红的烛光，看看这些为爱卿吐露心曲的才子情圣，再望望身旁的鲁迅先生，便觉得他们离我是这般的近，近乎一家子。是啊，虽说入学有先后，术业有专攻，但同是厦大人，共饮鹭江水，缔结善缘于芙蓉园，就传承意义上说，又何曾须臾分离？又分什么彼此？

无论是以学子立场还是以校友视角观照，厦大可歌可颂者都不止千百。芙蓉园的秀美令人眷恋，但在特殊时期，芙蓉园上空也曾弥漫着人为的迷雾。老校长林文庆博士躬耕厦大十六载，却被刻意遗忘半个世纪。这样的境遇，每教有心人心头沉重、欲哭无泪。林博士舍外交部部长而任厦大校长，在杏坛传为佳话。因其主政有方，厦大办学体制逐步健全，学科建设日新月异，一举奠定了"南方之强"的基础与格局。然而，长期以来，偌大个芙蓉园，竟然没有"一砖一瓦、一张墙角照片或一间斗室，凭吊或纪念林文庆"，连校史研究专家也三缄其口，举笔不决，这到底令人为之扼腕。所幸，借 85 周年校庆东风，林文庆纪念亭和雕塑相继落成。塑像基座的铭文这样写道："一九二一年六月，林文庆博士应校主陈嘉庚先生之请，接掌厦门大学，倾其睿智才学，运筹操劳，主理校政十六载。学校事业蒸蒸日上，硕彦咸集，鸿才迭起，声名远播海内外，与公办名校并驾齐驱。"

禾山巍巍怀师德，鹭水泱泱见道心。"含冤蒙屈"数十年之后，历史终于给出了客观公正的评价。有感文庆公文章学养、气度情怀皆可品可鉴可追慕，某年，乘空港转机的间隙，我携妻女前往芙蓉园鞠躬致意。亭前肃立，想到误踏军营之时，犹是年少学子，涉世未深，而今已为人夫、人父，尝遍生活百味，不由得再三感慨。返程路上，脑海里荡来漾去的尽是"学界老魂一苍凉"七个字。

偏居东南一隅的厦大，地理意义上远离政治文化中心，但其分明距离现代高等教育、前沿学术很近，有着别样的光辉与荣耀。厦大曾蝉联首届和第二届全国大学生学业竞试第一，被称为"东南最高学府""加尔各答以东第一大学"。古有"七子五登科，一门六进士"，在厦大，则有父子两院士、夫妻双博导。不被用人单位器重的校友陈景润，成了摘取哥德巴赫皇冠的数学王子。在他们身上，我们领略了"士子"智慧的喷薄与力量，看到了"能与世界各大学相颉颃"的豪气与血性，感受到厦大那薪火相传、自强不息的趔趄豪情。天风海韵，涛声帆影，大气与精致在这里交融，光荣与梦想在这里轮替。纵然未曾真正触及母校的风骨精神，但从不改一副"爱她一万年"的忠贞模样，以至于有亲友朋辈询以升学事宜，往往私心骤起——"去啦，你去啦，报考厦大，肯定不会错"，千声万声尽道母校好，丝毫不顾"他者"感受。

爱一个人，在天使面孔、魔鬼身材之外，还应在乎什么？一所大学，在学位证书、专业知识以外，还应给学子什么？无暇细究爱人与择校之间是否有内在关联，但我固执地认为，异于低层次的好感或喜欢，爱一个人或一所学校，倘若爱，请深爱！一定要上升到"爱"的高度，倾诉衷曲，因为那是一种无法自控的痴迷，即便身不能至，亦须心向往之，三年、十年、三十年，苦苦守候，风雨无阻。当然，敬之爱之，最重要的莫过于选对所爱之人：炊烟起了，在门口等他；荔枝熟了，在树下等她；等到彼此都老去了，假如有来生，那就在来生里低眉互等吧。

絮语三千，心香一瓣。情之所钟，语无伦次。我之于厦大，大抵如此。

怀念黄茂暖先生

十月寒露接霜降，稻香千里逐片黄。金秋时节，八闽大地想必是一派热热闹闹的丰收景象了。倘若心生雅趣、思接千里，即便关山遥隔，亦可览尽故乡"冬种计划积肥足，添修工具稻登场"的欢愉场景。

秋色秋韵，美则美矣，却也容易引发思乡病。于我，每逢四时节气变化，思乡之情便日趋浓烈，所思对象定然指向亲友师长。霜降夜，四壁寂寂，边读边写小学至博士各阶段师长的名姓。一串百人名单，仿如螺旋桨拖出的一条条水带，每写出一人名字，心海深处便漾起一道思念的波澜；又仿佛情感的巨轮轰隆隆驶来，如磐石般横亘胸间，不由得好一阵长吁短叹。

大概是喜欢数字"六"的缘故吧，求学期间，我曾先后聆听邓万石、王友勋、詹世锦、林垂枢、黄茂暖、黄克林六位语文老师的教诲，也因此丰富了自己的文学史知识，增进了对文艺作品的理解与认识。从不敢妄言转益多师，更不敢讹称得到诸师垂爱，但因了那份"一日为师，终生为师"的情怀道义，师长的尊号至今犹牢牢烙印在心。

在我心中，黄茂暖先生是一道不老的风景，一位大号园丁，一位必须被大写在记忆库中的蔼然仁者。在先生离世的那一年，我就想写点文字纪念这位可亲可敬的师长。世事茫茫，生者碌碌。经年的萍漂浪走，令我难以铺纸提笔静心抒写。一旦忆及求学梅邑的日日夜夜，千言万语总不知从何说起，是以数度破题，终不成文。自毕业以来，倏忽几近三十年。三十年沧海桑田，几度花木葱郁，几回瓜熟蒂落，都随白云苍狗呈现一番新气象。慵懒如我，竟没有写成关于先生的只言片语。

彼时，茂暖师常以合身的深色西服示人，又因面色红润、目光有神，一副精神奕奕的模样，乍看像极《甲午风云》中邓世昌的饰演者李默然。记得第一堂课，当他从檐廊走向教室的时候，便有熟悉校园掌故的同学轻声禀报："来啦来啦，刘少奇来啦。"此语一出，邻桌中人顿时发出一阵会心的笑声，初见任课教师的局促气氛也随着笑声消失于无形。看来，在电影演员之外，茂暖师还拥有政界人士的气质与风采，这予我不大不小的惊喜。我开始打量这位外形、内涵皆有非凡之处的师长，试图寻找他受学生欢迎和关注的魅力所在。

学识魅力、人格魅力以及形象魅力被认为是评估优秀教师的三项重要指标。一个有魅力的教师，必然是学识渊博、人格高尚、个性鲜明、形象气质俱佳的正人君子，唯有具备上述特征者方配得上"魅力"二字。记得茂暖师第一节课讲授碧野的《天山景物记》，那是一篇抒情色彩很浓的游记散文，是语文教材传统篇目。先生没有遵循划分文章段落、阐述段落大意，进而提炼"中心思想"的常规套路，而是让全班同学快速阅读全文，了解文章大致内容，接下来便接管了课堂时间：他对文本内容逐字逐句把脉"会诊"，将文辞拗口、行文拖沓、词性搭配欠妥、语句缺少剪裁乃至不通顺的表述一一指陈出来，笑呵呵地说"不怕碧野的头大"，同时鼓励学生参与"找茬挑刺"，一副趄趄然挑战名家的架势。别于传统单向度式的知识输灌，这一师生共乐、火力全开的教学法，新颖别致，动感十足，极大地提高了学生的课堂参与度，取得了良好的教学效果。

说说笑笑间，话题转到教师的定位与角色上来。先生戏称自己是语文教研组"二传手"，长期为低年级培养者候迎接棒，同时也为高年级赴考者夯实基础。所负责年级的教学工作，虽然处于中间地带，但就其教学内容而言，应视为重中之重。不做圣人状，不发高深语，没有套用既有理论或祭出"春蚕""蜡烛""奉献"一类"高大上"词语壮声势，先生的"二传手"说朴实在理，句句中肯。那一刻，窗外枝丫摇曳，教室里鸦雀无声，听者虽无应答，但无不报以赞许的眼神。

母校以学习风气浓厚著称。为求一第，众学子个个发奋苦读。在那个物质不算丰裕的年代，我们信奉圣贤书，又能因地制宜，寻找乐子。众多乐子中，尤以"酸甜齐备"、妙趣横生的"震干取枣"之招数最值得记取。难忘教学楼侧边一排酸枣树，高直挺拔，风来则飒飒有声。枣树挂果不多，赶上果熟的季节，总有几颗不安分的酸枣从叶隙中探出脸来，彰显自己的存在，并借机诱惑学子。课间休息时，一通胡侃海聊之后，几位同学便心有灵犀地望向树梢。攀树摘果耗时费力，同学中的聪明人，遂抱来偌大的河卵石震击树干，三下五下，几声"咚咚"闷响，愣是把枣子给震落下来。运气好的时候，"劈里啪啦"一连掉下七八颗枣子。手捧酸枣，我们一脸坏笑，就着楼底不知名姓老师家的水龙头冲洗一番，慢悠悠地往嘴里丢，咬咬嚼嚼、嘻嘻哈哈、说酸道甜，全然不顾还有单元考、期中考、摸底考在等着。有一次正好看见茂暖老师手拎提包走来，我大方地迎上前说，"老师您也吃一颗吧，不怎么酸"。先生摆摆手示意不吃，一笑而过。望着他远去的背影，我们耸肩对视，纳闷夫子为何这般斯文客气。于今尤为纳闷的是，那六七斤重的"取果神器"河卵石，为何年年现身树下？究竟是哪位热心人从梅溪畔抱回来，还是年级不可考的师兄届届相传的传家宝呢？

教泽绵似水，师恩重如山。但凡学有所成的弟子，如果时间、精力允许，总是乐意呼朋唤友探视往日师长，以示感恩。那份"殷殷师生谊，依依鱼水情"真真羡煞天下人。在校时，我是一名资质平平、不思进取的普通学生；毕业后，则进一步沦为木讷顽愚甘于淡泊的路人甲、一位"吃瓜"校友。有感自家身份卑微复言谈笨拙，是以偶尔返乡皆来去无痕，拜访茂暖师的计划也因此一延再延。

2007年中元节的时候，我在母校校园里走走停停，停停看看。想到因为迁就市政工程建设，百年老校即将整体搬迁，曾经相映生辉的天儒楼、六角亭、篮球场，今后只能在记忆深处检索玩味，万千愁绪瞬间压向胸口。对白乐天《岁晚》中"何此南迁客""去国固非乐，归乡未必欢"等诗句深有感触。如愿探得先生住所位置，我买了几盒营养品和几斤时令水果，随即大踏步向先生家走去。

终于，二十年之后，在当年住过的宿舍后边的平房里见到心中感念的茂暖师。还是那副熟悉的面孔，穿一条露膝灰色短裤，一件白背心松垮宽大，身上的老年斑清晰可见。依然是满头银发，只是旧时翘厉厉的造型已不复见。蓦然之间，我感觉眼前多了一位体态龙钟的老者，心中少了一个睿智俊逸的男士。先生延我坐下，半摘眼镜瞧了瞧名片，笑着说"文学博士，副教授，好啊好"。不知何时话题转到他在罗源一中任教的往事，先生从桌上递来一本书稿，说："这是当年罗源学生帮忙弄的，还没有印，拿去看吧。你学历高，还记得我，大老远来看我，有心，真有心。"我翻了翻内页文字，内容多为感悟式语录体文字，其中不乏亮点与洞见，精神不禁为之一振，表示一定会仔细研读。

人生犹如战场，只有老人和小孩不必披挂上阵。在这个意义上说，古稀老人和率真幼童永远是世上最可爱的人，茂暖师显然可以上榜。与先生攀谈约半小时，所谈内容大都忘却，只记得犹豫再三之后鼓起勇气说，老师，您那种启发式的教学风格，令人想到倡导"性灵""幽默"的林语堂。您要给本科生或研究生上课，肯定受欢迎。闻听此语，先生从容淡然，没有客套附和，仅仅报以浅笑。由是我想，自己的感受与判断，兴许已经有学长坦诚相告了。

母校校园面积不大，堪可惦念者则不少。我惊讶于茂暖师住所的逼仄简陋，但他却是一副乐天安命的模样，连声说："土房子冬暖夏凉，这房子好住。"由是我再想，大抵饱经世变、行路千里、历事万端者，总是举重若轻，且愿意将心底之沉重，化为谈笑间的明月清风。也正因为尘事看得透，心态澄明豁达，他们多能接受不公命运所掷来的种种磨难，且涵容之、变异之，化磨难为养料，最终反过来丰富壮大了自身，从而在逆境中铸就高尚人格。

作为一部内涵丰厚的作品，《红楼梦》自面世以来，一直深受读者喜爱。我经常"威胁"学生，大学四年要是没有读完《红楼梦》《史记》，就建议校方扣押文凭证书，不让毕业。记得先生说过，他曾经写下数十万字关于《红楼梦》的阅读笔记，但书稿后来付之一炬。这分明是个"积郁成泪泪又成川"的沉重话题，我想当面求证但又担心惹先生痛洒掬掬辛酸泪。在那段人鬼莫辨的荒唐岁月里，他们那一代人，经历了太多人斗人的"革命"和人整人的"运动"。先生心地善良，待人接物至情至性，仍免不了有莫名其妙的灾难降临。"披阅十载，增删五次"的《红楼梦》，凝结了曹雪芹无数的心血；茂暖师心无旁骛撰写数十万字的阅读心得，这样的文字，也当然有助于释"梦"、解"梦"，可以或深或浅地回应"荒唐言"背后的曹霑味。倘若当初的书稿得以付梓成书，也许在教学型师长之外，梅邑大地会多出一个文学研究者，家乡文艺的库存会显得更加清雅厚实。

美丽闽江母亲河，两岸无山不秀、无水不奇。我时常在故乡老宅凭栏眺视闽江水，也时常在盛夏的傍晚独自行走在闽江边。望着那从远古流淌至今的江水，耳边响起柔情脉脉的福州民谣：一粒橄榄丢过溪，对面伊妹是奴妻……这歌谣幽幽地传递着悠长旷远的唐音汉韵，诉说着以榄为媒、桃花流水般的痴迷情爱，为无数红男绿女所传唱，颇具于淡薄处显神趣、于平凡处见真章的艺术魅力。

橄榄花清香扑鼻、风姿绰约，橄榄果初食有涩口之感，但不久后就会体会到清甜的回味，苦尽甘来，就好像"良药苦口""忠言逆耳"一样。多年来，茂暖先生的形象一直在我脑海中荡漾。夜深人静之际，我时常点开微信朋友圈中的相册，静静端详先生的照片，品读这位只对平民说人话、不为权贵唱赞歌的人民教师。我一直在想，如果世间只有丙朵花，一媚世一遁隐，那么，茂暖师肯定选择遗世独立的空谷幽兰，而舍弃媚俗绽放的闹市牡丹。当然，将茂暖师比作橄榄花、橄榄果，也同样贴切、亲切，无关褒扬。

曲阜传统文化浅析

旧社会的土豪乡绅，为抬高身份或装点门面，总喜欢结交文化人，闲聊诗词歌赋、琴棋书画，顺带把自己扮成文化人的样子。他们的府邸厅堂，多半高悬"淡泊明志""宁静致远""山高人为峰"等牌匾以扬声势、充斯文。遗憾的是，他们从附庸风雅中获得高情远致，却没有对文化人感恩戴德。言及知识分子，更是习惯性居高临下，流露出骨子深处的鄙夷与漠视。

这类乡绅，与吴趼人笔下"明明是咸腌货色，却偏要在扬州盖造花园"的盐商，可谓殊事而同心、异路而同归。

天赋人权，无论是雅士还是俗人，都有资格追求清高，攀附风雅。俗人收敛俗气，选择列队风雅，需要勇气、定力和远见。我辈旁观者有必要为之"点赞"，拍响鼓励的掌声。倘若因为崇拜风雅、模仿风雅，自以为清高无匹、风雅无限，则世上再没有比"雅得这般俗"者更俗的了。

在祭祀祭典等场合，众生无不毕恭毕敬、顶礼膜拜。帝王如此，上大夫如此，耕者、樵夫也如此，甚少见谁造次放肆。究其原因，可以说来自各路神明的"法相庄严"与威力；深层次看，则是神明光环背后的文化震慑力与魅力。当芸芸众生自觉地把自己变得卑微渺小，自觉地踮起脚尖伸长脖子仰视文化，文化的魅力和力量就得到了彰显与放大。

文化可以是一首诗、一个人，可以是一座城，也可以是人与城的综合体。俗者慕雅，大多出于对文化的神往敬畏，我等凡夫俗子谁可例外？

历代大儒多矣，至圣先师孔丘、三闾大夫屈原、心学大师王守仁、大清儒宗黄宗羲等，一连串名字听来如雷贯耳，让人肃然起敬。

近乡情怯常被用来形容游子归乡时的复杂心情。游览大儒故里，自是别有一番滋味。我的体会是憧憬中杂着崇敬、崇敬中升腾起敬畏。

当年游曲阜，逛"三孔"（孔府、孔林、孔庙），这样的体会尤其深刻。

曲阜，地处山东西南部，古为鲁国国都，乃孔圣人故里。此地之所以享誉全球，全因孕育了齐鲁文明、拥有丰富的人文积淀。城小名声大，曲阜以其悠久灿烂的历史文化蜚声中外，被誉为"东方圣城""东方耶路撒冷"。1982年被列入首批国家历史文化名城，而后被确定为全国王牌旅游城市之一。

对于孔圣人，伏尔泰形容其为"东方智者"，李约瑟誉之"无冕皇帝"，爱默生更是将之奉为"全世界各民族的光荣"。太史公也再三感叹曰：高山仰止，景行仰止。虽不能至，然心向往之。著名学者、新中国第一位现代文学博士王富仁教授认为，孔子的真正意义在于他代表着中国独立知识分子的诞生，代表着中华民族具有个人独创性的完整而又系统的思想学说的诞生，标志着一种新的更具有完整性、系统性的思维方式在汉语言文字发展的基础上已经正式形成，并体现了中国人的思维能力的质的飞跃。

作为一座典型的圣人成就圣城的城市，即便不用舆论宣传造势，曲阜也总能引无数红男绿女"到此一游"。2002年秋，怀着朝圣般的心态，我自京华南下。念及行游之地乃圣人故里，一时诚惶诚恐，汗不敢出。这感觉从窗口排队购票一直持续到登车对号入座。晨曦中，火车一路"哐啷哐啷"向前奔驰，我的心也随之"扑通扑通"加速悸跳。说来玄乎，这神圣感类极当年孔门师徒对话的蕴意。仲弓问仁，子曰："出门如见大宾，使民如承大祭。"有感自家身份低微，肚里几无文墨，车未进站，就告诫自己注意举止言行，以免暴露自身文化斤两之不足。

如此谨慎心态，与往昔逍遥快活率性而游无异霄壤之别，与络绎而来满脸嘻哈的游客大军更是天悬地隔。我的矜持，是否扫了夫子"有朋自远方来，不亦乐乎"的兴？究竟是什么样的力量，让我在踏上圣地之前，心情如此忐忑？

车站出口处早有车夫招揽生意。令我稍感诧异的是，他们推荐的景点路线是一处文化园而非"三孔"。以我的作风，若在其他城市，早就上前理论，斥为黑司机误导游客吃回扣。此刻身处曲阜，我不敢失敬，但婉拒其建议，坚持去孔庙。眼见对方面露难色，便慨然许以双倍车资。钱有神力，能使木耳变燕窝、赌棍成佛陀。车夫神情瞬间转怏怏为欣欣，我的心情顿时舒畅又亮堂。役役车夫，劳力者也。烈日下候客营生，殊为不易。我失铜板一二，无损生活质量；彼得钱银三五，或有望举室回春。更何况雇乘黄包车，沿路"叮叮当当"抵达孔庙，该是何等古韵悠悠、儒风扬扬啊！

公元前 478 年（即孔子仙游翌年），鲁哀公诏令将夫子生前居住的茅屋改为庙宇，"藏孔子衣冠琴车书"，孔庙雏形始告初成。汉高祖刘邦继之开创帝王祭孔先例，待到唐太宗下诏在京城乃至全国为孔子立庙，孔庙规格与数量达到空前的地步。明正德年间，数公里外的曲阜县城迁至孔庙所在地，整个县城拱卫孔庙。至此，一处气势恢宏的庙宇群落已然落成。

孔庙既是儒学圣地，又是祭孔活动的重要场所。随着儒学影响日隆，祭孔成为一个世代相袭的典礼，成了国家政治生活不可或缺的组成部分。当然，在政治意义之外，祭孔亦可视为传承儒学思想、进行文化教育与传播的一大举措。孔庙不但是举行祭孔活动的场所，同时也是传承孔子思想、进行文化教育传播的学校。杏坛设教，弟子三千。弟子读书，夫子鼓琴，这是多么富有诗意的画面啊！学中设庙，庙学合一，学生聆听研习文化礼仪，同时传播儒学思想正道。

曲阜孔庙沿一条南北中轴线展开，左右对称，布局严谨。现存九进院落建筑群，占地数百亩。庙内有殿堂、坛阁和门坊等 464 间，尤以杏坛、棂星门、奎文阁、御碑亭、大成殿等建筑最为著名。

正南门是参观孔庙的起点，阳光下，镶嵌于城门的乾隆御笔"万仞宫墙"石额格外引人瞩目。并非宣扬皇恩浩荡或借帝皇气势力压游客，驻足于斯，我为子贡的报恩精神与谦逊品格所折服。夫子仙逝，众门徒守灵三年，独有子贡守六年。子贡在学问、政绩、经商等方面表现卓越，一时声名鹊起，赢得"子贡贤于仲尼"的美誉。师不必贤于弟子，弟子不必不如师。对于师徒学问，子贡的辨析精彩到位：如果把一个人的学问比作一堵墙，自己这堵墙只有一仞高，并无深奥之处；而老师墙高数仞，如果不得其门而入，便无法窥探其学问的博大精深。"万仞宫墙"，精妙地诠释了孔子学问的高不可攀、深不可测。

正南门又名仰圣门，敬仰圣人之意呼之欲出。观子贡道德文章，仰视子贡亦未尝不可。墙角肃立，我如是想。

大成殿雕梁画栋，巍峨壮丽。正中供奉孔子塑像，七十二弟子及儒家历代先贤塑像分侍左右。擎檐有石柱二十八根，后檐柱子浅雕云龙纹，前檐十柱深浮雕云龙纹，每柱二龙对翔，盘绕升腾，精美绝伦。殿内外高悬的"万世师表""斯文在兹""夫子贤于尧舜远，至诚可与天地参""觉世牖民诗书易象春秋永垂道法，出类拔萃河海泰山麟凤莫喻圣人"等宽匾长联，其内容宏大，其意义广博，其哲思深远。游目其中，让人在不知不觉间产生一种敬畏心、尊崇感甚至压抑感，又为自己国学知识匮缺而懊恼。

我的籍贯为福州，游逛"三坊七巷"如与亲友串门般平常。京城读博三载，因了地利之便和陪伴亲友之需，曾六进故宫，七登长城。由于常见乏新，对"坊、巷、宫、城"难免产生审美疲劳。初临曲阜，置身这一光彩熠熠的文化名城，但凡一阁一苑一碑一亭，触目皆新奇而生自豪。曲阜所保存的书画牌匾联等文物，不仅是儒家文化的珍贵载体，更镌刻了中华文明的沧桑足迹，传承了中华民族的千年文脉，彰显了无与伦比的辉煌成就。

遍布各地的大雄宝殿，视觉上往往流于千殿一面。多年来，孔庙的宏大与厚重始终给我留下深刻印象，并使我为之啧啧称奇。行走在历史遗迹之间，步履所至，从不敢高声喧哗。庙宇内外，绿荫匝地，古桧森森。我有意放缓脚步，凝视那一处处奇雄古胜，思忖着不同凡响的儒学思想，敬畏于儒学思想的广博精深。就像远道而来的朝圣者，眼带崇敬、胸怀虔诚，匍匐于漫长幽重的烽火驿道，越加觉得自己如蚁如芥，身形渺小，灵魂也渺小。

曲阜的胜景，景景可颂；曲阜的人事，事事可敬。从孔庙出来，我相继游览了孔府、孔林。辗转于"三孔"之间，天地时空似乎停滞了。近乎一个白昼的行程，分明把我长年仰慕的心疾医痊了一半，对齐鲁文化的憧憬与敬仰，经此一游，越发牢固敞亮。对曲阜其城及其人、事、文化，莫不充满了浓情厚爱。

异于因敬畏文化而衍生的由衷之爱，近年盛行的"佛系"特征的爱，耽于"无所谓"，等同儿戏又类似"拍散拖"，到底让人耿耿于怀。

网络"潮文化"丰富精彩，当其来袭时，其势如疾雷破山，又似夏雨骤降，我等"中年枸杞男"常被"亮瞎""弱爆"。约两年前，"佛系"一词席卷微信朋友圈，并迅速衍生出"佛系青年""佛系工作""佛系恋爱"等词语。围绕佛系内蕴的言说，一时沸沸扬扬，甚至惊动官方媒体以社论形式参与争鸣。

作为一种社会文化现象，"佛系"泛指一种生活状态和人生态度，其特征是一切随缘、不苛求、得过且过。对于"佛系"爱情，颇有不同解读，较为通行的是不强求、不矫情，二人世界但求过得舒适写意，即便分手也不必感伤哭闹。分手时一声"拜拜"便潇洒离去，转身借美容、美甲、购物等方式快速疗伤。做到"男不恨，女不怨"，做到"纠缠不休不如独斟自酌"，只为迅速恢复到无悲无喜的生活常态。

爱上一个人，无论是恋爱还是婚姻，总需用心经营，朝着长相厮守、白头到老的目标奋进。一段情，倘以"佛系"心态面对，其真爱成色令人生疑。如果仅仅是一方不停奔跑、不停付出，而另一方始终秉持"没关系、都可以、无所谓"的心态，这样的爱情空泛而牵强。"佛系"爱情当事人，正值花样年华，连世界都还没看清，怎么可能早早看破红尘呢？于少男少女，"佛系"更像是不思进取、甘于安逸的代名词。如今，"佛系文化"已呈燎原之势，这无疑是时代的悲哀。

文友赵君，濠江痴情男也。年届知天命，依然迷惑于万象人生，浮沉于无边爱海。赵君风雨无阻苦恋望厦街爱卿三十年，这在商业社会近乎神话，几可"惊天地泣鬼神"。窈窕淑女，君子好逑。世间示爱方式千万种：土豪之爱，动辄赠送名车豪宅，俏娇娃多能手到擒来；赵君之爱，或暗恋或明爱，费尽相思意、发尽千般愿、用尽洪荒力，依然虚无缥缈、前程黯淡。其实，太过漫长的苦恋，那种毫无响应的单方面感情投入，时间一长，无非带来两种结果：要么情感转向，提钢刀慧剑痛斩情丝；要么越挫越勇，爱意坚韧，永不放弃。

每个人对爱都有自己的理解与认识。我对真爱的理解始终如一，那就是：倘若爱，请深爱，不论贫富，无惧风雨。对于赵君用情之深、用心之专、用时之长，我深为感佩。何况赵君之情事，分明在呼应并践行着我的爱情主张。察其面相，萧然而衰老，隐约感到这老哥时常拭泪于孤寂长夜，饮泣于蜗居陋室，不免心有戚戚焉。

古有尾生，近有金岳霖。面对赵君，我把爱情史上罗密欧与朱丽叶、杜丽娘与柳梦梅等生生死死的事迹和盘道来。并非强行推销金岳霖终身不娶或尾生抱柱长终等悲剧性爱情模式，实为赵君痴心求爱加油喝彩。为模仿而模仿，充其量只是低层次的矫揉造作、无病呻吟，让人觉得幼稚可笑。作为当事人，也只有当事人，在深切体会人间生死不渝的情怀之后，在领略爱情的伟大力量之后，才能有底气向心上人爆一声："山无棱，天地合，乃敢与君绝。"三十年苦恋而不放手，赵君显然够有底气、够资格。

忘了哪位才子说过，人生须有两副痛泪，一副哭文章不遇识者，一副哭从来沦落不遇佳人。这悲情两哭，也许是都市中的深夜悲鸣，也许是中年的人生感慨，本想坦诚转告赵君，忽而意识到这"金句"颇有煽情况味，略带颓废色彩，不宜仿效，传播不得，便硬生生给咽了回去。

　　我更愿意以豪言壮语激励这位执着于爱的文化人：紧张什么？人间三千事，淡然一笑间。有梦最美，希望相随，千万别放弃。既然已经一恋三十年，为何不能再爱三十年？爱情需要以心换心，即便不能改变现状，也不能让现状改变自己的初心。严冬劫掠去的一切，阳春自会加倍归还。你既然没有爱到死去活来，人家哪肯面带微笑向你走来？

考场春秋

俯仰之间，又到期末考试季。不禁感慨逝者如斯，若川下之水去滔滔。

监考三场，考场踱步 17000 步。步数之多、运动量之大，出乎意料。并非目光如炬、全神贯注于是否有好事者违规或作弊，我的踱步，颇有三步一回首、缅怀旧时光的况味：曾经，自己不也端坐考场奋笔疾书窃窃喜或举笔踌躇"哭哭啼"吗？

人有千百样，肥环燕瘦各不同，考试滋味亦然。今晨甫入考场，尚未分发试卷，就心生幻觉：有人视考场为乐园，题海中畅游，一脸甜笑；有人视考试为畏途，苦海中泅渡，双眉紧锁。倘若眼尖，甚至可以瞥见个别"苦主"痛不欲生、生无可恋的表情。这考场众生相，分明浓缩了莘莘学子的千般情感，俨然生活胜景。

我本愚钝，从来不曾享受免试或保送的待遇。从幼儿园到博士，每个阶段的教育，读的都是全日制性质，所经历的大考小考何止千百。于我，进场考试，仿佛置身于烽火古战场与敌手猛烈厮杀，直杀得天昏地暗、星月无光。朝考夕考夏考冬考，考驼了脊背，考废了青春，就差没患上痴考症、考出一个人见人笑的现代版范进来。有时心里生堵，真想坐飞机去北京询问"全聚德"大厨：这考来考去的纸上"考"功过程，究竟像不像贵店填鸭入炉、燃烧果木"烤来烤去"，直至变为香喷喷的烤鸭哪？

考试的痛苦与煎熬，至今思来犹有余悸、汗不敢出。

悠悠升学路，一路低吟一路考。无论是常规意义的单元考、期中考、期末考、模拟考、毕业考，还是决定命运前途的中考、高考、考研、考博，都成了记忆库中的别样内容。忆及内里真章，还真是欲说"赶考"好困惑。

"请大家把学生卡、身份证放在桌面左上方，手机和高科技电子产品要关闭并放入桌面右上角胶袋。"守在考场入口处，我提高声量，一遍遍向考生声明注意事项。学子们鱼贯而入，其表情或单纯或羞涩，其身形或瘦高或敦实，在这一道道青春身影中，我仿佛见到当年的自己。踱步巡考，我有意无意在男生桌前悄然止步，借查看证件之便，细致打量他们那喉结初凸、胡子初茸的青春面貌，好生羡慕他们的青葱模样！羡慕之余，便懊恼自己的青春"小鸟一去不复返"：还不曾细细体会青春之美好，倏忽人到中年，以至于日日枸杞泡茶，杯不离手。

没有孜孜于学业，更没有远大志向。读书期间，直到成为硕士研究生之前，自己竟然没有唱过卡拉 OK，也没有玩过电子游戏（陪同学去过游戏中心，但没有操作。不知为何，我对游戏内容九分不屑，对游戏机发出的声浪十分反感）。仅有的娱乐无非是游泳、吹竹笛、吹口琴、弹吉他、下象棋，以及各种球类运动。夏夜里，海风轻拂，月光如洗，我吹奏的《扬鞭催马运粮忙》《洪湖水浪打浪》《九九艳阳天》《敢问路在何方》，曾经让两位巡逻保安窃窃私语："这是哪一栋的学生，吹得挺好听呀。"不由得美滋滋地遐想，他们要是听到我的口琴独奏《喀秋莎》，会否忘记交接班，寻声驻足聆听，表示同样的好奇与好感呢？

考场桌椅布置呈六横十一纵形状，偌大的教室端坐着 66 位"天之骄子"。天之骄子，是 20 世纪 80 年代老百姓对大学生的尊敬称呼。那时大学生人数稀少，不像现今扩招之后，学士、硕士、博士满山满谷。若干年前，高等教育集聚地海淀区中关村流行的一句调侃式经典名言——本科生像条狗，硕士满街走，博士吓得在发抖——形象逼真地道出了个中真谛。提前进场监考，全程没有坐一秒钟，单论监考责任心，无人出我右。对于考场动态，明察秋毫之余，我乐意边走边看"天之骄子"们的神情相貌——或眉清目秀、明眸皓齿，或老实憨厚、虎背熊腰，或面如冠玉、眼若流星，或机灵聪明、少年老成。试卷前的表现也是各具看点：有的手托香腮聚神沉思；有的信心满满奋笔沙沙；有的泰然自若，一副胸有成竹、肯定拿"A"的样子；也有平日懒散者，目光板滞又东张西望；更有时常逃课者，脸上写满急火攻心又束手无策的沮丧。细察后两类学生可怜兮兮的眼神，似乎在说：老师啊，改卷时务必手下留情，千万别让我挂科啊。

除了少数不用考试直接入学的幸福人士，考试的压力，任谁都记忆犹新。约 20 年前的春天，我参加了两所著名学府的博士生入学考试。大概是过于在乎（也可能是志在必得）的缘故吧，为求考前睡个好觉，我光顾黑沙环某诊所买安眠药。问明来历，那位尽责的医生一边鼓励"不用紧张，肯定考得上"，一边谨慎地掰下半粒安眠药。遗憾的是，服药后就那么几分钟昏昏沉沉似睡非睡，之后还是夜不成眠。只好重祭刘家常规催眠法——数兔子、哼儿歌（"两只老虎、两只老虎，跑得快、跑得快，一只没有眼睛，一只没有尾巴，真奇怪、真奇怪"）、倒数阿拉伯数字 200 到 1，但还是眼睁睁到天亮。多少年过去了，我还清楚地记得诊所位于黑沙环新街东华新村一带，对于那位不知名姓的医生，我一直心存感激。

当然，专业课中国现代文学研究方向的试题迄今为止依然清晰入脑：其一，试比较胡适与鲁迅；其二，近现代以来，中国知识分子的命运始终为中国作家所关注，对此，谈谈你的理解。

应该说，这两道题设计得相当精妙。因为题目难度不大，考生不至于无从下手，相反，应试者都可以从容下笔，畅所欲言。但要答得精彩、答出新意且有独家见解，符合出题者的初衷或学术预设，又似乎不太容易。究竟有哪几位幸运儿最后入得考官法眼呢？记得那一年，同场同卷竞技的考生当中，好几位已经拥有教授、副教授职衔或中文系主任、文学院院长之类的身份。在公平录取的情况下，答题的"独创性"就显得非一般的重要了。欣慰的是，单从卷面表现看，我丝毫不落下风，甚至还稍稍胜出：我分别得到了90 分和 92 分的高分，从而幸运地延续了自己的学生生涯。

每学期临近期末时，我都会告诫学生，答论述类考题时，行文一定要自信，尽可能做到"陈言务去""言必己出"。要避免"众所周知""有道是"之类的空话、套话、废话，那大都是底气不足、装腔作势、"居高位瞰天下"的学究式的表述。好比"万金油"，涂之抹之，固然可以暂时性消肿或止痛，但其味道并非人人愿意闻啊！窃以为，开门见山，有话直说，言必己出又能自圆其说，这样的论述往往让人眼前一亮；而自信、洒脱且富有穿透力的文字，总能让人心生好感。这才是阅卷人心中的理想答案。

监考完毕，收卷走出考场的那一刻，我浮想联翩。看学生三三两两有说有笑地离开考室，很想逮住这些"桃李年华"，令她们即场背诵曹雪的《枉凝眉》并释义，再集体朗诵或演唱《题帕三绝》中的以下诗句：

彩线难收面上珠，湘江旧迹已模糊。
窗前亦有千竿竹，不识香痕渍也无？

鼠年弈话

　　腰缠万贯的商贾阔佬，未必让我心生敬仰。尽管手头连十贯都没有，甚至囊空如洗，但想到长期拥有打球、下棋、爬山、听曲、发呆五大爱好，不由得美滋滋生幻觉，笃信自己富可敌国。

　　棋、琴、书、画并称高雅之物。下棋，古称博弈，不但凡尘中人喜好，就连鬼神都痴之迷之。曹植诗句"仙人揽六著，对博太山隅"，每教读者思绪飞扬：逍遥快活的神仙云游四方，不论是停歇于高山之巅，还是憩息于涧水之边，总要撸袖开坐、捉对厮杀，直到月上柳梢头才略微罢手。

　　作为一项历史悠久的智力游戏，中国象棋独具魅力。即便是心态超然、与世无争者，一旦开局落子，无不使出浑身解数务求"将死"对手，其面目辄从入定老僧转为怒目金刚。浸漫楚河汉界中的"争胜"精神，由此远离了道法自然、见性成佛的要义，最终归为棋道、生存之道——一场场硝烟弥漫的生死搏斗。

　　广东棋坛多高手。我时常夜半观摩杨官璘、吕钦、许银川等粤籍大师的棋局视频，顺便偷师学艺。说来反讽，博弈中收获的优越感、满足感和乐趣，竟多半建筑在粤籍棋友身上。

　　肥仔荣，广州壮汉，移居何邦哪国不详。大概是出身于经济学的缘故吧，又或者因为时常关注波斯湾政局，肥仔曾发愿："四十年专攻经济，二十年经营政治，而后登顶当总统。"论棋力，我可以让"总统"一兵一马。屡战屡败却不时敲门搦战，我惊诧并感动于他的斗志与韧劲，有时故意"一着不慎"而输棋，给他面子。这时，若有人围观，荣君就手舞足蹈、舌底生莲，满嘴"我用我智慧，食你赢你将死你""呢盘棋，真系惊心动魄"，一副唯恐天下不知"总统"获胜的模样。

　　棋之道，在于落子无悔，泰山崩塌我自岿然；棋之趣，于无声处听惊雷，笑看对手如坐针毡。肥仔的得意次数远不及沮丧的 1/10，口出狂言只会换来碾压式"修理"。有几回明明可以一步杀棋，但我偏偏无视"总统"

的求饶眼神，慢悠悠地砍马、端炮、毁车、刹相、斩士、灭卒，可怜楚河对岸，独剩他一个光杆司令。我偶尔也拖长声调自铸新曲："咩，咩咩，阿松我怕你有牙，呀呀呀。"再看此君，额间黑云压顶，眉底双目失神。那表情痛苦不堪，既像情场失了恋，又像赌场输了钱。

一个普通男子，要不就沉迷看球品球，要不就热衷下棋吹牛。阿辉来自五羊城，却从不收看"五羊杯"，对家门口举行的象棋界最高水平的赛事竟然一无所知，这让我大感意外。与之博弈，我捐一车一卒依然稳稳胜出。有时心慈手软，为不使他信心崩溃，刻意昏着迭出，送车送马入其炮口。于是，这位仁兄便自认棋力提升，嚷着不让子杀一盘。

再入座，半力出击，才数回合，便有人搔头弄耳，疲于招架。其时，我按左车左卒不动，等于变相让卒让车。眼见人家青筋暴起、窘态百出，就说了一句象棋史上最具诚意的贴心话：要不这样，倒过来，你下我的，我下你的，试试看能否走出绝境？

在接连被抽车、抽马之后，阿辉似乎缓过神来，很傻很天真地问：喂，你不是说，走多三步就杀棋嘛。为什么走这么久还没杀，依然输给你？哭笑不得之余，严肃中掺带善意，我狠狠地训责兼奚落这位海归法学博士："我跟你不一样，猪啊你，呆子。"

我性情木讷，拙于交游，迄今不烟、不赌、不搓麻将、不嗜酒。对我来说，象棋的吸引力，远在番摊、牌九、百家乐之上。头脑清醒的时候，我常常蹭坐"发财巴"从关闸到金光大道，双眼半睁半闭，车未停站，即告斩获三连胜。有时伏案到凌晨四点，疲倦至极。为调整精神，便奋拉眼皮与千里万里之外（也可能近在大湾区甚至路氹城）的网友下几盘棋。这样的状态往往一胜难求。

凌晨博弈，惊喜与风险同在。说风险，因为对手可能是早起的功力深厚的退休老棋手，与之相搏，胜负难料；惊喜在于，对手也许是淡出棋坛已久的象棋特级大师。大师者，成就卓然，地位超然，有机会与之过招，不也开心吗？

难忘棋友"清风明月"，一盘三分钟，必定杀得我落花流水。九负一和的羞人战绩，让我深刻体会到何谓完败。"清风明月"布局大气缜密又见华丽，起步喜欢"仙人指路"，一招一式尽显架势，棋风类极当年杀遍天下无敌手的沪上某特级大师。小寒夜，忆及博弈情形，恐惧中杂着兴奋，兴奋中升起敬畏，竟臆想大师姓胡呢。

白鸽巢公园绿草茵茵，古木参天，雀声鸽语啾啾成韵，是一处值得流连的好地方。若有雅兴，不妨呼朋引类瞻仰贾梅士石洞去。据说流放澳门期间，贾氏隐居此处，写下史诗《葡国魂》。有时路过，我常入园溜达而忘了正事。当然，我的入园，意在诗魂，更在棋盘。夏令中午，石洞对面巨石旁边，时见建筑工人端坐博弈，观者三五成群，或坐或站，时聚时散。倘若有谁下出一着臭棋，随即便听到巴掌拍大腿的声音以及"丢拿星"等原汁原味的广府白话。于棋手，无尽的懊恼和悔意，就在这一声声"丢拿星"中一泻而出，似乎棋运已尽，大限将至。但在我看来，既观赏了马走日象走田、重跑将军无法解，又学会了接地气的生动方言，不也收获满满吗？

天赋书写权，无论是雅士还是俗人，任谁都有资格闲话诗词歌赋、棋琴书画，或者对生于斯长于斯的城市和乡村评头论足。"路逢十客九青衿，巷南巷北读书声"是家乡福州的真实写照，朱熹称赞泉州"此地古称佛国，满街都是圣人"。熟悉澳门文史者，对"相逢十字街头客，尽是三巴寺里人"等诗句不应陌生。濠镜不乏骚客棋手，棋手欢愉于市井之间。若感兴趣，就让我带你去祐汉三角花园、黑沙环街心小公园、白鸽巢公园，一同领略老中青三代棋迷的风采。我们不必开枰吃喝"共襄盛举"，建议保持观棋不语之君子风度，即便站酸了腿肚累弯了腰。棋海无涯，若痴之迷之，即可快乐赛神仙，如沐春风般遣度有涯人生。对此，我已开悟并愿意搬弄将士相车马来丰富自己的生活，你呢？

肥猪啜糠去，金鼠衔运来。愿棋运、财运、桃花运，统统"鼠"于你！

一　寻美觅爱

码字累了，身体疲困了，我的放松兼"充电"方式是口嚼橄榄走街串巷，旁若无人边走边唱。

歌曲可以从《酒干倘卖无》唱到《孟姜女哭长城》再到《让我们荡起双桨》，也可以半走音不成调地从粤剧《游园惊梦》唱到闽剧《穆桂英招亲》《林则徐充军》再到京剧《包龙图打坐开封府》。

今早，雨停雾散，阳光露脸。时令正值春寒，气温骤降，凉风拂面如泼水。哼着蔡琴的名曲《情人的眼泪》，我出了门。

沿龙园拾级而上，顺着俾利喇街，穿过澳广视门径，便到望厦街。看到半年前"邂逅"的芭蕉树"完好无缺"，大感欣慰。

望厦街位处美副将马路观音古庙侧。去年秋天出席一项活动，路旁见到几株芭蕉树，恰彼时秋风送爽、蕉叶轻摇，一时兴起在朋友圈戳下数行字：

一条望厦街，三五芭蕉树。望厦村，望厦巷，眺望厦门，遥望故乡。

澳门开埠，究竟是粤人所为，抑或闽商之功，数十年来学术界争论不休，话不投机、情绪激动者甚至撸起袖子几欲干架。

我乃闽人，久居粤地。我爱福建，也爱澳门。对于故乡，分秒不敢忘却，对于居住地，也格外珍爱。像"干架"之类壮举，我不掺和不附和，只能报以浅浅一笑。

这段文字既无新意，又乏文采，讵料竟斩获56个赞，感动得我千遍万遍直把芭蕉树惦念。

横过美副将马路，得一岔口，入内行数步，抬头望见一棵硕大的枇杷树，枝叶繁茂，果实缀满枝头，顿时心情大佳。这枇杷树冠覆盖面积可能是全澳门最大呢！待到目光移至后墙，始知此巷名"布巷"，不禁寻思：这巷名该有典故传说？是此处盛产布匹，还是时有裁缝大师出没？正疑惑间，又瞥见前头平房墙上钉着"扣钮巷"三字。由此再想，这"扣钮"连着"布"，即便编织成布衣麻料供百姓御寒过冬，也比富人家的绫罗绸缎温暖多了。

周末的清晨，人寂寂，风萧萧。徘徊两巷之间，我把柴米油盐细思量，边走边唱的雅兴随即悄然退去。

从巷子里出来，便是雅廉访大马路。于我，此路并不陌生，甚至还很亲切。二十多年前，我曾在幸运阁商场买随身听（walkman），那时童安格的《耶利亚女郎》正流行。依稀记得几句歌词：很远的地方有个女郎名字叫作耶利亚，有人在传说她的眼睛看了使你更年轻……

也曾与家私店老板下过棋——那老板似乎"不务正业"，在收银台前置放一副象棋，逢人就"捉"就"杀"。记得当时是营业时间，老板专注于棋势，转身对伙计说："不急不急，等我先下完这盘吧。"

世间花草千千万，我偏爱茉莉、紫荆、白玉兰，只因她们朴素、低调、香味淡。雅廉访马路绿化带遍植紫荆树，其时花开正艳，远观近瞧，美不胜收，不由得再三羡慕居住此间的街坊好福气！如果说，"东方之珠"美得耀眼炫目，那么，濠江之美则内敛含蓄，更值得细品慢赏。不信，你可以选个周末，让我做一回东道主，陪你走街串巷，细瞧慢看。

二　春日酒语

某微信文章标题，实在灼人眼球：《每喝一口酒，世上就少一个聪明人》。内文更是言之凿凿、不容置疑：权威医学机构研究表明，一滴酒也会造成损伤。最是结尾一句"所以，（喝还是不喝）自己掂量一下"，颇有"警世通言"的意味。

滴酒伤身，其威力如此之大，不啻一樽追步原子弹的"原子酒"。自知不是聪明人，读毕文章，还是倒抽一口气。惊骇之余，只好视为愚人节助兴春归的善意玩笑。

文献典籍中的春日光景可谓忧乐参半："暮春者，春服既成，冠者五六人，童子六七人，浴乎沂，风乎舞雩，咏而归。"分明一幅莺歌燕舞、其乐融融的欢愉图景；等到体态娇憨且未曾经历相思离别的少妇登场，则可能"忽见陌头杨柳色，悔教夫婿觅封侯"，一派哀怨与幽愁共生、希冀与无奈并存、我见犹怜的模样。

人生苦短，愁也好，乐也罢，似乎总可以借酒说项或记趣。

大概是缺酒的缘故吧，我的日子向来过得不潇洒。年届而立，依然"洁身自好"，滴酒不沾。对于"杯中物"，也就无缘细品慢啜，更遑论体验个中的甘美与醇香。然而，无论是在茶餐厅还是大排档，每当瞥见邻桌"杯壁下流、酒泡冒起、脖子高仰、猜枚吆喝"，我就双眼发直，羡慕不已。至于人家究竟是诗意酣畅的豪饮，抑或是放浪形骸的酗酒，从不细加理会。

从来不曾想过，当"过度饮酒危害健康""你若酒驾我就改嫁"等警示语风行的时候，自己竟然"倒行逆施"学喝酒。触发喝酒的念头，始于某次打球回家半瘫在沙发上，想起"啤酒是老外凉茶"的妙论，随即拨通了杂货店的外卖电话。我的"酒悟"简单明了：既然价格相差无几，同样是"咕咚咕咚"入喉解渴，与其喝矿泉水，还不如喝啤酒。当然，随着酒龄的增长以及酒量的不断提升，喝酒可通血脉、祛风败湿甚至驱千虑、逐百愁等，都成了我痴迷"杯中物"的理由。

人在江湖飘，未必个个挨刀；人在江湖走，断断不可缺酒。酒桌恰似一块照妖镜或放大镜，万象人生，尽皆显现。深谙酒道者，多能游刃于桌前席间，"感情深一口闷，感情浅舔一舔"，直把喝酒气氛营造得花团锦簇、郁郁葱葱。

也有看似客气敬酒实则恶意灌酒者，出语粗鄙，令人摇头。既然有缘同席，人家满脸堆笑举杯相敬，岂可拒绝？这是对受敬者智力、胆识以及酒量的大考验。记得那是一个月落乌啼的晚上，不胜酒力的我坦然接招，与对手连干三大碗！原以为将迎来平生第一醉，结果却出乎意料：宴席结束，那位敬酒者步履跟跄、丑态百出，又抱又吻电线杆，还"青霞啊，丽君啊，楚红啊，曼玉啊"声声叫不停。

难忘某社团宴席，架不住美利坚、枫叶国以及闽台沪浙桂客人的轮番敬酒，唯有杯杯见底以表诚意、尽礼数。尽管那时我已练就红酒一瓶、白酒三两的酒量，却明显感觉喝到醉酒临界点。回家路上，口中念念有词，脚步载沉载浮，犹如巴西人中场得球，凌波微步般接连"舞"过防守球员，又像鬼魅般飘飘忽忽。此时，道旁若有人邀约上山打虎、落草为寇或遁入空门，我肯定会满口答应的。

一世落红尘，千载浮幽梦。如今，人到中年的我，再也没有往昔"谁能与我同醉"的豪气，也不敢独与天地精神相往来。我更愿意樽前诉说归期，举杯祝愿好人平安。

三 夏日听曲

早在"蜗居""宅"等词语流传之前，自己就是一位"宅男"。无论是心花怒放还是心烦意乱，我都习惯"宅"在寓所听曲。

物质生活贫乏的年代，听曲是一种享受。彼时，电台"每周一歌"栏目乃我心头最爱。歌曲每天早中晚各播放三次，听到星期二就基本会唱。上学放学，沿路琢磨旋律，几番哼哼唧唧，《鼓浪屿之波》《牡丹之歌》《军港之夜》等竟也能在口中婉转悠扬。

待到初谙换气假嗓技巧，这歌唱来就有情有调有听众了。睡前开腔，总能博得叔婶堂姐的隔墙鼓励："好听，再来一首。"祖屋宅院隔音差，稚嫩的童声便告声声入耳绕梁庭，继而穿墙过檐飞满天。按下谈资，不禁遐想香江堂姐，此刻是否哼唱《弯弯的月亮》？

20世纪80年代初，谷建芬作曲的《年轻的朋友来相会》唱响大江南北，被联合国教科文组织选入亚太地区音乐教材。电影《甜蜜的事业》的主题曲《我们的生活充满阳光》同获殊荣。这些老歌连同《牧兰曲》《校园的早晨》《在那桃花盛开的地方》，唱尽了青葱岁月的欢乐与希望。

竹林里歌声高，茶山上人欢笑。难忘台湾校园歌曲，旋律简洁清朗，既有传统歌谣韵味，又有西洋乡村元素。《童年》《捉泥鳅》《兰花草》《乡间的小路》《三月里的小雨》《外婆的澎湖湾》总是百听不厌，侯德健、罗大佑、刘文正等名字也随之深植脑海。因了《霍元甲》《射雕英雄传》等港剧的热播，粤语歌曲《万里长城永不倒》《铁血丹心》一时街传巷闻。港台之风起兮，吹遍了祖国的山山岭岭，丰富着百姓的娱乐生活。

操千曲而后晓声。随着年岁的增长以及对歌曲理解的深入，我开始选择性听曲。相比于用钱包装出来的歌星，我更欣赏歌唱家的歌曲。"星"者，天外物也，高悬苍穹，可望而不可即；而"家"，分明更接地气，有一种天然的亲和力。虽说歌星与歌唱家各有擅长，但就音乐素养论，二者实不可同日而语。德德玛讴歌草原的，王立平的《红楼梦》系列，王洛宾谱曲的，俞逊发的笛子独奏，于红梅的二胡演奏，于魁智、李胜素合唱的名曲，等等，我都乐意收藏收听。

每逢周末夜晚，我喜欢面南盘坐，一边看万家灯火次第燃亮，一边聆听《心经》《大悲咒》。期以借一声声"揭谛揭谛，波罗揭谛，波罗僧揭谛，娑婆诃南无喝罗怛那哆罗夜耶感受"，荡平浮躁之心，换来心灵自在。

夏雨淅沥人缱绻。有一回，我从《梁祝》《分飞燕》《枉凝眉》《敖包相会》到《苏武牧羊》《倩女幽魂》《人鬼情未了》《吐鲁番的葡萄熟了》，一口气连听十几首。待听到《二泉映月》时，万般感触压向胸口！懊恼当年游太湖、逛无锡时竟忘了朝圣阿炳。幸运的是，单秀荣的《雁南飞》弥补了缺憾。《雁南飞》我在小学时听过，而今再听，即被优美的旋律和悲伤的歌词迷住了心。歌曰：

雁南飞 雁南飞/雁叫声声心欲碎/不等今日去/已盼春来归 已盼春来归/

今日去 愿为春来归/盼归 莫把心揉碎 莫把心揉碎/且等春来归/

四 秋日梦语

自古文人好咏秋。秋诗秋词之多，开卷所及，满纸"山山寒色，树树秋声"。无论是梧桐雨、霜晨月，还是秋林古色、山岛竦峙，写来各具感悟，读来令人慨然。刘彻的《秋风辞》、刘禹锡的《秋风引》、欧阳修的《秋声赋》等佳作，或哀怨缠绵，或枯槁凋零，或萧瑟凛冽，让众生在掩卷之际，好一阵长吁短叹，平添了生命意识的厚实与凝重。

在《秋天的况味》中，林语堂以独具性灵的笔触，大大拓展了秋的意蕴，写尽秋的成熟美。那种"月正圆，蟹正肥，桂花皎洁"的秋景秋色以及喟然于"正得秋而万宝成"的秋收秋韵，可谓美美艳艳、甘醇圆熟。纸面纸背氤氲着"偎红倚翠温香在抱"的秋日情调，既赏耳目又悦心灵，一时醉倒万千读者。

一副笔墨，多样情怀。同样置身于秋叶纷飞落成堆的季节，同样咏秋，何以呈现截然有别的气象呢？

万影皆因月，千声各为秋。秋季气温下降，日照时间缩短，时序之变化，既影响体肤感知，还造成情感起伏。待到秋风飒飒吹来，任谁都躲不过忧伤与愁思。设若在日暮时刻，善感者势必增加几许寂寥。把一年当作一天来划分，则秋季等同于傍晚。傍晚时分，婴孩常因感到不安而哭闹。秋日黄昏或夜色阑珊之际，善男信女会否"迎风泪洒、对月伤怀"呢？后知者似有必要臆想两回、八卦一番。

于是，我们领悟，季节轮替，心态随行。

"日暮乡关何处是，烟波江上使人愁"，崔颢诗句传递出的愁美意境，叫人憧憬复伤悲：金乌西坠，夜色降临，鸟归巢，船归航，游子要归乡。然而，游子的故乡在哪里？恍惚间，张目四望，眼底云雾弥漫，江面雾霭沉沉，关山遥遥，遥在千里外。问蝶蝶不语，思乡不见乡，天下游子难免怅然生乡愁。

于是，我们察悉，诗文移情，感天动地。

世上本无枷，心锁长困有情人。不过，在追名逐利蔚为大潮的商业社会，有情人终属少数，并非人人都为秋风秋雨动容生愁。纵然杂着三五愁绪，达观者眼中的秋景秋色，绝非凉风嗖嗖、悲凉肃杀，更多的是辽阔清淡、绚丽怡人。择一秋高气爽之日，看野雀群飞于天幕，溪鸟孤立于苇秆，江心湖畔鱼虾肥，何其美哉！此时，秋天是一幅静谧无声的画，一首浪漫高远的诗，一本蕴意深邃的经。徜徉其中，如入仙山灵境。

林语堂认定初秋最值得赏乐，大凡熏黄纯熟之物，都能愉悦身心。这位"两脚踏中西文化，一心评宇宙文章"的海归博士，视慢火炖猪肉发出的锅中声调为天籁。如是我想，倘若林府餐桌端上香香脆脆的乳猪全烤，文豪的秋文秋歌该要井喷呢！幸运者兴许还能捧读关于古人悲秋的深层次阐解。

胸怀梦想者，其生活定然多情趣。春夏梦，繁花似锦，梦中情景多奇幻，总让人心生虚空烟灭之感；金秋实，稻穗翻滚，地头田间丰收在望，每教农户舒眉笑颜乐开怀。沉溺既久，我更愿意抽离梦境，化春夏大梦为秋季可拭可触的汗水与收获。

濠镜没有"山山黄叶飞"的飘零与低回，也没有"秋水共长天一色"的开朗与壮阔。但凡关乎秋的物镜与景象，只可奢想，不可眼望，由此造就了"秋言秋语"的先天不足或缺场。然而，必须强调的是，在这秋凉风嗖的季节，濠镜不一定缺少花前月下的缠绵。最难忘，梦境中伊人捧出一盘面包屑，笑盈盈地说："吃吧吃吧，全麦制作营养丰富，就不请你食火锅啦。"约好的怎么说变就变呢？你真行，我的小气鬼、小精灵！然而，无论你说什么，只要是你的"金玉良言"，我都愿意相信，如同相信你的智慧与哲思以及眉宇间时时绽放出的英气。

重阳与寒露之交，最显人性柔情，打开手机，满屏都是"天凉了，记取添衣"的叮咛。是的，你的心语，我感受到了。我也已经立下宏愿：我愿意信守半生的承诺去追梦，哪怕被放逐到情感的天际荒原。我将唱响胸中歌千首，只为濠镜山水留。

你呢？你敢、你愿意拿文字、用行动与我回应吗？

五　冬日感怀

人间花草多，"粉丝"也多。据说每当樱花、郁金香盛开时，"花粉"们无不闻"花"而动，争"香"观赏。赏之不足，再舞文弄墨或留影纪念，此为绅士、淑女优质生活也。

欧洲贵族热捧郁金香，将其视为高贵之花。他们购花养花，更热衷品花论花，并借此凸显身份地位。倘在洛阳，赶上牡丹绽放，粉丝们总是乐意漏夜出发，一路恭听导游讲解典故传说。花王魅力之大，看将人人为之雀跃。否则，"惟有牡丹真国色，花开时节动京城"等佳句便可消解了去。

郁金香叶色缤纷，花朵端庄，已成为高规格礼仪馈赠用花和春节花展常客。以牡丹为主题的活动如菏泽牡丹花会、彭州牡丹花会，观者云集，可谓文化盛事。洛阳牡丹花会乃四大名会之一，洛阳牡丹文化节入选国家非物质文化遗产名录，可谓众望所归。

牡丹雍容华贵，是美的化身，也是纯洁与爱情的象征。郁金香秀丽挺拔，在西方语境中象征着胜利和美好，荷兰等国更是尊其为国花。说来也怪，面对名花贵卉，不解风情者如我，绝少心生波澜，也不习惯出语吆喝或撰文称颂。

相比于牡丹、樱花、郁金香等花中王者，我偏爱茉莉、紫荆、白玉兰等朴素人家。如果说牡丹、郁金香好比闺中三寸金莲，只供把玩遐想，那么，紫荆、茉莉早就素足挺胸，与千家万户共烟火，怎不惹人心生好感？

或有贤人认为，像紫荆、玉兰等常被挪作遮阴挡阳的绿化树种，已然游离于花卉大家庭之外，不应视之为花。但我要说，有花名花蕴而不混入花之队伍充数，其胸襟气度并非花花具备，怎可目为"异类"而不屑？如果愿意放眼看，君不见，由紫荆树、玉兰树植列而成的绿化带，既消除视觉疲劳、净化空气，又美化环境、愉悦身心呢！

一仰一俯，年关又至。年龄递增，心态归真。随着年岁增长，桌前发呆、灯下做梦成了精神生活常态。此时，兼具自然与人文内涵的节日最值玩味。冬至日，没有供奉三茶五酒祭祀天地，翻看《本草纲目》，把花花草草细比较，越发喜爱紫荆、茉莉、白玉兰。当然，要承认，我钟情荆、莉、兰，多少杂有乡土私念。茉莉花乃家乡市花；白玉兰花是良友出生地市花；而念兹在兹的紫荆花、紫荆树，更是承载了延绵不绝的情愫与期盼：清晨送稚童上学，惯看道旁花瓣飘落；夜半归家，一树花儿笑靥相迎。一花一世界，花事动情怀，便想着把平庸的生活活出诗意，在冷漠的世界里活出真情。

花语者，凡人用花表达感情与愿望的语言，其含义和蕴藉大大凌越了言语。花语构成花卉文化的核心与秘密，赏花终须懂花语，花语无声胜有声。尘事碌碌，记忆昏昏，何时对荆、莉、兰萌生爱意，已不可考。也可能只是与故人相见于苍茫驿路，隔雨望红楼，或临湖羡鸳鸯，聊以留取一缕青涩少年的梦痕吧。

长夜寂寂，就让傲慢的明月与沟渠厮磨去。且容我为紫荆、茉莉、白玉兰尽情歌唱：在灯影下回忆着你，我省略了所有的言语；在图库里凝视着你，我时有欣喜的甜蜜；在独语中感觉着你，我淌下幸福的泪滴；在书写中等待着你，你是那永恒的美丽，永恒的美丽！

六 敬怀弘一

李叔同（弘一法师）的一生充满了传奇色彩。前 25 年，他阅尽繁华，是浊世中的翩翩佳公子；后半生，则超然尘外、苦心向佛，终成一代世祖律宗。其生平事迹令人倾倒，也让人疲于揣测。林语堂说："他是我们那个时代最遗世而独立的一个人。"清高如张爱玲也语出坦诚："不要以为我是个高傲的人，我从来不是的，至少，在弘一法师寺院围墙的外面，我是如此的谦卑。"

偶像总须时刻祭拜，而我生性疏懒。虽然我的心中没有偶像，但不乏敬重者。对于弘一，我敬重有加。有好几年，书店只要上架有关弘一的书籍，我就立马购买，掌灯细读。读之不足，还煞有介事地与店老板谈心：多进这类书嘛，卖什么"演讲口才""心灵鸡汤"，小心我与你绝交。

李叔同出生于天津大户人家。锦衣纨绔的李少爷一度纵情裙衩，与青楼佳丽交往密切，并留下迤逦生香的诗作：

> 眉间愁语烛边情，素手惨惨一握盈。艳福者般争美煞，佳人个个唤先生。
>
> 轻减腰围比柳枝，刘证平视故迟迟。佯羞半吐丁香舌，一段浓香是口脂。

18 岁那年，李叔同与俞姓女子结婚，开始了世俗层面的家庭生活。未几，便因身怀一枚"南海康君是吾师"的篆印，被疑为康梁同党而遭缉捕。南下上海避祸期间，李叔同加入民间社团"城南文社"。及至出版《李庐印谱》等著述，已告声名鹊起，赢得"酒醋诗思涌如泉，直把杜陵呼小友"的赞赏。他自己也不无骄傲地发出"二十文章惊海内"的激昂壮语。

年少即能抒吟"人生犹似西沉日，富贵终如草上霜"，可见李叔同慧根深厚。好友胡朴安回忆当年与之共事时"常觉其言论有飘飘出尘之致",而顾一尘的悼文则以"月水清姿迥出尘,奇僧奇佛亦奇人"为大师作结。

弘一自皈依佛门之后,脚着白芒屐,身披百衲衣,蒲团枯坐万缘轻,钵中菜根嚼来有滋有味。他殚精竭虑弘扬佛法,大步奔向极乐世界,极乐世界的门庭也始终朝这位行者敞开。

大师 60 岁生日时,弟子李芳远驰书柳亚子,请写祝寿词。柳氏挥就二句偈语:

一、君礼释迦佛,我拜马克思。大雄大无畏,迹异心岂殊。
二、闭关谢尘网,吾意嫌消极。愿持铁禅杖,打杀卖国贼。

在收阅寿词之后,弘一随即写下偈言回赠柳亚子:

亭亭菊一枝,高标矗劲节。云何色殷红?殉教应流血!

柳亚子借撰词之便,对终日参禅礼佛的弘一流露不满,对弘一的回偈则以一句"呜呼,洵可谓善知识已!"一笑置之。弘一志在普度众生,以菊自诩,标榜气节,其偈言蕴含了自己的价值基点和意义指向。

从年少束发到披剃入山,李叔同一路走来可歌可泣。但在炮火连天的岁月,"殉教"不应成为唯一的选择。他分明淡忘了同一片土地上最真实的苍生百姓,似也不曾解悟"天地苍生实为大教"。以身殉教固然可敬,但所殉之"教",仅仅局限于佛门一隅、宗教一脉,是以即便"流血"殷殷,亦只能浇沃木鱼、袈裟、大雄宝殿,这就使得自己的抉择意义打了折扣。对此,尽管深感万分不敬,我还是表示惋惜。

七 义薄云天

报载"澳门传承关公文化协会"成立,心头不由为之一热。

蜀汉关羽,面赤心尤赤,须长义更长,赢得万民敬仰,被视为忠义精神的典范。关羽文化(关公精神),成了中华文明最有价值的精神内核之一。

从妇孺皆知的"关公",到亲切无匹的"关二哥",再到饰以煌煌二十二字"忠义神武灵佑仁勇显威护国保民精诚忠绥翊赞宣德"的"关圣帝君"，关羽名号繁多且用尽赞美之词。被后世尊为"武圣"而与"文圣"孔子共祀，更是体现了以关羽为代表的忠义文化精神的崇高和伟大。

结缘关公，始于小学三年级，"媒人"竟是连环画。作为连环画史的经典乃至那个时代的文化符号，上海人民美术出版社推出的《三国演义》连环画，占据了我精神榜单的头条。难忘靛蓝色封面的《千里走单骑》，云长千里护嫂寻兄、过五关斩六将。其忠义神勇，瞬间震撼了我的心灵。

小学生阅历毕竟单薄，对于"降汉不降曹"的奥义，谈不上认知；对曹操"欲乱其君臣之礼，使关公与二嫂共处一室"的使坏，也懵懂不解；倒是对"关公乃秉烛立于户外，自夜达旦，毫无倦色"印象深刻。待读到张飞因误会二哥降操而"吼声如雷，挥矛向关公便搠"时，很是揪心了一阵。

曹操"雅爱诗章"，其文悲凉慷慨又见温情。翻阅曹作，不免惊怵于"白骨露于野，千里无鸡鸣"的悲惨景象，欢欣于"老骥伏枥，志在千里"的进取豪迈，更折服于"但为君故，沉吟至今"的那种为求贤而愁、唯才是举的胸襟与诚意。

曹操眼中的关公近乎完美——"事主不忘其本，乃天下之义士"；"不忘故主、来去明白，真丈夫也"；"将军真神人也！"正因为仰慕钦佩，曹对短期于麾下效力的关公关怀备至。曹重之器之，关却常怀去心。以现代立场看，如此"身在曹营心在汉"，势必招致训责与惩罚，但曹操依然"叹服关公不已"。感君恩德与赏识，拼将一死酬知己。待到华容道义释曹操，关公大大回报了一把，把"义"的内涵与真谛演绎到极致。

曹关交往，始于欣赏，终于忠义。包括关羽殁后，曹以超规格礼节予以厚葬等，都成了《三国演义》中的动人篇章，为后世所津津乐道。于我，关拟向曹道别那一幕，最堪咀嚼：

> 随即至相府，拜辞曹操。操知来意，乃悬回避牌于门，关公怏怏而回。

彼时，没有查阅字典，根据上下文语境，认为"怏怏"可做"闷闷不乐"解，并大胆搬用于作文中，可把老师吓得"花容失色"了。翌日，我看见三二师长侧对我窃窃私语，观嘴形神色，似在纳闷这小子何以写出带

"快快"的神来之句来。

夜读《三国》，忆小学单纯岁月，依然有"三谢"的冲动——向曹操、关公以及才华横溢的作者罗贯中隔空致谢。恍惚中想起今人多见利忘义，贱春秋大义而贵珍珠奶茶，不免感慨。感慨之余，把徐渭佳联再三默念：

> 孔夫子，关夫子，万世两夫子；
>
> 修春秋，读春秋，千古一春秋。

八　琴曲悠扬

我对传统经典歌曲向来敬重喜好，但对各类演唱会却"敬而远之"。究其原因，大概是缘分未至，也可以编一个"没有空闲时间""不懂欣赏"的理由。当然，作为音乐门外汉，我愿意托出信守经年而又"蛮不讲理"的说辞：那些歌曲悦耳赏心否？值得费银耗时漏夜捧场否？

2019年11月1日，时值深秋。一场名为"浪漫·幻想"的小提琴独奏会在澳门岗顶剧院上演。

课毕放下讲义杂什，不顾饥肠辘辘，旋即匆匆往剧院赶。如此虔诚，皆因要打破"成见"，听琴声悠悠。况且门票乃好友馈赠，还有一道千字观后感的"密令"等待执行呢！我匆匆得心甘，我虔诚得在理。

岗顶剧院建于1860年，1873年扩建柱廊和拱廊，整体建筑呈新古典希腊复兴风格。院内设前厅及舞台，二楼观众席类月牙形，座位铺饰以红色绒布，浑厚大气，风格脱俗。门前一大一小两棵榕树，小的婀娜秀丽，大者粗壮多姿。树干相距约两米，不连理，待到空中伸展到各自高度，便见枝丫互拥相抱，不分彼此。经历了"天鸽""山竹"等特大暴风雨的洗礼，也就更加相亲相爱、"白首不相离"了。

夜色中瞥见不知谁家的三角梅从窗台露出娇艳之姿，又嗅着似有还无的植物香气，该是不远处圣若瑟修院或何东图书馆庭院中的朴树、桂花树、枇杷树、鸡蛋花树传来的吧！岗顶前地错落分布着图书馆、修院和教堂，在橘红色街灯映射下，世界遗产历史城区各建筑"灼灼其华"。岗顶剧院位居其中，自是适合高雅艺术表演。

剧院进门处摆放着花牌、花篮，道贺的亲友或同行兼观众依序留影。摄影者扎稳马步，入镜者笑意盈盈。随着众人竖指成"V"，齐声呼"Yeah"，剧院里顿时充满了祥和的气氛。

演奏厅小巧精致，早有听众安然就座。来者有百余人，大多衣着端庄得体，出语细软斯文，一派绅士淑女风范，正应了"仓廪实而知礼节"的蕴意。

演奏会由本地小提琴手主奏，宝岛钢琴师同台弹奏。精美的导赏小册充满文艺味，提示语写来张弛有度："为免打断作品的连贯性和演奏者的表演，乐章之间请不要鼓掌。欢迎您在音乐会（结束）之后留下与表演者拍照留念。"

演奏节目由大调和第一号小提琴与钢琴奏鸣曲组成，分上下半场，部分曲目选自加布里埃·佛瑞和塞扎尔·法朗克的作品。极缓板、中板、行板、快板、稍快版、极急速快板等节奏的演奏内容，如天书，又似火星文，愚钝如我，一时难辨其意。

诚惶诚恐中扫了几眼洋大师作品的介绍文字，顿时小感惊讶。前者"精湛而又内敛优雅的浪漫魅力奠定了法国音乐的基准"；后者曾于巴黎音乐学院深造，诸多作品享誉中西，流芳百世。

经典当前，焉可造次？唯有全程正襟危坐，洗耳恭听。不敢妄议演出精彩与否，为配合现场气氛，便和着绅士淑女们的情感起伏而起伏——你拍一我拍一，大家鼓掌我鼓掌。

应是秉持感恩不言谢的原则吧，演奏者数度鞠躬致谢，但始终不开金口。待到曲终谢幕，架不住听众的热烈掌声，二人又合奏一曲以示酬答。这一奏，热了气氛，乐了听众，也开了我的眼界。他们那类似华尔兹舞者的致谢姿势，让我想起"俞伯牙摔琴谢知音"的传说。

九　心田芝兰

那些致力于服务社会的义工志愿者，每每令人心生感佩。他们自愿付出时间和精力，却从不在乎鲜花和掌声，志笃者更是数十年如一日，不忘初心，一"义"到底。孜孜于文教事业的陈嘉庚，力倡"所获财利，慨办教育"，即便身陷时艰，亦坚持"变卖大厦，支持厦大"，真正做到以一己之崇高，惠泽无数学子。

万物流转，天地有情。无论是慷慨解囊，还是传递爱心；无论是兴资办学、造福天下子弟，抑或是照顾孤寡老人、扶助弱势群体，他们为社会做出了可歌可颂的贡献，都将为世人所铭记。

公益精神是一种奉献精神。在喧嚣的商业社会，义工的到来，让人间少了一份聒噪，多了一份关怀，也让世界充满了爱。种种慈心善举，乍看似乎微不足道，实则温暖万户千家。深宵思之，不免动容。

见我日渐憔悴，友人温婉地说，"出去透透气，做一次义工"，我不假思索称好。讵料这一声"好"，竟把自己连同家中七龄童推上了"风口浪尖"。

位于澳门北区的骏菁活动中心，建有篮球场、攀岩墙等惠民设施。场内活力四射的身影、吆喝声和篮球击地时发出的"砰砰"声，往往予我正向的影响，也激起我进场辅导的冲动——运动者手腕姿势、投篮弧度、篮下脚步、挡拆配合、传球意识、篮板意识等都亟待进步啊！

紧邻骏菁活动中心的马场东大马路转角地段，是一处值得流连张望的好地方。枝丫浓密的绿化树、树梢的灯影以及灯影树荫掩映下的斑驳路面，在凉风中摇曳出南洋风情。晚饭后——不计风雨，无论寒暑——我总喜欢于此间停停行行、哼哼唱唱，并将这段行人道"规划"为私家行吟乐园。

中秋前夜，正散步时，友人发来微信，建议我挈妇将雏出席活动，并怂恿七龄童担任表演嘉宾。其理由可谓"冠冕堂皇"：与养老院长者中秋共乐，意义不浅，公益活动需要"嘉宾"登场助兴。期颐长者与七龄稚童同场亮相，生活气息强，画面温馨，最能体现和谐盛世的共乐精髓。一家大小借此接触社会，对小孩来说，不仅丰富了生活阅历，还增强了感性认识，有助于培养关心社会、关心他人、关爱弱势群体的意识……伊言之锵锵，我应之喏喏，七龄童"献唱"《七子之歌》就在这锵锵喏喏声中达成共识。

翌晨早早跨海去，下得车来，转过某中学，便是澳门佛教总会大楼。进入大门，抬眼望见淡青色的菩提禅院与"心椽"素膳馆招牌。中秋敬老活动安排在斋堂举行，施者与受者皆能沐浴佛恩，汲取甘露，主办单位的用心与智慧令我为之悄悄"点赞"。老吾老以及人之老。念及即将与素不相识的耄耋长者结缘，甚至有望与我佛结缘，不由得满心荡漾着喜悦。

趁着集结前的间隙，我在馆内外转悠了一圈。素膳馆的装饰风格与常见的餐厅茶楼无异，唯有那刻着"广种福田"的木制神案和笑意盈盈的根雕弥勒，洋溢着自身的殊胜与光芒。禅院花园里小桥回廊、鱼池假山，偶有蜻蜓盘旋其间"嗡嗡"作响，别有一番景致。

不久后，便见男女义工陆陆续续到场。众人衣着休闲，神采奕奕，前一晚组建的微信工作群不时发出"嘟嘟"声响，传递着分工的信息。于我，"嘟嘟"声分明释放出串串善妙福音，格外悦耳动听。那一刻，我心无挂碍，法喜充满，仿佛从此远离了尘世间所有的嗔痴与幻想。

干练的领队集合众人做了简要交代与动员，我们随即穿上天蓝色背心款式的义工服。一时间，地不分闽粤沪，人不分老中青，彼此都是堂堂正正的澳门人、中国人，也当然是泱泱中华血脉相连的一家人！大家手递手把月饼、沙琪玛、火龙果、维他奶以及毛巾、纸巾装进红色福袋。另一边，早有福建体育总会的英俊小伙子整装等候养老院长者的到来。秋阳下，望着一排帅气俊朗的身影，我这义工队伍中的"新鲜人"顿时思绪飞扬，"同处大湾区，共饮濠江水"十个字在脑海中起起伏伏。

中巴车相继载来的近百位长者仁翁，大都目明身轻、神态怡然，身后推轮椅的义工精神饱满、神态自然。我负责接力推轮椅，并循桌位编序引领长者入座，这时才知晓轮椅左右扶手处装有刹车装置。相比消防志愿者、抗灾志愿者的伟岸，奥运志愿者、环保志愿者的实干，忙碌中，我有一种社区志愿者的踏实与泰然。

既有护工侍候在侧，又多了家人陪伴，长者们看上去满脸喜色，心情极佳。他们互相问候，说说笑笑，个别长者虽然齿缺，但多腔复调的粤语听来依然抑扬有致、意韵趔趄。义工们频频起身为老人家或夹菜或盛汤或喂食，她们经验丰富，动作娴熟，"举手投箸"之间，散发出一股"为善最乐"的元气精神。匙筷不语，秋风可鉴。在志愿者的脸上和身上，我再次体会到"公益暖人心，互助见真情"的仁爱美德。

我总以为，无论是雅士还是俗人，唯其具备仁爱之心，才有资格经世致用，才能安怡长青。"有我出现的地方，那个地方一定更美好。"这是志愿者的约誓，更是播爱者的心语，彰显了让精神与身体在世间发出独立且有力声音的誓愿。

受现场气氛感召，我也偶尔为长者夹菜，并叮嘱七龄童以茶代酒，举杯祝愿爷爷奶奶中秋快乐、长寿无疆。席间与护工、义工及长者家属闲聊攀谈，对"家有一老无价至宝""施比受更有福"等古训深以为然，对四代同堂、共享天伦乐的家庭越加羡慕。征得同意后，我让因献唱《七子之歌》小出风头的七龄童与邻桌 103 岁期颐长者合影。长者摸其脑勺，少不了一番"大眼仔，好靓仔，叻你咁叻仔"（意即：厉害了，我的大眼睛小帅哥）的热情称赞。

三十年前，我来菩提园食斋。清楚记得右坐者郭姓、左边欧阳姓、对面者陈姓等共 12 人，依次上桌的炸春卷、素三鲜、杂菜粉丝煲、斋香素烧鹅，嚼来津津有味，唇齿留香。那顿饭众人"夹钱"，人均消费 25 元。此番故园重临，久远人事，回忆起来竟然如此清晰亲切。我忆起她们的容貌，她们肯定没有绝"尘"而去。也许，同桌中的三人五人，此刻也正在世界的某个角落服务社群、奉献爱心。

三十年前，我还陪伴星洲舅父、香江兄长前往澳门普济禅院（俗称"观音堂"）参观叩拜。观音堂的签筒，摇来窸窸窣窣；签筒上方，是呈剔空圆锥状又旋绕而上的圈圈香火。半掌宽的黄底红字签文写着：茂林松柏正畅旺，雨雪风霜总莫为；他日慨然成大用，功名效果作栋梁。读来似唐人绝句，又类佛家偈语。那楷体字至今犹教我苦笑以对，半信全疑——我本涧边草一株，安敢长成涧底松？抖签贵殿，别无宏愿奢求，只盼能抖出新生活的一缕曙光与希望罢了。值得记取的是，作别观音堂的时候，签文中那个"松"字，一度在我心间回荡，予我无限联想——怎么这般巧？

寺院有尘，佛遣清风扫之；心扉无锁，谁令明月封之？如同敬重妈祖阁、望厦街一样，我对观音堂向来礼敬有加。行脚福州天君殿、杭州灵隐寺、北京雍和宫、青海塔尔寺、五台山菩萨顶、曹溪六祖殿，我都曾伏身长跪，噙泪双眼。只是，只是，澳门观音堂这一签一字一叩拜，何以教人念念三十年呢！

皎皎明月，叠叠思愁。三十年的人与事，欲说还休的爱。

远了，远了。

十　印象孟京

忘了从哪一年起，我喜欢逐页翻阅《新华字典》和《现代汉语词典》。兴至酣处，通宵达旦，手不释"典"。小感不解的是，"甬""晢""京"等常用字，目视顷刻，竟然"陌生化"般成了生字。

向来喜清静而畏交际，对长袖善舞的社交能手徒有惊讶的份。说来有趣，自习惯"啃"辞书以来，无论是本名还是笔名，只要带"京"字者，便成了我的关注对象，其中包括孟京女士。

结识孟京，缘于向"镜海"投稿。彼时，孟京以编辑身份询问某词语具体所指，我从语义层面做简要答复。虽未谋面，但她已给我留下做事认真负责的印象。

编辑工作既离不开作者和读者，也需拥有自己的眼光和立场，并由此拥有了比作者更了解读者的阅读需求、比读者更熟悉作者的写作风格的经验与优势。编辑有权建议或决定稿件的录用与弃用。耗费修改时间、占用宝贵版面、降低出版质量的劣质稿件，常被束之高阁乃至弃掷纸篓。达理明义的作者，向熟悉的编辑投稿时，甚至比向陌生的编辑投稿更加忐忑——倘若文章质量一般般，岂不是为难故人知己？

澳门不乏作家、诗人、学者型编辑，她们大都"识货"，对稿件的甄别与选择颇有经验。对于编务，孟京时有新理念、新策划和新实践。在前人基础上，她把《澳门日报》之"镜海""小说""阅读时间"等版面经营得有声有色，刷新并燃亮了澳门文学的新气象，细心的读者是不难发现的。参与主编年度《澳门文学作品选》并肩挑《澳门笔汇》编务担子，则说明业界对她的认可和信任。

孟京积极投身文学事业，无论是自己创作，还是呼吁"他者"重视澳门文学，都发力甚勤。她的"脸书"，除了因初为人母的喜悦而上传爱女相片外，剩下的就是有关澳门文学的一切：举凡座谈会、丛书出版、新作家或老诗人刊发新作等，都一一奉告。私人"脸书"就此升格为澳门文学的公共资料库。

歌抒情，诗言志。常怀诗心者，目光所至皆诗意，笔锋所及皆诗情。"新园地"乃《澳门日报》的品牌，登载众多文学性、思想性和知识性兼备的佳作，是了解本地文艺创作动态的风向标和重要平台。孟京属中文系科班出身，阅读了大量的经典名著，写作基础扎实。专栏"自斟字唱"，文章标题多择取天王天后的歌曲名，洋溢着青春气息。既符合设置初心，又一新读者耳目。至于文本，则语法规范、措辞严谨、行文老练，有着与年龄不匹配的成熟。

孟京擅写散文、小说，题材涉猎面广是其创作的一大特点。"情感真挚""写的是人话，读得懂，有感觉"，是本地同行对她的评价。孟京曾说："我太喜欢好的文字印在纸上的感觉。喜欢得带着偏执，喜欢得穷追不舍。"于孟京，友情、亲情、婴儿教育、婚姻之道、代际冲突等皆可入文，且写来意蕴悠远，往往让人眼前一亮。这可以视为"80后"写作人中的新发现、新收获。

十一　气象巍然

大概是闽省风大的缘故吧，我从小就有乱翻书的习惯。翻书之余，也爱阅报。我曾经悄悄溜进校长办公室，浏览《光明日报》《中国青年报》。如果说"窃"书不算偷，那入室"窥"报该当何罚？是罚站检讨还是罚抄作业？

阅报的一项收获，在于邂逅立意高远、辞采飞扬的文字。《澳门日报》（以下简称《澳日》）予我良好印象的，应推署名"春耕""夏耘"的评论。"春耕""夏耕"针对社会问题发表的阐述评介型文章，情感真挚、行文简洁、用词精准。写于20世纪90年代的某篇评论，末句引用"宠辱不惊，闲看庭前花开花落；去留无意，漫随天外云卷云舒"作结，全文潇洒大气，收放自如，颇具名篇风范，与"今时今日、正所谓、唔通、不嬲、鬼马抵死"之类表述，构成鲜明对比。

难忘年少时，鼓起勇气向栏目主持人"葆玲"姐姐诉说内心苦闷，期盼消解烦恼。那是青葱岁月的成长记录。倘在今日，我更愿意独守秘密，便纵有千种风情，断断不与葆玲说。

真正"走进"《澳日》，是1993年出席于报馆六楼会议室举行的有关陈毅诗词的讲座。讲座气氛安适如常。当年座中人庄君、冯君，写得一手好诗，而今或抱恙缄默，或驾鹤西游，怎不教人唏嘘感叹！

澳门日报社旧社址旁侧是澳人熟悉的星光书店。短短百米街道，有书店，有报社，还有文教用品店，这白马行街区该是濠镜文化地标所在。有时步入澳门日报社大堂，借买报之便，打量那位姓名带"娟"字的乒乓女杰——她反手发下旋球威力强劲，一般人难以招架。对《澳日》，我又添了几许敬畏。

《澳日》融新闻性、社会性、知识性、学术性、趣味性、服务性于一体，乃本地权威大报。当时刊登孙绍振、钱谷融、殷国明等名家文章和专访内容，给我这个文学爱好者留下了阅读烙印。

与《澳日》结文字缘，始于向"澳门文艺批评组合"栏目投稿。小文《澳门文学研究的新拓展》占用偌大版面刊登，令我备受鼓舞。此后我还投稿"新园地""莲花广场""阅读时间"版。幸运的是，所投文稿皆获录用，迄今为止保持 100% 的命中率。去年出席报庆作者联欢晚宴时，故意把战绩"炫耀"于微信朋友圈，顺便测试其他人的反应。果不其然，瞬间便见心急者拱手留言：喂，快点介绍编辑给我认识吧。

其实，我与各位编辑在文字交往经年后始得谋面。有时码字到凌晨四点，给责编发微信致歉并表示即将完稿，讵料收到暖心的秒复：没事，晚上交稿都行。看来，我们都是同向同行的夜猫子。

时常拜读《澳日》各版面宏文佳作，也喜欢沉浸在文学世界中，体味纸面纸背蕴含的壮美、凄美、大美。近年《澳日》锐意进取，成绩斐然。作为一名忠实的读者，一位笔力粗鄙的作者，自是看在眼里，喜在心里。《澳日》创刊六十余年，扶持培育了众多写作人，见证了澳门社会的繁荣发展，其自身就是一支建设社会、宣扬文化的重要力量。《澳日》一步一个脚印的行程，彰显着一份属于自己的巍然气象。

庚子杂记

　　散落在半岛的大大小小的图书馆，如中央图书馆、何东图书馆等，对我来说既熟悉又亲切。20世纪八九十年代，因为乏胆示爱，只好悄悄地、痴痴地、苦苦地恋。又因为笃信"书中自有颜如玉"，于是便几乎天天往图书馆跑。

　　八角亭图书馆是一处值得驻足的好地方。我的第一份英文求职履历，就是参阅馆藏书籍写成的。李敖的《传统下的独白》《独白下的传统》以及梁任公的《饮冰室文集》等，更是读得如痴如醉，掩卷不分西湾、南湾、妈祖阁、观音堂。

　　八角亭里趣事多。难忘某翁，下巴外兜似港星吴耀汉。每入座，例必祭起放大镜，心无旁骛地"钻研"港报副刊风月小品文。据说当一个人沉浸在嗜好中时，就暂时摆脱了爱情的烦恼，浑身绽放着励志光芒。这光芒持续几年？普照何人？八角亭地处市中心，扩散开来，老翁知音应该遍濠江了。

　　情倾图书馆数十年，但凡一书一刊一桌一凳，无不刻满回忆。午夜思之，时有幸福感漾来。记得封底内页梨黄色小纸袋，插着半掌宽登记卡。读者尊号、借还日期等信息，直写得龙飞高天，鱼翔浅底。

　　春雨淅沥夜，忽而想到开国总理曾将一套《鲁迅全集》作为礼物赠给外宾，颇有感触，便陆续搬回十六卷《鲁迅全集》细读。该是《呐喊》《彷徨》《朝花夕拾》等"易读"的缘故，登记卡被填得密密麻麻，可见借阅盛况。遗憾的是，第六卷之后，借者渐稀。随后的《集外集拾遗补编》《中国小说史略》《汉文学史纲要》《古籍序跋集》《译文序跋集》等，更是乏读者垂青。灯下，摩挲近乎空白的借阅登记卡，不由叹叹气把头摇。

　　世间堪可慰藉者，不是张三读懂你的言外之意，而是李四心疼你的欲言又止。读毕《鲁迅全集》，背脊微驼者如我，开始把腰身挺得笔直。跋涉在长长陡陡的东方斜巷，一口气登临岗顶前地，依然腰不弯、腿不酸、气不喘。

坐落在岗顶前地的何东图书馆，环境清幽，给人一种来了不想走、走了还想来的魅力。早期内院种有三四棵番石榴树，摆放数张乳白色铁艺小圆桌。读者可以树下静坐，冥思千里，发梦万端。赶上果熟，可见鸟雀枝头啄食。一旦善缘到，又值风吹枝丫摇，胭脂红番石榴果每每当空坠落，砸来一桌奇香。在那里，我陆续读完《西厢记》《牡丹亭》《长生殿》《桃花扇》《镜花缘》及"三言""二拍"，以及老舍、许地山、郁达夫、徐志摩、闻一多、冰心、艾芜、巴金、曹禺、柏杨、白先勇等诸家佳作。

我爱阅读，愿意以书为镜，烛照世相。犹记得订阅书刊的时候，热心的馆员让我填写推荐订阅的书单，于是私心骤起，把借不到的书籍悉数报上。杂志类填了《新体育》。

文献厚实，图书沉甸。读者匆匆，如梁上燕自去自来。图书馆厚我惠我多矣，乃我精神家园和情感寄托所在。很想把长我知识的大馆小馆重走个遍，却担心睹物思情，情难自控——馆内的相识者还在吗？在或不在，我都将长久地惦念。你呢，还记得当年那位爱读书的四眼小哥否？

一　非常阅读

赶在春节前添置书柜，算是对自己一年工作的犒赏。这年终"奖品"，拙重而不贵重，实用性大于装饰性，当此新冠病毒肆虐期，竟越看越可爱。

把杂乱堆积的杂志书本一一收纳柜中。柜内角头摆放些小罇清酒、汾酒、高粱酒，拧开瓶盖嗡嗡鼻，仿佛满屋子飘荡着诗酒书香。有人说书柜是书籍之家，我言书柜乃镇宅之宝。既为宝物，总需时时勤拂拭，岂可蒙尘惹尘埃？

我的喜好如下棋、听曲、阅读等，不与"升官发财"搭界，却与"影落江湖"沾边。为祛暮气，冥想"人比黄花瘦"之况味，便正坐品读易安居士词作。沉迷既久，始知让心灵得以安顿者，除了阅读，别无他途。

鲁迅学术视野开阔，理论修养深厚，其著述《中国小说史略》材料丰富、线索明朗而清晰。因为敬仰钦佩，但凡先生提到的如《山海经》《水经注》《世说新语》《封神演义》《徐霞客游记》以及书中所阐解的作品，我都乐意购买阅读。当然，鲁迅的阅读量胜我百倍千倍，先生提及的书籍文献，我买不完，借不完，更读不完。然而，单就阅读感受论，六朝小说、唐宋传奇、侠义小说乃至公案小说和谴责小说的精彩与魅力，还是可以体会得到。

搜罗宏富，采辑审慎，是修史撰史的必备条件和基本态度；刚日读经，柔日读史，阅读则不妨天马行空，恣意而为。文友相见，免不了交流阅读心得或感叹文采飞扬者稀缺。倘若只有三分熟，我就报以七分笑；倘若半生不熟，我全程笑而不语。见面数回但从未深谈者，在保持微笑的同时，我会八卦地问：平时读些什么书？喜爱的作家都有谁？试图为"文采缺"找理据、做诊断。

窃以为，语句拗口晦涩、字词搭配欠妥等现象，极有可能是阅读与写作环节出了问题。今人一大陋习，在于对经典作品如《诗经》《史记》《红楼梦》等视而不见或见而不读或读而不学，却把不入流的作家、诗人视为偶像，连带将平庸之作奉为瑰宝。长时间在"误读"的泥潭中兜兜转转，与经典名著渐行渐远，势必影响鉴赏水平，继而造成笔力不升反降，最终下笔千言，无半句通顺，无一语可取。

模仿是学习的开始，在不具备独立思考和判断能力的情况下尤其见效。诚然，对部分读者而言，阅读文言文名篇名著，存在理解层面的障碍。那么我想追问，现代文学史上，张恨水、郁达夫、许地山、老舍、朱自清、沈从文、丁玲、张爱玲等"很会写"的作家之成名作、代表作，阁下可曾欢欢喜喜买几本？认认真真读几遍？细细模仿写几句、几段、几页呢？

君迷徐志摩，我恋苏东坡。阅读喜好因人而异，不可强求划一。健康积极的阅读习惯倒是可以引导和培养。满纸污言秽语而又沾沾自喜者，固然可以圈粉三五，但决计难成气候；一副正宫娘娘命相的学术明星，即便卖力派送"鸡汤"，也不应成为众人膜拜的文化偶像。——那一碗碗美味"鸡汤"，不尝也罢！

一本书、一杯茶、一缕阳光、一道身影的惬意生活，让人憧憬。有些书籍，不开卷，就领略不了奥妙与精彩。书柜盛纳了书籍，书籍打开了通往知识的锁孔。而阅读，则有望护送读者踏上前往精神家园的康庄大道。

让我们在家中开卷，在风雨中凝聚力量，与病毒搏斗，直到春天的到来。

二　防疫抗疫

鼠年伊始，新冠肺炎病毒横行作恶。岭南之南的澳门，亦非疫外之地，正月的喜庆气氛，被冲得踪迹全无。所幸官民同心，勠力守护，莲花宝地交出了较为稳健的成绩单。

疫情猛于虎，所到之处，半岛谈疫色变，路冱水静鹅飞。好事者镜头下的"大三巴之夜"——石阶空荡寂无行人，牌坊灯影清冷冗长，仿佛20世纪80年代的光景。

事了拂衣去，深藏身与名。武艺高强的侠客，替天行道急人所难，其做派素为百姓所期盼；追求人格独立、拒绝委曲求全的隐士如嵇康、阮籍、陶渊明，更是赢得万千爱戴。疫情笼罩之下，民众生活节奏大走样，连带"身份"也为之一变。不是吗？夜间购物，饰以黑色口罩，双眼顾盼流转而行动敏捷者，顿时化身侠客。家有佣工不需要外出的富裕阶层，趁机大隐隐于濠镜澳，一时间统统做了隐士。

明人陈继儒，绝意仕进，又与官宦过从甚密，被讥为"翩翩一只云间鹤，飞来飞去宰相衙"。如何称谓这位隐士、侠客皆非的"贤士"，令人头疼。

近半个月来，东洋捐赠物资箱上所印的诗句"青山一道同云雨，明月何曾是两乡""山川异域，风月同天"等曝光后，迅速掀起议论热潮，围绕文化传承的讨论一时不歇于耳。诗词爱好者林庆辉以赋体写就《谢扶桑人民义援书》，并穿唐服制作朗诵视频。细察林君面相，竟是儿时闽江边一同钓鱼的玩伴，不禁感叹"世界真是小小小"。另有遁入空门的同学，擅诗词工篆刻，曾在班群上传"长相思""勿忘我"之类的印章品乐己娱人，这一回及时奉献了"山川异域，风月同天"的篆印佳作。古典诗句影响之大，由此可见。

如同往年的"给力""坑爹"一样，庚子年网络流行词中，"硬核"看将占据榜首位置。别于老吏断狱，且快且狠且准，关于标语与诗句的性质功能、现实作用之比较，任谁都给不出令各方信服的结论。

仓颉造字鬼神哭，孔子作《春秋》，"乱臣贼子惧"，凡此种种，无不展示了文字的力量。疫情危急期，唯恐天下不乱的谣言，时起时伏；居心叵测的帖子，滋扰着读者的定力。直面苦难，是文学的永恒价值。在这乍暖还寒的早春时节，我愿意追读敢为现实发声、敢对时代做真实记录的作品。这样的文字，彰显了作家的良知与风骨，闪耀着人性的光芒与力量，注定可以在历史上——无论是文学史还是战疫史——留下印记。

三　自煮自乐

闽粤男人多会烧菜煮饭，我也不例外。

也许是不习惯灶前系围裙掌勺的缘故吧，多年来厨艺始终没长进。那种煮熟了自己吃，却不敢招呼客人共享口福的尴尬，实在羞于外扬。

我的入厨，多半因"宅"而来。我的"宅"，既非争分夺秒勤奋学习，也非心无旁骛钻研课题，而是慵慵懒懒不愿出门。出门烦恼多矣——刮胡子、穿袜子、穿衣、梳头、喷洒定型水，一套流程下来，早已食欲全无。无食欲又须果腹，苍苍者天，这不逼人下厨、自虐自煮吗？

烹龙庖凤，殊为不易。小白菜（上海青）炒肉片是我平生烹制的第一菜。记得初见锅里冒青烟"嗞嗞"响，兴奋之际，竟把食材悉数丢下锅。随即听到"砰砰"两声炸雷，原来是菜叶残留的水滴碰上锅中滚油发出巨响。一番手忙脚乱，小白菜炒肉片终于出锅，但品相惨不忍睹：菜叶已然烧焦变黑，肉片尚渗出丝丝血水。忘了彼时吃出什么味道，只记得心头五味杂陈。

初战受挫反而让我坚定了煮饭信念，所幸得友人点拨，我的厨艺开始步入正轨。再煮时，食材下锅顺序井然，而后便熟练地爆姜提味或抖洒生抽、老抽、蒜蓉、蚝油、黑白胡椒粉让食材入味。这期间，煮、炒、蒸、焖、炖等技艺渐入佳境，猪扒、带鱼、鸡扒更是煎来色香味俱全。最忆拿手绝活豉汁蒸鱼：豆豉姜葱覆盖鱼身，食油滚烫浇淋其上，瞬间香味四溢，此起彼伏的"呲呲"声，听来就像圆舞曲，又像一首贺喜歌。

腹存菜款数十种，总有得意之作。曾在宝岛名菜"三色蛋"（鲜鸡蛋、鸭蛋、皮蛋）基础上添加咸蛋、鹌鹑蛋，推出新品"五蛋同蒸"。蒸蛋讲究火候，八成熟时须撒上葱花、姜丝并滴洒花雕酒和鱼露。"五蛋同蒸"妙在咸甜中散发着黄酒香和鱼露鲜，惹味下饭。

惯于熬夜者，夜半时常肚子饿，速冻水饺和汤圆此时多能派上用场。那是一个圣诞夜，看锅里白花花的汤圆载沉载浮，脑海漾来刀削面的粗犷。洗净芥菜，迎着蒸汽，将菜梗削入锅，再丢下红辣椒。不用切菜板的好处是菜梗大小不一、厚薄不均、长短不齐，视觉上可增加层次感和立体感。未几，"刘记芥菜汤圆"起锅，满眼红红绿绿白白，既赏心又暖胃。不禁哼起"Last Christmas I gave you my heart, but the very next day you gave it away"的应节歌曲来。忽而想到红糖姜水汤圆颇为常见，这芥菜煮汤圆并无多少新意，心情复归于平静。

金针菜原名"萱草"，古称"忘忧草"，忘忧、金针，其名诗意与哲思兼备。每当嗟叹无人金针度我或难以自度时，我的早餐就以金针菜、荷包蛋来煮粉面，期待吃出禅意，排遣块垒，甚至遐想万象宾客闻香下马，共我微醺小醉。

生存之道苦多乐少，杜康难解忧，禅絮总沾泥。煮饭之路其漫漫兮，吾将继续蒸、煎、熬。

四 不期而遇

向来念旧恋旧，对新名词、新事物兴致索然，即便摇人心旌的"5·20"，所知亦止于谐音"我爱你"。这玩意究竟属于舶来品，抑或是网民自发议定的，我对此几无了解。诸如网络情人节、结婚吉日、表白日、撒娇日等说法，我也不曾竖耳倾听。

微信朋友圈是一泓开阔眼界的知识泉。夜半刷圈，始知蕴意甜蜜的"表白日""撒娇日"，深受万千粉丝推崇。当其来袭时，巧克力热卖，玫瑰花脱销，婚姻登记处人山人海，一派万民狂欢的架势。

将"Hotel Lisboa"译成"葡京酒店"而非"里斯本酒店"，简洁中渗透古韵，可谓精准高妙。首译"5·20"为"我爱你"者，情爱意识爆棚，令人心生鼓掌的冲动。今年撒娇日恰逢小满，双节叠至，朋友圈因此喜上添喜。检视网帖，满屏的鲜花钻戒，营造出海誓山盟、彼此忠诚的缠绵气氛，引无数男女共陶醉。遗憾的是，涉小满者，无论规模、数量还是声势，都难以追步表白撒娇帖。撒娇日具备"新"民俗节庆特征，所展现的强大的文化多元性、包容性值得思考探究。

深知自己阅读量少、阅读面窄，但凡微信佳文（不一定冠以"刚刚""定了""深度好文"等标题）都乐意收藏学习。难忘篇名《最爱陇头麦，迎风笑落红》的小满应节文：以"月盈则亏，水满则溢；不满遗憾，过满招损；小得盈满，方是圆满"破题，起"楔子"式导读警醒作用；结尾则在"春争日，夏争时。北谷灌浆，南区充盈。万物欣欣然，把酒话桑麻"的憧憬中收笔。全文内容涵盖游园摘果、嬉水戏童、返璞归园，引用宋人戴复古、杨万里、范成大之诗作，切题又传神：

初夏游张园

乳鸭池塘水浅浅，熟梅天气半阴晴。东园载酒西园醉，摘尽枇杷一树金。

闲居初夏午睡起

松荫一架半弓苔，偶欲看书又懒开。戏掬清泉洒蕉叶，儿童误认雨声来。

四时田园杂兴

梅子金黄杏子肥，麦花雪白菜花稀。日长篱落无人过，惟有蜻蜓蛱蝶飞。

"5·20"高洁神圣。这一天，有心人纷纷以礼传情、大胆说爱，甚至扎堆结婚，掀起一浪又一浪的过节热潮。古时中原小满日赶集，稚童闲逛嬉闹，撒着娇，缠着大人买玩具和小吃。大人也乐意挈妇将雏打牙祭解馋。这样一个千家万户共欢乐的节气，常被视为庄稼人的"嘉年华"。

不期而遇、不言而喻、不药而愈乃人生三种理想状态。关于不期而遇，佛家宣扬缘起缘灭，我深以为然。人生在世，擦肩而过者总有十万百万之众。佛说每一次的擦肩而过都是前世的一次回眸，总有人频频回眸，衣裤擦烂一打，期待相遇。然而，即便相遇，好比青霞遇秦汉，是一遇爱终生还是一遇痛终生呢？

肯定还会有"5·20"叠加小满节气的一天。只是，下一次的不期而遇，竟不知猴年马月鸡啼时。

五　说桃话荔

有饕餮高手名"七把叉""一扫光"者，曾一口气吃掉三公斤烤肉、五公斤鱼、六公斤火鸡、八公斤面，外加十只大肥鸭。那场面既壮观又吓人。陆文夫以《美食家》获全国优秀中篇小说奖。官媒视频介绍《美食家》时，镜头切到内河两岸，但见岸上炊烟袅袅，河面晨雾缭绕，艄公把舟舵摇得"吱呀吱呀"响，仿如一幅禅意渺远的水墨画。

民以食为天，俗夫凡子总须满足口腹之欲。吃货者，性喜寻觅环球美食，嚼之咽之并晒图"告之"天下。以吃为业、嗜吃成精的美食家，既有口福实践，又有味蕾感悟。大快朵颐之际，他们习惯舌吐莲花、品评食物，把"吃里聊外"功夫发挥到极致。

大碗喝酒、大块吃肉，可振奋士气军心。若把酒肉置换为荔枝、桃子、枇杷、榴莲，当另有一番体验。

荔枝以闽粤桂栽植为盛。其品种名称如两广的玉荷包、三月红、妃子笑、糯米糍、仙进奉、尚书怀，闽地的兰竹、宋香、元香、状元红、玳瑁红、陈家紫，等等，可谓全线飘红、红得发紫。苏大学士曾作《荔枝叹》《食荔枝》等诗篇，一句"日啖荔枝三百颗，不辞长作岭南人"，直把岭南佳果煽进太上老君的八卦炉，致其名果热度居高不降。

我乐意光顾沿街叫卖者，只为近距离聆听他们质朴实在的生意经。20世纪90年代，厦大校园附近的街巷，常见挑担小贩出没。遇小贩我多招手，见一担辄买一份。又因"宝物沉底"思想作怪，总觉得下一家的更好。于是乎，荔比三家买得兴起，左三斤右三斤，包里袋里又三斤。待返回宿舍，把九斤荔枝一放，眼前顿时隆起一座日光岩。这样的消费心态曾延续到北京读博时。京城的久保桃、蟠桃个大汁多，好吃不贵，一时买得兴起，左三斤右三斤，包里袋里又三斤。待返回宿舍，把九斤桃子一堆，简陋的学生书桌顿时堆起一座东灵山来。

潮汕商业风气浓，男女老少擅经商。犹记糊口粤东的时候，周末逛市场买菜，时常有意无意"测试"水果摊主的机灵指数——大佬，您那屡试不爽的市井情商也许高我三尺五丈，我严谨呆板的专业知识肯定多你七箩八筐。今天咱就分出高下。我提议打破惯例，枇杷按个而非论斤卖。见有生意上门，大佬们自然乐意接招。于是乎，新"买卖规则"达成，左一摊，右一摊，摊摊枇杷按个卖我。待回到教工宿舍，枇杷呼啦啦倒出，把餐桌填得满坑满谷。掐指一算，鸡蛋般大小的新鲜枇杷果，每个折合一角五分钱不到。到底谁胜谁负呢？

荔枝补脑补身，营养丰富。如果食用过量，虚火侵身，则可致牙龈肿痛、咽喉疼痛。曾经因为屡痛不改而吃出病来，以至于有好几年见枇杷、桃子、荔枝色变，条件反射般只想呕吐。

榴莲穿肠过，南洋扬威时。在马六甲，我有过一次"消灭"两个猫山王榴莲的壮举。如此食量,直把老华侨吓得一愣一愣,继而纷纷劝说:此物上火,记得多喝水。

关于水果的阔买暴食经历,秃笔一支,难绘迁事趣事于万一。同样啖荔,人家郁达夫树下摇扇晃脑,一首佳作立就可颂:

> 鹓雏腐鼠漫相猜?世事因人百念灰。陈紫方红供大嚼,此行真为荔枝来。

才子才气,不服不行啊。

六　修篱种菊

福州素有"海滨邹鲁"美称。近代以来,先后涌现出林则徐、陈宝琛、沈葆桢、陈衍、林纾、严复、郑振铎、邓拓等硕学名流。以四大才女冰心、林徽因、庐隐、郑敏为代表的福州女作家群,更被视为中国现代文学史上最优秀的作家群。

林徽因集诗人、作家、建筑师于一身,其文学创作达到很高水平。诗作《你是人间的四月天》,才思柔逸、意境优美,意蕴营造独树一帜。全诗字句齐整、音律和谐、语言匀称,是新月派诗歌"三美"(建筑美、音乐美、绘画美)主张的生动实践和完美体现,也是新诗发展史上不可多得的臻品。

林氏才貌双绝,曾让"甘做康河柔波里的一条水草"的徐志摩惊为天人,并发愿长做伊人石榴裙下一株杂草。徐氏诗歌《再别康桥》中首尾呼应的"轻轻的我走了……作别西天的云彩","悄悄的我走了……不带走一片云彩",拨动了无数男女的情爱心弦。香艳缠绵之余,他的"觅爱宣言"——我将于茫茫人海中寻找灵魂伴侣,得之我幸,不得我命——充盈着"虽千万人吾往矣"的决绝豪迈,教天下有情人热血沸腾复泪水涟涟。

徐志摩才气、痴气、呆气、傻气俱全。高兴时,其快乐翅膀可以拍击云天;一旦忧伤失意,满脸悲戚,瞬间沉入渊底。徐热恋林,从相遇那天起,林徽因就注定成为诗人心中永恒的吟咏素材和对象:一个高飘在云端幻境中的仙女,一位被无数次诗化的灵魂伴侣。多年后谈起徐君的狂热追求，林徽因如此吐露心声：徐志摩当初爱的并不是真正的我，而是他用诗人的浪漫情绪想象出来的林徽因，事实上我并不是那样的人。

人过留名，雁过留声，爱过留泪痕。不论是冷静克制的林徽因，还是炽热疯狂的徐志摩，倘要言说彼此的情感，任谁都做不到"若无其事"或"释然于心"。徐志摩与张幼仪、林徽因、陆小曼之间的爱情纠葛，曾被称作"民国秘史"。这就要求秘史中人须随时面对他者或善意或恶意的指责、议论与陈说。

某文分析林徽因招同行发文痛骂讽刺，并引用鲁迅的《我的失恋》和钱锺书的《猫》等论证。此说在理。林徽因其人其诗晶莹剔透，但为人处事未必圆滑玲珑，难免遭受漫议。才貌双绝已属百年一遇，再要求面面俱到就强人所难了。大哲梁启超不也再三告诫爱徒志摩"天下没有圆满之宇宙"？

女性之美态多矣。明抛媚眼的、暗送秋波的、樱桃嘴嘟啊嘟的、水蛇腰扭啊扭的，凡此不一。选美比赛则在美貌中注入智慧元素，鼓吹美貌与智慧并重。挤眉弄眼于舞台酒会红地毡者，身上多出了风尘味，与其说美，不如称艳。窃以为，心地善良，明理明义，锐气蓄于胸，和气浮于脸，腹藏诗书，眉宇间散发英气，奉平静为信条的不烟不酒不赌的女子最美。

忘了哪位佳人说过，真正的平静不是避开车马喧嚣，而是在心中修篱种菊。看来，美从来就不在饭局中的推杯换盏，而在书斋里的修篱种菊。

七　医者金娘

家兄是一位全科医生，自营诊所行医多年。受其影响，我对中医和中草药兴趣盎然，时常装模作样翻阅医科书籍，曾经还自告奋勇"墨"写中药柜标签——紫苏、桔梗、艾草、桃仁、杜仲、党参、天麻、川贝、淡竹叶、白茅根、覆盆子、车前草、黄栀子、金银花、杭白菊、桃金娘等近百种中药名，一时龙飞凤舞于纸面，而后服服帖帖就位于抽屉格间。

医者，悬壶济世，治病救人，其专业技能令人肃然。待患者挂号入座，寒暄三五，白大褂一披，听诊器一戴，随即望、闻、问、切起来。那架势，"简直酷到不要不要的"。如天书似火星文的手写处方，苍生不识鬼神惊诧，又为大小医者增添了几许神秘色彩。

现实中，医生与作家、艺术家的关系密切而微妙。弃医从文者，如鲁迅、郭沫若、郁达夫、冰心以及毛姆、契诃夫等，素为读者熟悉。渡边淳一获医学博士，留校任教，后弃医从文，写出云蒸霞蔚的《失乐园》。也有弃医从艺者如罗大佑，跨界闯出新天地，成为乐坛教父级人物。可见弃医从艺或弃医从文事例古今恒有，医学与文艺之间可以互补互通。

桃金娘（myrtle），常见于闽台、两广一带的丘陵坡地，各省称谓不一，计有山稔、豆稔、倒稔、多奶、桃娘等不下十样。夏日花开，灿若红霞。果可生食，味甘甜。可作药用，有活血通络、止泻补虚功效。经营生态农庄业者，辟有种植园，供客人游园采摘。头脑灵光的，甚至用来制作保健饮料、酿造金娘酒。

西方语境中的桃金娘，诗性与哲理并蓄。香薰疗法如此介绍桃金娘：古希腊神话中维纳斯用来遮掩身体的灌木丛，拥有神奇魔力，唤醒不察美色的女子重新发现自己、钟爱自己。在中国语境里，桃金娘则隐入山野，散发着山林文明气息。

苏轼遭贬海南，途遇金娘花花开正艳，及至贬谪地，果已大熟。文豪写道："五月出陆至藤州，自藤至儋，野花夹道，如芍药而小，红鲜可爱，朴薮丛生。至儋则已结子如马乳，烂紫可食，殊甘美。中有细核，嚼之，瑟瑟有声。"许地山的《桃金娘》则别有风情。其笔下的桃金娘心灵手巧，与人为善，赢得老少族人爱戴。面对嫉恨、挑衅与陷害，金娘淡然一笑，如云彩般消失于深山密林中。

我喜欢登山掬水，放歌于山峰谷涧；也喜欢将药柜里的草药携带在身，与大自然中的草木实地对照辨认。曾在珠海将军山、凤凰山、石景山、板樟山、野狸岛邂逅金娘，那种喜悦仿若与故人不期而遇，顿时泪湿双眼。珠澳山水相连，植被相同，为何东望洋山、大潭山、青州山鲜有一丛桃金娘呢？莫非我眼拙？莫非金娘欺我木讷、生我闷气或低眉垂眼避我不见？

这到底让我念念不忘记忆中的桃金娘了。在徐日升寅公马路两侧，今珍禧楼与兆景台所在地段，那里曾经有数丛金娘花迎风绽放。

八　客恋旅途

李白游黄鹤楼，诗兴大发，欲挥毫抒怀。待看到崔颢诗作，叹服之余，留下"眼前有景道不得，崔颢题诗在上头"的感慨后翩然而去。李氏诗篇傲气凌人，却从不恃才傲物，比标榜个性、满纸脏话的诗人高尚多了。

动车、高铁的运营，为"来一场说走就走的旅行"创造了条件，各路驴友从此潇潇洒洒"坐地日行八万里，巡天遥看一千河"。其实，乘绿皮车出游亦备情趣。少时，我喜欢东走西荡。列车在鹰厦线、来福线穿行，窗外掠过青山绿水，不觉心有所感。宋儒朱熹佳作《水口行舟》随即漾上心头："昨夜扁舟雨一蓑，满江风浪夜如何？今朝试卷孤篷看，依旧青山绿树多。"这铁路沿线的山色江景，该有多美啊！

从南京出发，无论是北上南下还是东游西行，道旁景物皆宜观赏。最忆梅雨时节，沪宁线、沪杭线水杉扁柏油油绿绿，赏心又养眼。细雨中，望新叶羞羞、嫩芽颤颤，满树新绿青翠欲滴，便燃起生活的新希望。冥思酣处，直想下车与杉杉柏柏来一个大大的拥抱。

某年，游罢山西游宁夏，再游青城呼和浩特。酒店职员热心地说，到昭君墓走走吧。不游昭君墓，枉来内蒙古。

昭君墓又称青冢，乃呼和浩特八景之一，距今有 2000 多年历史。传说深秋时节草木枯黄，独有昭君墓四周绿草青青。昔我来访，正值暑夏。若作秋游，便可验证墓草之枯黄青茂了。

异族通婚是古代中国一种政治策略，如王昭君下嫁匈奴单于、文成公主牵手松赞干布入洞房，所谓"和蕃"也。昭君明理晓义，甘当和亲使者，为民族利益而舍弃个人幸福。董必武曾赞曰："昭君自有千秋在，胡汉和亲识见高。"

冢台踱步，遥望阴山山脉，越加觉得天苍苍野茫茫。千般滋味瞬间在脑海中疯长：可有一封邮件，为"南蛮"客邮递敬仰情思？

琵琶一曲弹至今，昭君千古墓犹新。青冢下来，即有纪念品店老板娘热情招徕：帅哥，买一对成吉思汗铜制酒盅吧。送人自用都适合。您从哪来？是港澳那边吗？便泰然讹之：我本地人啊，爱唱蒙古语情歌，要不比试比试？

如此反客为主放马挑战，我是具备底气的。当年闲逛鹭岛中山路，我无意间买了一盒德德玛的专辑磁带。讵料一听便上瘾了，草原题材的民歌音乐就此成为心底最爱，连带学会用蒙古语吟唱《我的母亲》《天上的风》等名曲。

青城之旅，以"献唱"蒙古语歌曲胜出告终。那位薄有姿色的老板娘，信守承诺，输我一对铜制酒盅。为示友好兼且安慰，我在店内购买了肉干、奶酪、哈达饼。结账时，还不忘摇头晃脑补唱英文歌曲：

Why does my heart go on beating?

Why do these eyes of mine cry?

Don't they know it's the end of the world?

It ended when you said goodbye.

九　山门清净

对名家名著名篇，我素来心存敬畏。这种感觉在捧读作品时尤其强烈。每当码字受阻，我便习惯性翻阅《红楼梦》《陶渊明集》《朝花夕拾》，以期偷师学句接续思路。好书仿如山泉取之不竭，又似菩萨"有求必应"，诸多启迪和感慨便在翻翻看看中络绎而来。

黄遵宪曾大赞《红楼梦》"乃开天辟地、从古到今第一部好小说"。王国维也称《红楼梦》"哲学的也，宇宙的也，文学的也"。有学者认为，《红楼梦》的突出成就，在于"像生活和自然本身那样丰富、复杂，而且天然浑成"。该书生活描写逼真有味，人物刻画栩栩如生，饱受非议的贾宝玉，成为纨绔子弟不求仕进的象征。

宝玉聪明灵秀，荣国府上下捧为掌上明珠。诡异的是，这位衔玉而诞、集万千宠爱于一身的"祖宗"，生来厌恶"四书""五经"等典籍，偏偏喜爱《西厢记》《牡丹亭》之类的杂书；他讥斥追逐功名、经营仕途经济者为"禄虫"，却镇日沉醉于富贵温柔乡，见了女子便感到清爽。

"有时似傻如狂"的宝玉，敢于挑战"男尊女卑"的传统观念。他温柔体贴、善解人意，视丫鬟如手足，是大观园中最受欢迎的男性公民。关于其人的品格，因受势利因素影响，无论是在作者笔下还是在读者视野中，都时见差评。一句"纵然生得好皮囊，腹内原来草莽"，固然言不由衷，甚至是违心之语，但也就此将二爷高悬于无能柱尖梢，一时翻身不得。

宝玉才华横溢，绝非父亲口中"以一知充十用"的"无知蠢物""无知业障"。与玩伴结社酬唱，曾吟出"蜡屐远来情得得，冷吟不尽兴悠悠"

等佳句；给大观园题联作对时的"绕堤柳借三篙翠，隔岸花分一脉香"，更是赢得同游者哄然叫好。

作为封建礼教的受益者、维护者，贾政希望儿子出将入相、光宗耀祖。由于特殊的生活遭遇，宝玉鄙视以男人为中心的虚伪社会，他追求自由，渴望真爱。宝玉总在"内帏厮混"，常惹贾政生气，父子之间的矛盾与冲突难以调和。在贾政眼中，孽子既是叛逆者，他的一举一动便都要干涉。叛逆者连维持生命的呼吸都是错的。

深层次看，大观园中最可怜者莫过于上有老下有小的贾政。他居官谨慎，期盼仰答皇恩，同时费尽心思让宝玉继承家业，助其仕途经济走得顺畅，以免在母亲、同僚甚至下人面前落下"教子无方"的笑柄、骂名。贾政深陷一场难以挣脱的中年危机，时时急火攻心。失态时，他操起棍棒，用尽洪荒之力把儿子往死里揍。那种"打在孩子身上，痛在为父心头"的无奈感和悲凉感，但凡情商不归零者，都能感受得到。

贾政有言："大凡天上星宿，山中老僧，洞里精灵，自具一种性情。"宝玉乃有情有义汉子，而非膏粱轻薄之徒。晴雯、黛玉的接连身故，给了他毁灭性打击。"夙世前因，自有一定。"爱已逝，缘已了。宝玉对所处环境已不再留恋。

倦鸟归林，山门清净。他既可以衔玉而来，为何不能削发而去？

十　金台问禅

人到中年，诸事本应看轻看淡。奈何秉性顽愚，惆怅感、冗沉感不时袭来。并非参禅问道，祈求心安神宁。我游金台寺，仅为满足稚子心愿——此君时常嘟嘟囔囔："春节至今困居澳门，好闷呀，我要出去玩。"

金台寺位于黄杨山麓，乃珠海旅游胜地。相传赵宋皇室后裔筑舍此间，以聚会读书为名，图谋光复河山。另说两高僧在此结庐，后经皇裔倡议兴建金台寺。金台者，蕴招贤纳士之意，期冀十方圣凡集结道场，普度众生。

车抵山门，便有方外人家维持秩序，示意来客扫码进山。入寺门，行数十米，至明镜桥。桥头勒石"饮水思源"，桥面护栏植以花草。灯柱牌写着"眼若不睡，诸梦皆除。心若不起，万镜如如"等偈语，读来似懂非懂，亦难辨其妙。此桥从取名到外观可谓玄机处处，禅意悠悠。

　　过桥前行，造型各异的十八罗汉石像似在列队欢迎宾客。复行约百步，地势渐陡，有半人高"佛"字石刻掩映林中，似在宣扬"佛在深山"之要义。然则，佛究竟在深山抑或在心中？我辈愚钝，琢磨不透。就让脚力不健者，揉腰喘气慢慢参悟吧。

　　拾阶再上，得一屋，内里陈列字画奇石。最是屋内楹联"金光万丈风云色，台砚千秋笔墨缘"，写来恣肆磅礴，精神不禁为之一振。凭栏俯瞰，澳门、中山、崖门依稀可见。脑海瞬间涌来井冈山黄洋界哨口连同那振奋人心的诗句："黄洋界上炮声隆，报道敌军宵遁。"

　　无意间踱到佛教图书室，惜房门深锁。也许机缘未至？也许静待有缘人旧地重游？如是，待到疫情解除时，我当正装重来，拜读《心经》《坛经》，品咂"菩提自性本来清净"之高妙。

　　金台寺不愧为湾区灵境。移步换景，天王殿、功德堂、藏经阁、钟鼓楼皆可观。携领稚童佛前长跪，所祈何愿？所祷何人？父子俩相视一笑，各守机密。个中乾坤，留待猴年马月启封对证了。

　　法堂后山，有殿宇兴建中。殿外百米遥山坡，榛莽已除，地已平整，看将增建亭台楼榭。恍惚间，竟冥想山中借居，得佛祖加持，润我钝笔，为各报刊和网络自媒体提供合格文稿。

　　山顶伫立，望长空寥廓，群山起伏，松竹一色。阵阵天风拂面，顿觉神清气爽。下山途中，时有"觉""心""禅"石刻映入眼帘，又闻水声哗哗作响。在无量寿阁和"自在岩"迂回处，不少游客掬水净手。我不娇贵，直接掬水入口，只觉清凉甘甜。

　　道旁李苦，道旁竹子更凄惨。在一根篁竹身上，袁俊、方明、吴良、梓帆、李彦、苟辉、琴帆、广史诸大德留下爱的宣言或"到此一游"墨宝。我不禁怃然：众生情爱万吨千钧，岂纤弱一竿能担承？竹身娟秀，刻之何忍？诸君既已枕前发愿，何须刀下再添疤痕？

　　人到中年，写作自遣，随想随写，不拘章法，不怕贻笑方家。金台之行，喜忧相生互渗。叹人生如寄，禅在深山、在心中等无底谈资，似不必也不宜探究。正如无意问禅金台，目之所及，履之所至，却分明深陷滚滚禅道。

　　唉。

十一　哥者可歌

关于"哥""歌"之渊源互涉，《辞海》等工具书多有解释。《史记·燕召公世家》载："召公卒，而民人思召公之政，怀棠树不敢伐，哥咏之。"此处的"哥"，与"歌"相通。

今人言哥，泛指年龄稍长或相若的男子，也指妻子对丈夫的昵称。愿意称夫婿为哥，两口子关系定然比蜜还甜。至于兄、哥的混用、通用，既已蔚然，就不必茫然——与其耗时辨识，不如蒙头睡一场恢复体力的酣沉觉。

山西民歌《走西口》，内涵丰富、旋律动听。一声声"哥哥你出村口，小妹妹我有句话儿留"，尽诉新婚离别苦。清宵咏之，不免好一阵惆怅伤怀。

张国荣生前以"哥哥"之名纵横歌坛，风头之劲一时无两。某年，张国荣与林青霞合拍《白发魔女传》，片场人呼林美人为"姐姐"，张便顺理成章被唤为"哥哥"，"哥哥"之名从此不胫而走。尽管哥哥化蝶多年，张迷依然不离不弃。每逢哥哥忌日，悼念帖子多如雪片，参与者中不乏商界名媛、房产买办等专才。

"哥"字，语义清润而不猥琐，语音清脆而不油腻。音义以外，还隐含一种难以言说的凄美。作家李敖对"哥"字情有独钟。钟之不足，还书里书外、人前人后自称"敖哥"。

敖哥"横眺一世，卓尔不群"。其文论佛道、揭时弊、谈风月、话女人、聊猫狗，笔笔惊世骇俗而自成一体。敖哥人如其名，自负自恋，傲气十足。对于自家笔力，敖哥说："五十年来和五百年内，中国人写白话文的前三名是李敖、李敖、李敖。"这"宣言"，示露出他那一篇篇无须"斧正"的"拙作"，将冠绝文坛五百年。敖文一出，谁与争锋？意欲掰手腕者，只能从第四名开始乖乖排队去。

同样称"哥"，张国荣集万千宠爱于一身，围绕李敖的争议则沸沸扬扬。敖哥对敌人"不发火，只开火"，他以愤世、玩世的心态，与台岛"恶政""小人"周旋。他"热衷"树敌，上至强权如蒋家父子，下到乡愁诗人余光中，挨其骂者近3000人。即便"二进宫"，也一如既往不摧眉不折腰，给庸俗时代带来莫大惊喜。

　　李敖"信手翻尽千古案",看来是精通文史、学贯中西了。其文集扉页写道:"李敖,著名作家、史学家、思想家。"如此定位,倘若是书商营销需要,倒不必介怀;如果出自集主之手,却值得商榷。回首人类文明发展史,除了孔丘、柏拉图等寥寥数人,谁有资格称为思想家?动辄自诩为智者、思想家,必然稀释"思想"的成色,降低"思想"的含量,所谓"思想"和思想家也就掉价到坑底潭渊去了。李敖文字辛辣,读之痛快淋漓。若论及思辨的深刻性、学问的精深度,距离"思想家"尚有漫漫长路。

　　敖哥已故去多年,各种荣誉与光环、嘲讽与诽谤早已尘归尘、土归土。李敖其人可歌,其文史知识的积累储备与娴熟运用,值得肯定,甚至值得仿效。他是一位才华超卓、可歌可颂的优秀作家。

　　敲键之日,台风已过境,疫情亦暂歇它的狰狞。耳际不由响起"小哥"费玉清的歌声:浮云散,明月照人来。

第四篇 名家访谈

杨允中教授访谈录

采访时间：2015 年 3 月 　　　　**采访地点**：澳门
采访人：刘景松 　　　　　　　**被采访人**：杨允中

【编者按】杨允中教授乃著名经济学家、法学家、"一国两制"理论研究领域的权威学者，其学术活动时间长、涉猎广、贡献大且影响深远。杨教授主编大型工具书 4 部，完成政治、经济类著述 40 余部，发表法学、经济学、社会学、语言学等学科论文逾 500 篇，先后主持编撰大型学术期刊逾 60 期、各级研讨会论文集和研究报告逾 50 份。主编的《澳门百科全书》《"一国两制"百科大辞典》《澳门特别行政区常用法律全书》被誉为澳门学术高端代表性成果。其法律类专著《澳门与澳门基本法》《"一国两制"与现代宪法学》《论回归意识》《澳门基本法释要》《"一国两制"：实践在澳门》《"一国两制"与澳门成功实践》《论正确实践"一国两制"》《论"一国两制"澳门实践模式》等，经济类著述《转型中的澳门经济》《澳门与现代经济增长》《论澳门产业转型》《微型经济：定位与发展》《微型经济与微型经济学》《澳门 2020——未来 20 年远景目标与发展策略》等，以及英、葡文专著，*One Country Two Systems and the Macao SAR*，*AnotaçõesÀ Lei Básica Da RAEM*，*Macao-a Model of Minieconomy*，*A Comprehensive Study on Minieconomies*，在港澳台与内地（大陆）的学术界产生了广泛影响。

杨教授拥有法学博士学位、经济学博士学位，曾任澳门大学校长高级顾问及澳门研究中心代主任、《澳门研究》主编、澳门理工学院"一国两制"研究中心主任和《"一国两制"研究》主编。参与发起创建澳门三大学术团体——澳门社会科学学会、澳门学者同盟、澳门经济学会并担任要职，对推动社团的成长、发展与壮大贡献良多。杨教授先后受聘为北京大学、南开大学、中国人民大学、中国政法大学、中山大学等高校的兼职教授或特邀研究员。杨教授曾是第九届、第十届全国人大代表，第十届天津市政协委员，全国人大常委会澳门基本法委员会第一届、第二届委员，澳门特别行政区筹备委员会委员，现为澳门基本法推广协会副会长（前副理事长兼秘书长）、澳门中国和平统一促进会监事长（前副会长）、澳门学者同盟会长、澳门经济学会会长、中国大百科全书总编委会委员。因其长期以来所取得的卓越成就与贡献，于 2003 年获澳门特区政府颁授的专业功绩勋章。

刘景松（以下简称刘）：杨教授您好！您长期活跃于学术研究第一线，数十年如一日默默耕耘于学术园地，为澳门学术获得外界认可与重视，以及推动澳门学术的向前发展做出了重要贡献。您是一位重量级学者，也是本刊前任主编和现任编委，很高兴您能接受我们的采访。不少读者和学界中人对您的学术成就、价值与贡献极为敬佩，对您的学术经历与治学风格亦深感兴趣。其实，在来澳之前，在系统开展"一国两制"与"基本法"理论研究以及提出"微型经济学"等学术理论之前，您已在学术园地辛勤耕耘多年，并展现出自身良好的学术潜质与发展前景，但谦逊的您甚少向外界透露个人的学术活动轨迹与学术成就。能否谈谈您的学术历程的起点？您早期所涉及的领域与专业研究方向都有哪些呢？

杨允中（以下简称杨）：首先，我要感谢《澳门研究》编辑部的盛情安排，我是一个十分平凡、十分普通的澳门中国人，当然也可以自认为是一个长期关注并参与其事的澳门本地学者。您的赞誉，实不敢当。应该说，我的一生、我的经历和我们国家半个多世纪的变化发展具有不小的关联。中华人民共和国成立之初，那场抗美援朝战争改变了我的发展方向。早年的军校培训和军旅服务，令我懂得献身国家和严格要求自己操守的重要性；长期在对外宣传部门从事专业性工作，使我养成了力求规范、严谨、精益求精的习惯。早在 20 世纪六七十年代，我就先后三次参加过大型工具书的编撰工作，在老领导、老专家指导下逐渐明白，做学问、做人都是没有止境的追求过程。70 年代后期，有幸转入新建的中国社会科学院，在其下属的民族研究所担任学术编辑，从事研究工作。20 世纪 80 年代初来澳，时值"回归"这场历史性变革进入启动期，在这之后的 35 年间，无心插柳，竟被时代大潮卷入其中，成为有幸见证这段历史并参与某些主要环节的成员之一。于我而言，这绝对是个千载难逢的历史性机遇和平生最大的幸运。回首往事，只能说基本上没有错失机遇，没有虚度光阴。应该说，来澳前的 20 多年虽然也经历了一些变动，但基本上未曾放松自我要求，未曾放松必要的学术积累。是澳门宽松的大环境，是澳门这场历时大变革，令我真正见了世面，真正感到时不我待、机不可失。故此，如果说我在澳门的 30 多年学术上有些许成就，那首先要感恩于这特殊的时代，感恩"一国两制"基本国策的出台，感恩澳门这块学术富矿取之不尽、用之不竭的丰富资源。

刘：应该说，丰富的人生阅历、扎实的学术功底、良好的外文造诣以及矢志于学术钻研的干劲，铸就了您今天开阔的学术视野与宏大的思想格局，也决定了您所能达到的学术高度与成就。当然，澳门相对自由宽松的学术生态环境，也是一种不可多得的"地利"因素，为您的刻苦钻研提供了不可或缺的优越条件。"一国两制"是一个天才的构想，是中国大视野、大创新，是东方式智慧的发明创造，被视为当代最高政治思维的体现。您在这一领域长年累月钻研，发力甚猛，成绩斐然，是这方面的权威型专家。请问您是什么时候开始展开"一国两制"的系统研究的？能否谈谈您对"一国两制"理论的基本内涵及其核心理念的认识与理解？

杨：我对"一国两制"和基本法的认知与理解，是随着基本法起草工程的展开和深入而逐步积累与拓展的。起草基本法这项中外法制史上罕见的系统工程，其层次之高、投入人力和物力之多、时间之长、正式颁布与正式生效之间提前量之大、创新价值与突破等均为中外法制史罕见。起草与咨询过程本身就是一个知识积累与理念更新的大课堂，本人作为基本法咨询委员会秘书处负责人，没有错失这段历史机遇。在完成基本法起草与咨询的各项例行工作的同时，我也有意加大对现代法治与宪政创新的理解力度。1992 年，本人在一篇论文中提及，基本法的成功起草标志着中国特色社会主义宪法自我完善和成熟化。1996 年，我在一部专著里正式推出"一国两制"宪法学的命题，主张在全面深入宣传基本法的过程中要适当加大对"一国两制"的系统研究，强调"一国两制"属性是中国特色社会主义宪政的理论创新和制度创新。应该说，二三十年来跟踪历史的脚步和特区实践，不断地加深对"一国两制"的理解和思考，已经成了我魂牵梦萦的一个生活主题。

根据邓小平等国家领导人倡导的中国特色社会主义理论体系和特别行政区活生生的现实，我认为，"一国两制"理论至少应包含以下八大核心理念。（1）"一国两制"是中国特色社会主义创举；（2）"一国两制"理论是中国特色社会主义理论体系的主要内涵之一；（3）特别行政区制度有条件列为国家基本政治制度之一；（4）爱国爱澳是澳门特别行政区居民第一核心价值；（5）"一国两制"既是特别行政区上下，而且也是全中国人民的共同事业；（6）要坚持"一国两制"澳门实践模式，在实践中提高实践水平；（7）"一国两制"是中华文化、东方文明的一大制高点，最有条件形成新的独立学科并作为一门显学得到全面推广；（8）"一国两制"体现社会主义与资本主义两大社会制度的嫁接优势，特别行政区在某种意义上可以说是社会主义利用、改造和驾驭资本主义的示范场。

刘： 对于"一国两制"，普罗大众和市民最简单直接的理解就是"一个国家、两种制度"，所谓"马照跑、舞照跳"，保持港澳地区原有资本主义制度生活方式五十年不变。您刚才以一种学者的视界与立场，对"一国两制"做了扼要又不失精到的理论阐发，对于社会各界加深了解与认识"一国两制"，具有提纲挈领的导向作用。转眼间，澳门回归祖国已经十五年，纵观这十五年来澳门社会方方面面的发展，应该说，"一国两制"在澳门的实践是极为成功的。您怎样看待"一国两制"的澳门实践模式？"一国两制"与现代法治之间有着怎样的关联？其现实意义主要体现在哪些方面？将起到怎样的示范作用？

杨： 您说的符合实际，澳门特区第一个十五年被认定为正确理解、正确实践"一国两制"的十五年，这是实事求是的判断。我曾把这十五年分成三个依法施政期，即奠基、拓展、攀登三个阶段加以评估。当然，从另一方面观察，澳门特区已进入一个全新发展阶段。一方面，实践"一国两制"，站在新的起跑线再出发；另一方面，新矛盾与新问题还会接踵而来，其中博彩业收入持续下滑就很有挑战性。故此，进一步做好自身发展定位，力求走出一条"一国两制"澳门实践模式是非常必要、非常现实的课题。

在中国特色社会主义实践中，"一国两制"的横空出世并迅即规范化、制度化（以两部基本法及其规范的特别行政区制度为标志），直接造就了一种新型社会生态、一种新型文明体系、一种新型动力来源。"一国两制"理论的涵盖面极广、包容量极大。它涉及国家结构和主权理论、两制兼容理论、本地人高度自治理论、制度创新与示范理论、和平发展理论等诸多方面。"一国两制"体现的是求同存异、互利共赢思维，对立统一、辩证唯物思维，知行合一、勇于实践思维，它非但没有也不可能动摇原有经典理论权威，反而构成了对正统的科学社会主义特别是辩证唯物主义认识论的划时代创新。甚至可以说，它已将人们对现代科学社会主义真谛的认知提高到了一个空前成熟化的高度。

早在十多年前，本人即主张"未来的澳门，有望成为四大中心，除人们公认的国际经营水平的博彩旅游娱乐中心、有良好国际信誉的多重中介服务中心外，它也应成为功能进一步扩充的中外文化交流中心和具有巨大说服力的"'一国两制'展示中心"。涉及经济领域的前两个中心，同当前特区政府倡导的"一个中心，一个平台"即世界旅游休闲中心和中国与葡语国家经贸服务平台基本相同，后两个中心则有待各界形成新的共识。所谓"'一国两制'展示中心"即是：政治上尊重中央，维护主权安全发展利益，确保特区长期繁荣稳定，循序渐进地推进民主；经济上做好定位，一心一意抓发展，切实有效改善民生；文化上倡导爱国爱澳、多元包容、自由开放、诚信友善；社会上坚持精品型、健康型、法治型、创新型导向机制。这表明澳门特区应力争成为"一国两制"成功实践的天然博物馆，其示范价值是任何理论与文件无法取代的。

刘：要全面准确理解"一国两制"，不能不对我们国家的中国特色社会主义事业有一些基本的认知，能否就此做一些必要提示？

杨：这确实是一个非常有价值的课题。当前，正确认识当代中国已经成为一门摆在各国、各种政治势力面前的难以超逾的必修课。步入改革开放后，中国特色社会主义全面成功带来的震撼是划时代的。它不仅令占人类1/5人口的中国各族人民在经济上逐步步入小康即中等发达水平，坚定了道路自信、理论自信、制度自信和文化自信，而且也令现有发展中国家和待发展国家的亿万民众看到自身的发展方向和奋斗前景，甚至也令当今发达国家中政界、学界有识之士感到思考、研究中国道路、中国思维、中国模式的必要性。怎样理性地看待现实版社会主义？当今中华人民共和国最有资格被列为成功个案。

当代中国和平崛起令人信服地表明：（1）中国特色社会主义是承前启后、继往开来，同时肯于自我完善、与时俱进的社会主义；（2）中国特色社会主义既是开放型社会主义，又是创新型社会主义；（3）中国特色社会主义是符合中国国情和东方文化传统的社会主义；（4）中国特色社会主义是坚持历史唯物主义和辩证唯物主义科学认识论并遵循普遍发展规律的社会主义；（5）中国特色社会主义是推行"和"文化，倡导互相尊重、平等交往、互利共赢并承诺永不称霸的社会主义；（6）中国特色社会主义是人类文明史上创造奇迹最大、改变面貌最快的社会主义；（7）中国特色社会主义不回避现存矛盾并力求以理性思维加以回应，是倡导天人合一、多元共存的社会主义；（8）中国特色社会主义是当代最正统、最权威的社会主义。

作为当代中国人，我们要感谢邓小平等老一代领导人在历史转折关头痛定思痛，及时推出改革开放新政；作为生活在澳门特别行政区的中国人，我们更要感谢"一国两制"基本国策的出台，是"一国两制"令澳门在短短十多年间发生了历史性巨变，也令澳门人成为真正意义上的命运的主人。澳门的顺利回归是祖国日益强大和基本国策正确指引的结果，澳门的"一国两制"正确实践为中国特色社会主义事业的兴旺发达提供了富有想象力和震撼性的验证实例。故此，在推动"一国两制"事业健康发展进程中，对国家意识、民族意识、时代意识的坚守，一时一刻也不能放松。

刘：宪法是一个国家的根本大法，是实行法治的国家治理总章程，自有其权威性、不可置疑性和不可动摇性。而基本法则是特别行政区根本大法，是"特别行政区实行的基本政治制度、经济制度和社会制度"的总汇。站在宪政史的发展角度看，从宪法到基本法，无疑是中国宪政史的一项制度创新与政治智慧。厘清宪法与基本法的关系，对于新兴特别行政区制度的认知与判断有莫大帮助。请谈谈这方面的认识与灼见。

杨：香港、澳门两个特别行政区长逾三个五年施政期的实践与验证表明："实行'一国两制'不是出于权宜之计，而是一项长期基本国策；不是无原则消极让步，而是富有创意的积极进取；不是简单的新旧更迭，而是构思精密的基因再造；不是通常意义上的新人新事，而是前无古人、世所未闻的大建构、大开拓、大开放、大创新。"我依然坚持多年前做出的上述判断。这是当代中国特色社会主义理论与制度的成功改革与自我完善，也是科学社会主义经典理论在新形势下的发扬光大。理解它、认同它、捍卫它、研究它，不仅对特别行政区而且对全国人民乃至国际社会都具有极大的现实意义，认定"一国两制"是现代宪政与法治文明的制高点绝不夸大。

"一国两制"实践进程中得到全面拓展的特别行政区制度即"一国两制"政治制度，业已构成中国特色社会主义宪政发展与完善的一个形象化与价值独特的新型政治制度。在不久后的将来被认定为原有中国共产党领导的多党合作和政治协商制度、民族区域自治制度、基层群众自治制度之后的另一个基本政治制度，应该说已具备越来越充分的理据。把特别行政区制度列为国家基本政治制度的好处很多，择其要者有：一是标志着中国特色社会主义宪政创新进入成熟阶段，二是有助于丰富中国特色社会主义法律体系和完善中国特色社会主义法律制度，三是有助于港澳居民爱国爱港、爱国爱澳意识的增强和自主建港、自主建澳意识的提升，四是有助于台湾同胞增进对"一国两制"的正确理解，五是有助于中央与特别行政区的良性互动关系和全国人民与特别行政区居民间相互关系的持久改善。

实践证明，在当今特别行政区，保持原有资本主义制度和生活方式，绝不意味着特区的政治、经济、文化各领域都原封不动地自动延续原有的一套，不仅政治体制上是全新设计、全新定位，而且文化上以爱国爱澳为导向的核心价值观已成为居民的主体意识，故认定特区是"一国两制"政治、"一国两制"文化、"一国两制"经济，理由充足。

刘：谈论"一国两制"，自然离不开基本法。您曾是澳门特别行政区筹备委员会委员，也曾是有学者身份的第九、十届全国人大代表并担任全国人大常委会基本法委员会第一、二届委员，还是澳门基本法推广协会的发起人之一，对于"基本法"的认识与了解，绝非一般港澳人士所可比拟。能否谈谈澳门基本法制定的前前后后与基本法的总体实施效果以及所起的示范作用？

杨：港澳两部基本法的制定，是"一国两制"理论实现法制化、规范化、具体化，不同法系走向互补互济、取长补短的重要标志。香港、澳门两个特别行政区长达十五年或以上的成功实践，不仅验证了由基本法设计的特别行政区制度的合理性、正当性，而且也验证了"一国两制"理论的系统性、成熟性。

从澳门特区第一个十五年的成功实践中，至少可以得出以下一些规律性认知。

（1）心怀祖国、感恩中央、感恩时代，坚持与维护中央与特别行政区关系的良性发展，这是澳门十五年成功实践"一国两制"的首要经验；（2）民主是社会和谐稳定的基础，是民情民意理性化的源泉，也是民怨民怒的调节器，民主发展必须循序渐进而有序有控；（3）三大选举（行政长官选举四次、立法会选举四次、全国人大选举四次）事关澳门政治民主化进程，选举民主与协商民主相结合是现阶段澳门政治生活的一大特点，提升居民对选举的正确认知十分重要；（4）关心中产、稳定中产的重要性日渐凸显，中产占社会大多数，进入发达社会后中产将成为社会主力军，也是和谐稳定的风向标，中产稳则社会稳，中产不稳则社会难稳；（5）经济结构的优化与产业适度多元要抓住不放，2014 年博彩业毛收入开始下滑波动，其多重原因有待总结分析，但对未来发展的信心不能动摇；（6）基本法宣传推介、"一国两制"理论研究、爱国爱澳核心价值观教育都行之有效，应坚持再坚持，改善再改善；（7）文化与教育是实实在在的综合素质和软实力来源，既事关优势开发，也事关对外形象，更事关居民综合素质的提升，作为功能进一步扩充的中外文化交流中心，澳门是典型的"小剧场大剧目"，是"一国两制"展示的博物馆；（8）强政府与强社会缺一不可，政府与社会双强良性互动，公权力机关自身建设与公民社会建设同步推进，高发展指标与社会共享适当兼顾，特区健康形象与居民幸福指数相得益彰。

刘：您曾在文章中反复倡导要建立"一国两制"文明，请问可不可以顺便做些阐述？

杨：在推进"一国两制"事业的历史进程中，一种新型文明形态不只是呼之欲出，而且是业已基本定型，这就是"一国两制"文明。这个文明至少应包括：一是爱国观，爱国爱澳业已成为特区居民的核心价值观之一，要认真做到尊重自己民族，诚心诚意拥护中央行使对特区的全面管治权，不做有损特区繁荣稳定的事；二是是非观或价值观，要力求做到核心价值观不被扭曲，基本行为保持理性化，这是正确做人、做事的起点；三是开拓观或竞争观，事业成功与生活美满要靠奋斗，不能被依赖思维绑架；四是生存观或健康观，要追求生理和心理双健康；五是荣辱观，积极的人生靠自尊自重、自我完善。

澳门特区十五年实践周期说长不长，说短不短，生活在特区的普通居民和学者最清楚，"一国两制"的验证既经历了正面异常丰富的推进过程，也遭遇过负面少数人以及外部别有用心势力的责难、设障、叫板、挑战。事实证明，"一国两制"航船设计先进、性能卓越、航向正确，启航后便乘风破浪、满帆前行。"实践发展永无止境，解放思想永无止境，改革开放永无止境。"正确实践的前提是对"一国两制"、对基本法的正确理解，是对"回归"这场历史变革的认知到位与自我心理调整到位，是坚持解放思想、实事求是、与时俱进、求真务实的客观理性认识论。在实行"一国两制"的特区新时空，国际化、多元化日益拓展，无可置疑，人们的行动自由和言论自由获得充分保障。但一切有爱国良知、胸怀宽广人士也时时刻刻、分分秒秒不能忘记：要坚持国权国格，维护私产人权；要坚持公平正义，维护法治善政；要坚持爱国爱澳，维护公序良俗；要坚持理性务实，维护民主开放。这也表明，作为享有国家"一国两制"基本国策保障的特区居民，实有必要坚持"一国两制"文明，做一个真正有时代感、使命感的特区新人，把新一轮"一国两制"实践不断推向更高水平，促使其取得更大实效。

刘：在 20 世纪 80 年代末，您正式提出"微型经济"的判断，1999 年 11 月澳门回归前夕，您的专著《微型经济：定位与发展》出版，几年前，您又率先讨论《微型经济与微型经济学》。微型经济是国际经济学界从未正式探索过的领域，故此，这项具有重大理论创新意义同时又具有相当学术深度的探索，广受学术界的瞩目与好评。您关于澳门经济发展特别是关于微型经济理论的研究与探索，是观察澳门、认识澳门、研究澳门的重要成果，涉及产业结构调整、大型工程建设、文化旅游、区域合作等方面的议题，其中尤以关于澳门的定位、发展思路、发展策略等立论与阐述，新意迭出、亮点处处，有关判断因此显得厚重又精彩，让读者充分领略到老一辈学者严谨的治学风格与深厚的学术功力。请谈谈这方面的缘起与出版背景、著述内容以及实际影响与贡献。

杨：所谓"微型经济"或"微型经济体"是本人对澳门经济、社会实际观察思考并参照同行相关认知得出的一个基本判断。20 世纪 80 年代，经《中葡联合声明》确认，澳门即将迎来一场历史大变革，即回归祖国。进入过渡期，除了政治上的公务员本地化、法律本地化、中文官方地位化要加紧推动外，经济上要保持基本繁荣稳定，令中方接管的不是一个烂摊子，这也十分重要。在这种特定时代背景与所面临的挑战下，有强烈爱国心并有一定思辨能力的专家学者，不能不增加对澳门各领域事务关注的广度和深度。怎么看当时的澳门经济与社会发展、怎样才能确保政权顺利交接及平稳过渡，学者和广大居民都责无旁贷，要主动关注、扩大参与。

基于上述认知，本人自 20 世纪 80 年代中后期就多次提出要认真做好澳门发展定位，进而推出对微型经济的思考。从全球范围观察，在 200 多个国家、地区中，属于微型经济体系的共有 60~70 个，占总数的 1/3。所谓微型经济体系，1992 年本人在《澳门与现代经济增长》一书中提出界定标准主要有三个：（1）人口不超过 100 万；（2）经济运行体制具有相对独立性；（3）对外经济地位受国际社会认可。之所以强调要从理论上加以界定，是因为自亚当·斯密开创经济学研究200多年来，尚未有学者涉足对微型经济体的研究，这是一；通过参照全球其他微型经济体，对澳门经济的深入系统研究，可以找出澳门与其他微型经济体之间的特殊性和共同性、特殊规律和一般规律，这是二。用微型经济理论观察澳门只是增加一个新视角、新工具，绝不是企求成为唯一，不具有排他性。如今，澳门已步入全球微型经济体系中的第一梯队，澳门所受关注程度和影响力有望进一步有序上升。澳门当前的发展环境是特定历史背景下形成的，当代澳门人的使命和任务是把进入新时代的这块宝地管治好、发展好、建设好。这中间，看准形势、看准方向并做好发展定位，是不可绕过的一项基本要求。

刘：记得您在三十年前即提出澳门是博物馆型社会的命题，回归前夕您又提出"小剧场大剧目"的判断。在澳门这一方小剧场可以上演史诗般的大剧目。正确实践"一国两制"就是长盛不衰的大剧目。确实，如果将澳门（微型）经济置于全球化视野中来把握，回归以来，澳门经济社会发展一日千里，每天都在上演大大小小赏心悦目、精彩绝伦的戏种与剧目，澳门经济的黄钟大吕在岭南之南嘹亮地奏响，这些历史纪录是独此一家、别无分店的"澳门智造""澳门现象"，是世界经济发展史上无法绕过的重要篇章与内容。澳门是一个微型经济体，是微型经济世界中熠熠生辉的一个版块、一个重要组成部分。回归以来，澳门经济的增长与发展，必将载入人类文明发展进程的史册。

杨：1985年在本人主编的澳门社会科学学会会刊《濠镜》创刊号发刊词中提出过"澳门是博物馆型社会"的判断，1999年澳门回归前夕我讲过澳门是"小剧场大剧目"。其实，如今澳门特区已成为一个不折不扣的"一国两制"博物馆，澳门上演的"一国两制"大剧，精彩纷呈，史无前例。如果说从理论上还难以认定什么是"一国两制"、什么是特别行政区、什么是特别行政区制度，那么，只要你亲自到澳门走一走、看一看，一个有生命力和竞争力、有优越性和可行性的新型发展模式、新型社会生态就活生生地展现在眼前，这里有不容扭曲、不容误解的价值判断，更有体现改写历史、改变命运的突出发展成果。当然，在快速发展中还存在不少薄弱环节甚至不尽如人意的负面现象，有待完善的空间还很大。

我在前一时期提出评估澳门特区第一个十五年的"八字"概念，即经济领域"两大"(总量大扩充、民生大改善)、政治领域"两新"(新政治体制、新施政理念)、社会领域"两高"(高和谐度、高稳定度)、文化领域"两有"(综合素质有所提升、核心价值观有所调整)。从深层次观察,除了产业相对多元尚不到位外,"四缺"也较具普遍性:缺公平竞争、缺公民意识、缺创新思维、缺对基本法的正确理解。瑕不掩瑜,主流不可动摇,次流不容忽视。以下展示一组具体数据。据政府公布,2009~2014 年澳门人均 GDP 由 39775 美元增至 89333 美元,净增 49558 美元,即年均增 8260 美元;同期人均本地居民总收入由 36044 美元增至 72685 美元(2013年),净增 36641 美元,即年均增 7328 美元。人均 GDP 和 GNI 连续五年以上有 8260 美元和 7328 美元增长,这可能在国际统计史上尚未出现过,即使扣除通胀因素,其修正值仍然十分显眼。无论如何,这是澳门的一项"曾经拥有"。如果按地均 GDP 观察,2014 年本地生产总值为 4432.98 亿澳门元,即 555.5 亿美元,折合 18.3 亿美元/km²,即使按环比物量(2012 年)计算,该数值为 15.66 亿美元/km²,不仅为全中国最高,国际上也罕见。

虽然饼已做大,起点已升高,但任何时候观察与思考都不应有盲目性,何况博彩业已敲响警钟。开拓探索永远充满着不确定性,永远充满着对意志、质量、智能的考验,相信拥有巨大发展优势并有不俗积累的澳门特区和特区人,定能走好"一国两制"新征程。

刘:虽说数据的排列是枯燥的,但数据指标又是最具说服力的。从您对回归以来澳门经济强势增长的学术审视看,似乎可以用"濠镜风景独好"来形容澳门的经济成就。2006 年 11 月,以您为总主笔的《微型经济与微型经济学》一书以及该书英文修订版 *A Comprehensive Study on Minieconomies* 隆重推出。该书"力求全面探讨微型经济的主要特征、发展规律及其未来发展方向,对澳门的可持续发展提供一些科学而实用的建议、尝试,对整体经济学理论的拓展提出一条可行的研究方向"。这两本新著,就像《微型经济学》的姊妹篇,在极大程度上夯实了微型经济学的理论基础,丰富了微型经济学的内容,为读者进一步认识澳门与微型经济体之间的联动关系提供了翔实可信的学术范本。书中对于全球化大潮下的微型经济体共性的概括、微型经济体存在的隐忧乃至澳门经济体的优势与劣势等阐述客观、理性,对新时期微型经济体的生存之道与发展战略的展望适切,可操作性强,甚至还极具前瞻性地发出"加快创建区域性自由贸易区"等呼声,彰显了经济学家的预测与前瞻慧识。

杨：前面已提及，澳门这个微型经济体是优势微型经济体系，其发展定位可以突出表现在四个方面，即：（1）微型经济体系中位居第一梯队、较具代表性的一个成员；（2）拥有博彩经营权的独特产业结构载体；（3）财政自主，税收不上缴中央，享有自由港政策的人流、物流、资金流、信息流交换基地；（4）成为经济发展与社会发展高人均指标的国际参照体。

应该说，上述四大指标，经过十五年来特区上下共同努力，已经基本实现，这可以认定澳门已正式进入发达社会，尽管是初级阶段的判断，却是适宜的、合理的。澳门不仅有国际上罕见的高指标、高纪录，也有远超人口和面积比例的国际影响力；不仅有快速积累的财政储备，也有广大居民稳步提升的基本福祉和幸福指数。小舞台大剧目、小市场大经济、小城市大发展以及小投入大产出、小市民大思维、小人物大贡献，这些浓缩词语已基本上具有可信的数据支撑，而并非信口开河。说澳门已经站在一个更高的起点，进入一个全新发展阶段，在某种意义上是成立的。

当然，不能不看到的另一面是，澳门经济二元特征依然十分明显，制造业的萎缩、中小企业的不振、旧城区改建的滞后，以及居民社会结构优化的缺位都有待全面关注和深入论证。近年来经济社会的快速发展，进一步推动了博彩业一业独大，提升了财政收入对博彩业的依赖，增加了其他行业和中小企业的经营难度，甚至扩大了收入分配的贫富差距。这表明澳门产业结构的合理化或适度多元化的任务十分艰巨。澳门要进一步突破发展制约、跨越新挑战，必须有更大的决心、更大的勇气和更大的智慧。

刘："新常态"是当今中国社会的热门词语。中国经济走向新常态，意味着其经济结构及发展模式不断优化，这与澳门社会未来发展息息相关。受多种因素影响，2014年澳门经济先升后挫，迄今为止赌收连续11个月下跌，这是继2008年、2009年受国际金融海啸影响之后，本澳首次出现经济实质负增长。赌收的持续下滑，给澳门的经济运行带来较大影响，引起社会各界的广泛关注，澳门经济适度多元发展的问题显得更加突出。目前，澳门社会面临着新形势，澳门经济将步入新的转型和发展时期。随着中国经济进入新常态，今后几年甚至更长的时间内，澳门经济亦将由此前的超常高速增长逐步转为常态化的低幅增长。如何分析澳门新形势，如何深入认识澳门经济发展的阶段性特征，如何进一步规范及提升博彩业的发展，如何看待澳门经济新常态与增长方式转变之关系，如何制定推进澳门经济适度多元发展的战略，如何进一步与内地紧密配合并在区域合作发展中找到契合点，进而推动澳门与内地同步发展等问题，都应该予以高度重视。对此，请谈谈您的高见。

杨：澳门特区第一个十五年整体经济包括博彩业超高速增长，令人目不暇接，但2014年6月至今（2015年5月）博彩业毛收入已连续11个月下滑，这确实不是积极现象。怎样正确看待澳门当前经济形势，对政府和社会而言都是无法回避的现实课题。原因不是单一性的，有外因更有内因，有结构性也有周期性因素。当务之急是做好理性务实判断，力求抓住实质性问题做出认定，不能被表面的现象吓到，更不能自乱阵脚。

首先，超过十年超高速增长，特别是近五年的亮丽成绩，不仅是澳门发展史上前所未有的，甚至在国际上也极为罕见，所谓"曾经拥有"一次，也令政府库房储备有不俗扩张。其次，要在理顺关系的前提下进一步提升对博彩业性质、地位、功能、作用的科学认定。博彩业是特种服务产业，或者说是服务产业的特殊门类。它事实上已构成现代服务业的一个特殊而必要的组成部分。在澳门和内地，有关博彩业科学定位的讨论仍有待深化并达成共识。澳门基本法第118条"澳门特别行政区根据本地整体利益自行制定旅游娱乐业的政策"的规范显然是包括博彩业的，即它应属依法经营的法定产业。如果加以理性对待，权衡利弊得失，可以看出，它是利大于弊、得大于失的，故不宜简单地否定其存在价值。再次，博彩业开放以来，不少项目需要认真反思总结，监管力度也要进一步加大，但这些年来运行机制基本正常，用通俗的话讲，即使近期继续出现负增长，但澳门以单一城市计，依然是全球"一哥"。只要能在业已微调的水平上保持常态化或有限的低幅上下波动，应可认定为是可以接受的。最后，应正确把握调速不减势的机遇，在博彩业疲软补强之际，认认真真地把产业相对多元发展以及区域合作推向新水平。

总之，发展的不确定性是任何经济体都难以完全排除的挑战。在内地经济增长由高速转向中高速的新常态形势下，澳门自身经济似乎也进入了一个新的非常时期。船小好掉头，相信在"一国两制"优势保障下，澳门有条件、有可能变被动为主动，尽早走出疲软状态，重振微型经济体领头羊的雄风。

刘：对于新常态下澳门经济的新认识，当可促进社会各界对未来澳门经济发展的理性思考。特区政府及社会各界对如何加快澳门经济适度多元发展步伐，以及推动澳门与内地同步发展等非常关注。2013年，"新丝绸之路经济带"和"21世纪海上丝绸之路"（即"一带一路"）倡议的提出是国家大事，极具冲击力。"一带一路"指依靠中国与有关国家既有的双多边机制，借助既有的、行之有效的区域合作平台，主动发展与相关国家的经济合作伙伴关系，共同打造政治互信、经济融合、文化包容的利益共同体、命运共同体和责任共同体。这一合作发展的理念和倡议，适应了时代发展的需要，无疑具有重大现实意义。推进"一带一路"建设，中国将充分发挥国内各地区比较优势，实行更加积极主动的开放战略，加强中西互动合作，全面提升开放型经济水平。在这一波建设浪潮中，澳门应当如何面对？如何发挥自身的独特优势作用？如何积极主动参与其中，助力"一带一路"建设，并在此过程中谋求自身经济利益的最大化？

杨："一带一路"和亚投行启动以来，各界反响极为热烈。一方面，表明这两项重大战略举措科学可行，旨在开创新世纪国家之间以至大洲之间的新型互利合作关系；另一方面，反映出中国综合国力和国际信誉的大幅提升，中国有能力、有智慧逐步完善原有国际秩序，把更多相关地区和国家，纳入命运共同体和利益共同体。中国经济进入新常态后增速有所下滑，但净存量和净增量都是前所未有的高指标。当然，未来征途上还可能遇到各种预期中的或不期而至的矛盾和挑战，要有知难而上、迎难而进的斗争策略和心理准备。

毫无疑问，这两项重大战略举措也为澳门发挥自身优势和积极参与提供了新的空间和机遇。历史上，澳门曾经是海上丝绸之路的重要支点。当今，澳门联系葡语国家的特殊平台正阔步前行。在构建现代版海上丝绸之路方略中，澳门应该也有条件扮演一个枢纽港、中心港的角色。故此，澳门有必要通过适度研究论证，提出一个全面参与的可行性计划书，同时，也应对广大市民加强有关事宜的宣传与推介。跟上国家发展大势，同国家同向前行，同正确理解"一国"与"两制"的关系一脉相承，应成为特区政府和广大市民的一项必然选择。

刘：近年来，有关竞争力的研究受到越来越大的关注，并已初步形成跨越经济学、管理学范畴的一个全新分支——竞争力经济学。竞争力研究是一项庞大的系统工程，涉及诸如法学、政治学、社会学、公共行政学、国际关系等基本学科，而不仅仅局限于经济学与管理学范畴。竞争力研究对象可以是国家、地区、城市、产业、企业等。在目前国际性研究机构所公布的全球城市竞争力排行榜中，澳门每每位居前列，有着极为耀眼的表现，受到学者们的高度重视。作为一个以博彩旅游业为主的经济结构单一的小型城市，澳门的竞争力优势来自哪里？在经济全球化的竞争时代，今后将如何保持既有的优势？应从哪些方面入手制定提升澳门国际竞争力的发展策略？

杨：竞争力经济学或竞争力研究是推动产业现代化、国际化、信息化进程中的一个重要领域。现代经济是竞争经济，因而，培育国家、地区综合竞争力，培育行业、企业竞争力，培育经济活动参与实体的竞争力，其现实意义与价值自不待多言。十多年前我在澳门大学澳门研究中心工作时，曾会同中国人民大学竞争力与评价研究中心合作完成《澳门特别行政区国际竞争力研究》（广东人民出版社 2005 年出版）。研究自身竞争力和发展潜力是做好发展定位、确保可持续发展的必要手段和可行举措。正因为澳门属于典型的微型经济体，资源和发展空间有限，就更应该强调科学规划和合理定位，力求以我为主、扬长避短，走出一条有自身特点的发展之路。在中国社科院连续 13 年发布的城市竞争力排行榜中，澳门综合竞争力基本上保持在前 10 名，2014 年综合竞争力为全国 294 个地级城市中的第 9 位。思考澳门的发展策略，理所当然要把原有竞争优势摆在适当位置。其中，背靠中国内地、借势借力、水涨船高效应亦即"一国两制"综合优势十分关键，不失时机地加以开发利用，就可弥补发展空间的不足。因此，在规划未来发展大计时，一定要把握住同国家同向同步发展、借势借力发展的机遇和潜质。

从澳门内部观察，培植核心竞争力（或软实力）无疑应列入思考的基础和施政的前沿。其中，在科技和人力资源开发两大领域，更应以长效机制思维抓住不放，一抓到底。讲科技，澳门应有规划、有目标、有切实举措，抓住重点可行项目，扬长避短，形成小高精局面；讲人力开发，澳门有"澳人治澳"大原则保障，也有宽松包容、高自由度的社会环境，故人才荟萃，百家争鸣，前景可期。为了澳门能"沿着正确方向走实、走稳、走远"，还要看准、看深、看远，也就是说要真正建立现代发展思维，推动整体社会有公平竞争环境，社会个体既勇于竞争又善于竞争，从而确保全社会自上而下都能保持在科学高效、公平合理机制内有序运作。

刘：当前，世界经济融合加速发展，区域合作方兴未艾。积极利用既有合作机制，以诚相待，促进双边合作，实现互惠互利、合作共赢已经成为共识。多年来，囿于种种历史原因及利益因素，澳门与周边地区尤其是广东珠海等地的协同发展虽有进展，但总体成绩不尽如人意，有颇大的检讨与改进空间。粤澳合作，其发展瓶颈在哪里？如何突破？如何做到求同存异、和而不同？如何深入认识未来实现粤澳、珠澳区域合作的有效路径与基础？

杨：应该说，珠澳合作也好，粤澳合作也好，在过去三十多年里曾有过不俗的纪录。改革开放之初，澳门的资金、管理、信息曾是珠海以至广东发展的重要因素。其中，珠海香洲毛纺厂和石景山旅游中心曾是全国率先垂范的澳资合作企业。何贤、马万祺等牵头推动兴建的珠三角几座大桥是改革开放初期外资合作样板。广东和珠海在确保澳门副食品、淡水、日用品供应上，在澳门填海造地、打击犯罪等方面都不遗余力地加以支持。改革开放第一个十年之后，广东即成为全国第一经济大省，至今已领跑全国二十年之久，其中的港澳因素早已为各界所认同并加载史册。广东发展提速，更是直接构成香港、澳门政权顺利交接与平稳过渡的重要外围因素。这是真正的血浓于水的亲情纽带，也是优势互补、共创双赢的实施典范。

珠澳合作、粤澳合作是粤港澳区域合作的重要组成部分，而粤港澳合作机制则是国家实现"两个一百年"奋斗目标、实现中国梦宏伟蓝图的主要组成部分。因此，要有国家战略视野，要有 21 世纪全球一体化、高科技化、信息化和共赢思维，要懂得在全新起点上再开发、再创造的价值和意义。对于粤港澳特别是珠三角核心区的发展定位、战略构想、政策导向，多年来研讨论证虽不曾中断，但至今仍然机遇与挑战并存，愿景与现实脱节。港澳也好，广东也好，都已进入各自发展的崭新阶段，进一步做好各自发展定位和三地共同愿景定位依然有必要。一方面，三地各自优势突出，成绩斐然；另一方面，在平等互利、优势互补、合作共赢原则下尚难言已形成最大合力。三个合作方多少都要承担一定责任，怕吃亏、不尊重别人、总想抢先占先等思维有时依然是合作共进的拦路虎。所以，简单一点讲，一要少讲空话、大话、套话、官话，要把讲科学、实事求是、理性务实思维进一步培植起来；二要真正建立起现代发展观，包括科学定位观、借力借势观、互补优势共赢观等。互相之间要力求真正建立起体现大开放、大合作、互尊互让、共同获益的最佳命运共同体和利益共同体。

刘：自贸区是指由国家指定的交易贸易区，有比世贸组织相关规定更加优惠的贸易安排；在主权国家或地区的关境内外，划出特定的区域，准许外国商品豁免关税自由进出，实质上是采取自由港政策的关税隔离区。2015 年 3 月 24 日，中央审议通过广东、天津、福建自由贸易试验区总体方案。由于地缘与人缘的因素，广东、福建与澳门的经贸关系历来密切。而天津，您在担任该市政协委员期间，也曾充分发挥自身的学术优势，积极参政议政、建言献策。如今，这三地同时成为自贸区。十多年前，针对天津城市定位、滨海新区如何加快发展等问题，您曾提出建设性意见与建议，不仅得到了天津市各级领导以及各大高校及研究机构学者们的认同，某些建议甚至还被收入相关文件上报到中央，并得到高度重视。

杨：继上海浦东自贸试验区后，国家又推出粤、津、闽三个自贸试验区，从而形成沿海开放带的四个示范龙头。这是国家原有改革开放举措的升级版，也是承载三十多年改革开放经验总结和国人对新时期更协调、更科学发展愿景的回应。其中，广东自贸区包括同澳门接壤的横琴，其发展的提速指日可待，这无疑为澳门新一轮发展增加了一种新的助推力。同时，广东自贸区三片中最大的南沙以及陆上咫尺之隔的翠亨新区和江门市，都向澳门伸出双手。凭地缘优势，澳门又有不俗的财政储备，理论上开发空间不可限量，当务之急是正确认识与判断这些送上门的合作发展机遇，积极稳妥、实事求是、量力而行，走好同周边地区互利双赢之路。

天津也是新批三个自贸试验区之一，天津区位重要，潜质优厚，进入21 世纪以来，滨海新区被定位为国家级发展示范重点，十多年来一跃成为全国发展龙头之一。1997 年，本人曾受澳门大学派遣前往南开大学、天津大学两所知名大学讲学半个月，其间曾提出国家发展的"反 E 字形"战略，即鉴于国家之大和国情复杂，建议制定由东部沿海三个龙头牵引的发展战略。当时广东已走在全国前列，广州或广州联同香港是一龙头，中部上海浦东开放大局已定，而北部的最大中心城市天津或天津—北京也宜定位为另一个龙头。此议曾受到两校和市委市政府领导的高度重视，并报呈中央政府。在本人担任天津市第十届政协委员期间，一次审议政府工作报告时，得知当年天津经济总量约为人民币 2000 亿元，在大会发言时，我有感而发：希望在我有生之年或未来十年内，这组数字能折成超越同等数额的美元。会场旋即响起长时间的掌声。如今，时间已跨过十年，2007 年，天津经济总量早已超越我当时所期盼的大约 8 倍。这是改革开放成功的最有效例证，我为天津经济近年来的突飞猛进深感欣慰。

杨义教授访谈录

采访时间：2013 年 3 月　　采访地点：澳门

采访人：刘景松　　被采访人：杨义

【编者按】澳门大学讲座教授杨义著述《文学地理学会通》，58 万字，被列入中国社会科学院学部委员专题文集，于 2013 年 1 月由中国社会科学出版社出版。该书分为总论编、地域文化编、民族文化编、中外论衡编、现代人文地理编五个部分，目的在于从各个角度展示作者对文学地理学的本质、内涵和方法的思考。该书纵贯古今的学术视野和博大精深的学术体系，开创了文学研究"接地气"的全新局面，引起广泛关注，一时好评如潮。时任澳门大学社会科学及人文学院院长郝雨凡说："文学地理学是当今热闹的研究领域，杨义教授在此领域是重要的开拓者、奠基者、领先者。《文学地理学会通》充分展示了他在文学地理学方面的理论思考与研究实践，是他积年著述的结晶。"中国社会科学院文学研究所原所长陆建德认为，杨义是天才式的人物，他的很多奇思妙想背后，是有深厚的学养支撑的。早在 21 世纪初，杨义就开始关注中国文学图志，对各种数据广为搜罗，不光对中国古典文学有创造性思考，对少数民族文学的研究也令人惊叹。他提出"边缘活力"，同时与国际接轨，使中国文学研究具备多维视角。杨义总是从积极的层面看待、研究中国文化资源，这也是实现中国梦迫切需要的。中国传媒大学文学院院长张鸿声对于文学研究接地气的问题深有体会。他认为，杨义是一名百科全书式的学者，他引入文学地理的理念，开拓了巨大的阐释空间。

带着一系列问题，本刊编辑日前走访了杨义教授，以下是访谈内容摘录。

刘景松（以下简称刘）：杨老师，您好！首先祝贺您的新书《文学地理学会通》出版，这已是您到澳门大学以来继"诸子还原"四书之后推出的又一部大作。记得年前您为新书的取名费了一番心思，最终取名为《文学地理学会通》。从内容上看，《文学地理学会通》涉及中华民族文化的总体研究及吴文化、巴蜀文化、江河源文化的板块研究、先秦诸子研究、屈原诗学研究、少数民族文学研究、京派海派研究等方方面面，几乎是您十几二十年来学术生涯的大巡礼、大会通。此外，会通也是您文学地理学学术理路的精髓。您的文学地理学内容上打通古今，打通文献与口头传统，打通汉族与少数民族，打通文史哲，方法上会通文学、史学、地理学、民族学、家族学、文献学、简帛学等。这些当然不是一朝一夕的用力，我很想知道您这样富有魄力的学术理路的形成，您能给我们谈谈吗？

杨义（以下简称杨）：新书出来前，确实为取名费了一番心思，原想着叫"文学地理学论集"，有人建议叫"文学地理学：本质、内涵与方法"，经过反复思考，选定《文学地理学会通》这个书名。这似乎比较像个老学者著作的书名，平稳实在，不刻意求新求异。当然，"会通"一直是我做学问的方法论要义，文学地理学也是会通之学。如今不少大学尝试"通才教育"，成功的似乎不算多。研究当然要有宏通的眼光，但需要从一个个的专门之学，积累多个专门领域的精深研究，相互贯通，思考相互间的通则，方能成为学有根底的通才。回顾我的读书和治学生涯，我深感自己可能不是最聪明的，但确实是勤奋、刻苦、踏实的，就像农夫垦荒，用锄头一块接一块地将荒野开垦成良田。

我出生在广东电白农村，是家乡第一代小学生，在我以前连小学生也没有。有一天村里来了个穿白褂子的外乡人，将我们这些放牛的小孩从水塘里拉上岸，让父母同意我们上学啦！地主家一间老旧的厅房成了教室，上课时房梁上的白蚁灰直往下掉。后来用竹竿稻草盖了新教室，猪啊狗啊还会跑进课堂里乱窜，我的同学边上课边用脚踢猪。学校就一个老师，各科各年级都是他教；就一个课室，常常是给这年级讲课，让那年级做作业。我就在这样的条件下读完了六年小学，考上县里第一中学。我谈不上有什么家学渊源，父亲过去是佃农，有时当土医生。他半耕半读地上过两年私塾，会用古声古调背诵《千家诗》《古文观止》《论语》《孟子》。

我从贫困闭塞的广东农村来到县城，再到北京，视野一次次被打开，求知欲一次次被激发。尽管上大学时遭遇"文革"，但读书还是我的第一嗜好，不论文、史、哲、经，《鲁迅全集》《资治通鉴》《资本论》等，都是我通读过的大书。校图书馆在停课闹"革命"的岁月处理了一些书，我花五毛钱买了三大卷《资本论》，一年通读下来，还做了厚厚的笔记，现在看来当然很幼稚了，但这些大书无形中给我增添了与人类最高智慧对话的底气与气魄。大学毕业时，我被分配到燕山石化总厂当工人，仍然没有放弃读书爱好。当了一年车间工人后，受组织分配办报，还写了一些报告文学，结集成册。那时候，北大中文系到工厂开门办学，吴组缃先生住在车间一个小楼里。有一天晚上我去拜访他，他开口就夸奖有两篇报告文学文笔非常好，在一个工厂里看到这样的文字令人惊诧。我当时不敢向他表明，那是自己的习作。

"文革"结束后，1978年第一次招研究生，我不敢报名，因为规定要交论文，我没有。还是一位学过近代史的同事约我一同报考，"报考又不要钱不要本，考一场有一场的考试经验"。要报考研究生，我才发觉自己不适合搞新闻，因为性格内向、不善交际，报考文学比新闻学更合适，于是报了唐弢先生的现代文学专业。我在中国人民大学读新闻系，现代文学是汪金丁、林志浩教授教的。在"文革"前夕的课堂上，只讲了一个鲁迅，半个郭沫若，还有周扬的《文艺战线上的一场大辩论》，谈不上什么科班训练，只是读过一些书。幸亏唐弢先生出题，着重考查考生的思维能力和表达能力，出的关于鲁迅的题目又是大题目，我洋洋洒洒答了一大篇，因为《鲁迅全集》我是通读过的，年轻时记忆力好。如果第一届招研究生，我没报考，如果报考不是报在唐弢先生名下，杨义也就不是现在的杨义了。

我从事学术研究从来都是建立在大量的材料和实实在在的问题意识上的，并非事先预设个理论，到处去套，文学地理学同样如此。唐弢先生搞鲁迅和现代文学研究，极其重视原始报刊材料，他是以报刊研究现代文学的第一人。他招的研究生较多，做论文的时候，就请陈荒煤、吴伯箫、王士菁先生一同指导。王士菁先生是第一部《鲁迅传》的作者，1956年出版的《鲁迅全集》十卷本的主要编纂者。我的硕士学位论文研究鲁迅，就由王士菁先生指导，全面系统地阅读和梳理了鲁迅相关的材料、晚清到"五四"的小说史脉络和主要报刊资料。那时，我就注意到鲁迅与越文化的关系，包括大禹文化、勾践文化、与越地有间接关系的嵇康思想文化，这在1978～1981年就埋下了最初的文学地理学维度思考。文学地理学不是我学问的全部，但却是我学术研究中非常重要的部分。文学地理学来自我做学问长期的摸索和积累。在撰写《中国现代小说史》《京派海派比较研究》的20世纪80年代前中期，我开始注重从人文地理学维度研究现代小说流派和地域群体。后来研究领域从现代文学转向古代文学，我觉得现代文学三十年太短了，不足以观照整个中国文学特性和发展进程，于是着手研究中国古典小说，有了《中国古典小说史论》，进而凭着对三千年中国叙事作品的熟悉和掌握程度，参照对比西方叙事学作品和理论，总结中国叙事学理论，有了一部《中国叙事学》。

古典诗学方面，则有《楚辞诗学》《李杜诗学》，注重从文化诗学、生命诗学、感悟诗学的角度研究经典，但也强调《楚辞》与长江文明、李白与胡地及长江文明、杜甫与中原文明的关系，以文学地理学的维度深化诗学解读。1998 年，我出任中国社科院文学研究所和少数民族文学研究所两所的所长，所面对的就不仅仅是中国文学贯通古今的资源，而且接触了大量的来自全国各地域、各民族的文学与文化材料，于是就提出"大文学观"的命题予以整合。"大文学观"将长期被排除在中国文学研究主流之外的少数民族文学整合进来，重绘中国文学地图。大文学观兼顾了古代中国"杂文学观"的博学深知、融会贯通与 20 世纪中国"纯文学观"的严密性、科学性，把文学生命和文化生命联系起来。可以说，"大文学观"和由此尝试绘制完整的中国文学地图，是我学术上孜孜追寻的中国梦。为了使"大文学观"不至于凌虚蹈空，而回到脚踏实地，达到血肉丰盈、神采焕发，就有必要进行一番文学地理学的探索。现在有人说我是"学术上的成吉思汗"，不断地开疆拓土，打下一片阔大的学术版图。我觉得自己更像是"学术上的徐霞客"，徐霞客纵游全国南北山川、河源绝域，往往露宿于荒野，跋涉至罕有人迹的荒野岩穴。如清人钱谦益《徐霞客传》所说："其行也，从一奴或一僧、一杖、一幞被，不治装，不裹粮；能忍饥数日，能遇食即饱，能徒步走数百里，凌绝壁，冒丛箐，扳援下上，悬度绠汲，捷如青猿，健如黄犊；以釜岩为床席，以溪涧为饮沐，以山魅、木客、王孙、夔父为伴侣……论山经，辨水脉，终至还滇南，足不良行……丽江木太守饷糇粮，具笋舆以归故乡江阴。"当徐霞客是很辛苦的，我做文学地理学几乎把中国中原边疆、塞北岭表 200 多个文化遗址、作家故里走了个遍，收集了大量的地方文献。

刘：您在文学地理学原理上，主要的发现是什么？

杨：文学地理学在本质上乃是会通之学。要使中国文学接上"地气"，不仅要会通自身的区域类型、文化层析、族群分合、文化流动四大领域，而且要会通文学与地理学、人类文化学以及民族、民俗、制度、历史、考古诸学科，要用文献材料，也要进行田野调查。土地是有一种"气"的，通过这种气与人进行生命交流，地气连通着人气。原始人类神话的创造，灵感来自周围的天象气候、水文地貌。西部有昆仑神话，东方海滨有海上仙山的现象。燕瘦环肥，是受到楚风北上或关陇之风南下的影响。诸如此类的土地之气熏染着家族的承传和人群的迁移。我强调文学地理学的三条思路，可以简化为整、互、融三个字。这三条思路所注重的，是深入区域之后，能够返回整体中寻找宏观意义；壁垒分割之后，能够跨越壁垒深化阐释的功能；交叉观照之后，能够融合创新。比如说，我讲"文学中国的巴蜀地域因素"，讲"吴文化与黄河文明、长江文明之对角线效应"，都不仅是就巴蜀论巴蜀，就吴论吴，而且是将巴蜀文化、吴文化放到整个中华民族文化背景中去考察它的特点和重要性。再比如，我转向中国古典诗学研究，首先选择屈原的楚辞而不选择《诗经》，为什么？因为我是站在整个中华民族文化文明发生发展的高度充分认识到了长江文明的意义。如果没有长江文明，中原文明在游牧文明的撞击下，可能就像因黄河断流那样陷入中断的困境。中华文明五千年绵延不断，在于它拥有一个腹地，腹地中拥有黄河和长江，这使这个文明在面对民族危机时有了广阔的回旋余地。黄河使中华文明生根，长江使中华文明成为参天大树。楚人对长江文明的开发功不可没，而在诗学领域中，把长江文明引入中华文明发展总进程的，首功应归屈原。今日中国，尤其需要以中华民族文化共同体的整体性眼光来考察一些具体的专门性问题，把博通和专精统一成一种可以同世界进行深层对话的学理体系。我的文学地理学就是这样一种学理体系，近年来，在做的诸子还原也属于这样一种学理体系，这对于从地理、民俗、家族等层面恢复诸子文本的生命，对于破解许多千古之谜，起到了相当有效的作用。

刘：说到深化意义阐释，说到您的生命还原法，让人想到西方解释学。西方解释学与解构主义相逆，但对解释的主观性却有明确认识。您对中国的历史文化、先贤大哲的还原，抱着怎样的宗旨与态度？还原的是哪种意义上的历史真相？

杨：历史当然不能够被全部地、原封不动地还原，不要说几千年前的历史，就是今天我说的这一席话、这一个场景，出了门之后就不可能被原封不动地还原了。但是，我们所要做的是尽可能地还原真实的存在，这是一种无限接近真实的向度，需要依据史料，需要把古人当成鲜活的生命，需要今人智慧的创造性参与。我的"诸子还原",重视从人文地理学的角度,叩问"诸子是谁""为何把书写成这样",从发生学角度考察诸子思想产生的地域文化原因,还原诸子鲜活的生命与思想。这是研究诸子的发生学。比如庄子是谁?这个问题两千多年来没有弄清楚。细读《庄子》就会发现,庄子的家世蕴藏着三个未解之谜。第一,庄子家贫,却"其学无所不窥",在那个学在官府的年代,他的知识学养从何而来?如何发生?第二,庄子身为卑微的漆园吏,有何资格面对王侯将相谈吐傲慢,又不受阻拦、驱逐?第三,楚国作为一个一流大国,为何要派两位大夫到宋国,迎聘庄子这么一个小吏,还要委以重任?只有对庄子的家族身世进行深入考证,才有可能认识其文化基因从何而来,为何呈现出此种形态。这是我们进行还原研究的根本入手之处。我从先秦姓氏制度入手,发现宋郑樵《通志·氏族略》云:"以谥为氏。……庄氏出于楚庄王,僖氏出于鲁僖公。康氏者,卫康叔之后也。"又在"庄氏"一条下作注:"芈姓,楚庄王之后,以谥为氏。楚有大儒曰庄周,六国时尝为蒙漆园吏。"反观《史记·西南夷列传》:"楚威王时,使将军庄蹻,将兵循江上略巴蜀黔中以西。庄蹻者,故楚庄王苗裔也。"这就印证了楚国庄氏是以楚庄王谥号为氏的。楚庄王距离庄子已经二百年,因此,庄子属于楚国疏远的贵族。那么,又因何居留宋国的蒙地?庄子出生前十几年,楚悼王任用吴起变法,吴起变法的一条重要措施,就是将三代以上的疏远公族下放充实到新开拓的国土上,甚至降为平民躬耕于野。因而他们对吴起积怨甚深,等到楚悼王一死,这些疏远的公族就聚众暴乱,大闹灵堂,射死吴起,也射中悼王的尸体,犯下灭门重罪,因而在楚肃王继位后,"论罪夷宗死者"七十余家。属于疏远公族的庄氏家族可能受到牵连,仓皇避祸,迁居宋国乡野。通过破解庄子的家族身世,真切深入地解释了为何他能接受贵族教育,为何他能够面对诸侯将相时出语不逊,为何楚国要请他去当大官,而他又不愿意;也解释了《庄子》中为何一写到楚国就灵感勃发、神思驰骋,心理空间似乎比宇宙空间还要无际无涯,那是他的家乡啊!所以我说,面对我们的文化与文明,我们要做的工作犹如考古学将出土陶片按其形状、纹饰、弧度、断口加以拼装、弥合、复原为原本的陶罐样式。复原后的陶罐,尽管不与原来的陶罐一模一样,但是我们不能任由碎片散碎一地,甚至再将其砸成粉末。如果没有这种古器修复性的还原,远古陶罐就可能在博物馆里消失,文明可能顿失光彩。这是一种对本位文化积极的负责的态度,一个现代大国理应加强对自己文化与文明的还原能力、阐释能力，而不能任凭文明之根"碎片化""空心化"。

刘：杨老师，听说您最近还将推出新作《论语还原》，并说从长远来看，这会是您全部学术生涯中最珍视的成果。我们知道很多学者到您这个年龄，学术活力已经减退，但您很特别——姜还是老的辣——愈益臻于佳境，真的是很鼓舞人心，您的成果也让学界非常期待。您能给我们简单谈谈《论语还原》吗？

杨：《论语还原》现在已经写了70多万字，不久后可以付梓。在学术追求上，我仍然抱着这样一个理念，对于源远流长的中华典籍，应该有一份敬重、敬畏的情怀，进而以现代智慧和科学方法，还原其知识发生、生命灌注、原创闪耀的历史现场。作为一个具有深厚历史根基的现代大国，学术研究不应被一些没有深厚知识支撑的奇谈怪论所诱惑，致使我们的文化根基"碎片化""空心化"，而应立稳脚跟，增强自信，认准方向，以积学深功，对多少有些破碎的文化遗产进行"将碎片复原为陶罐"式的还原，这乃是现代中国学人责无旁贷的历史责任。以原创精神提高对本民族文化根基的深度解释能力，重振现代大国的学术文化气象，唤醒拥有古老智慧的生命，阐扬传统的现代价值，从而为人类贡献具有中国智慧特征的现代学理体系，是中国学人能够俯仰无愧的历史担当。

本着这样的学术理念，《论语还原》全面系统而深入地返回《论语》和孔子文化地图的历史现场、内在脉络及生命信息的细节。全书分三编。《论语还原·内编》十九章，考察《论语》之得名，与同时出现的《老子》《孙子》《墨子》不同的原因和证据，确立"内证高于外证"的原则；考察《论语》材料之发生，以及弟子多称字的原因；考察《论语》在"夫子既卒"后开始编纂，在春秋战国之际的五十年间三次编纂的过程，以及它形成现在模样的原因。《论语还原·外编》二十章，致力于打通经传，打通孔子与七十子及其后学，打通孔、孟、荀，打通孔府之学与孔门之学，分层次考散见于东周秦汉经籍、诸子及出土文献中的数量是《论语》一二十倍的"孔子曰"的文字，真实而全面地描绘更完整的孔子和更完整的孔子文化地图。《论语还原·年谱编》主要有两大部分：一是以孔子的历史人生考察《论语》材料出现的现场和背景，深入考订孔子从公元前552年至公元前479年的一生行状及社会文化现场，并增加了鲁、齐、晋、宋、楚的政治势力变动及其对孔子人生和文化选择造成的影响；二是以《论语》产生、传布、定型考察孔子及七十子的历史人生，对《论语》在公元前479年、前477年及前436年后的三次编纂及主要弟子的活动、去向进行编年考察，对战国、秦汉《论语》引用情况进行统计学分析，对汉代《论语》三家的传承和思潮、学风的转移，对《论语》在张禹、郑玄手中形成定本的历史脉络进行编年学的描述。

在学术创新与发现上，本书提出启动文本生命的问题有52个。比如在学术史上第一次提出《论语》从孔子死到曾子死后，于春秋战国之际五十年间的三次编纂，并破解其中蕴含的生命痕迹：一是在孔子"既卒"，众弟子庐墓守心孝的三年间（公元前479年~前477年，25个月），借祭祀斋戒的契机，由仲弓、子游、子夏牵头启动论纂取舍润色，初步奠定《论语》规模；二是守新孝25个月后（公元前477年），弟子分散，孔门按照殷人规制重新开张，子夏、子张、子游推举有若主事，同时对《论语》进行修纂及篇章的调整和增补，形成了《论语》的篇章结构；三是曾子逝世（公元前436年）之后，已成鲁地儒门重镇的曾门，由子思及乐正、子春等曾门弟子，对《论语》进行进一步的修纂，增添的章节只占全书的3%，却使曾子路线与颜回路线成为《论语》的基本价值维度。仲弓主持的第一次编纂，提出四科十哲名单，十哲无曾，成为千古公案。这次编纂经由荀子，通向汉儒。曾门主持的第三次编纂，由子思通过孟子，通向宋儒。子贡在组织孔子丧事中是带头人，而在《论语》中则被边缘化。子贡的回忆材料更多作为孔府档案庋藏，后来编入《孔子家语》。这一结论打破了《论语》是谁家弟子汇编而成的成见，为解开《论语》文本存在的许多谜团提供了发生学的根据。再比如，对定州汉墓竹书《论语》残卷的异文异字进行深入分析，考证出此竹书不能归入汉代秘府收集到的古、齐、鲁三家，从其用语习惯来看，应属"赵论语"或"中山论语"，与《论衡》提到的不属于《论语》三家的"河间论语"，或也存在着不少参差，从而深化了对战国秦汉书籍发生、传布、定型的过程性和叠压型的理解，敞开了历史并非记载下来才存在的认识论空间。《论语还原》旨在还原一部"活的《论语》"，展示其血脉灵魂，启动其本有的生命，阐发其现代价值。

刘：深入了解您的学术经历与理念后，我觉得它跟您的身份与所处的位置不无关系。您长期担任中国社科院文学研究所所长和少数民族文学研究所所长，潜移默化地形成了一种高瞻远瞩、总揽全局的眼光，比如要"重绘中国文学地图"。那么，自您从所长位置退下来后，来澳门大学任教，澳门大学给了您怎样的学术环境和学术灵感呢？我们知道您在澳门大学带领着一个博士后团队，从事"南中国海历史文化研究"重大项目，能简单给我们谈谈这个项目吗？

杨：我是广东人，到澳门大学任教，气候、食品、语言环境，使我就像重新投入母亲怀抱，不仅适合，而且舒服，对于我的身体很有好处。精神上也少有俗事纠缠，心境平静如水，有利于学术灵感的迸发。澳门大学正处在奋起创建一流大学的进程中，到处生机蓬勃，对于我的学术创新的热情、欲望的激发，都是非置身其中者不能道也。澳门大学赵伟校长有句名言："一流大学应有一流的本国语文，中外概莫能外。"这为我所在的学科、为本人研究都注入强大的动力。学校领导非常器重有真才实学的老专家，乐意倾听他们的意见，鼓励他们做出重大成果，希望他能在学术上竖立起一座座影响深广的"里程碑"。这些都是非常难得的学术起飞的良好契机。

由于我关注文学地理学，对南中国海这个海洋区域情有独钟，因此，第一个在澳门大学设立的重点项目就是"南中国海历史文化研究"，利用澳门大学对项目的资助，招收了三位极其优秀的博士后学者。这项研究工程已经进行了近两年，今年下半年可望完成六部数据集成、两部专题论文集，共八部书。中国近代化进程是从南中国海及其周边地区开始的，这里是中国近代化的发源地、火车头。西方现代文化进入古老的中国，不是从北冰洋来的，而是从南中国海来的。哥伦布发现新大陆，西方商人、传教士、探险者也发现一个东方的比他们文明更长的老大陆，这两项发现使得偌大的世界连成一体了。此后的发展，谁也离不开谁。因为中国有着几千年未曾中断的古老文明，在南中国海发生的文明交流、冲突、适应、融合就蔚为大观，超级深刻。由于"欧美中心主义"作怪，过去讲世界史反复突出新大陆的发现。随着东亚的崛起，南中国海历史文化的命题就会愈来愈重要，乃至成为世界史的关键命题。关心中国命运、关心中国近代化历程、关心中国近代化文学发生学的人们，都不能不将眼光转向对南中国海历史文化的考察。澳门是南中国海问题发生的第一站，西方文化在这个码头上率先登陆二百年，澳门大学的学术研究理应在这个前沿问题研究上率先做出贡献。但愿我率领的团队，能够有一点扎扎实实的建树，不辜负学校对我们的期望。

金国平教授访谈录

采访时间： 2014 年 6 月　　　　**采访地点：** 广州
采访人： 刘景松　　　　　　　　**被采访人：** 金国平

【作者按】 我（指刘景松）所在的学术领域是中国现当代文学，与从事翻译教学、中西历史文化研究以及澳门史研究的金国平教授可谓隔行如隔山。自担任现职以来，因为工作的关系，有幸开始与金教授交往——或请他审稿组稿，或编辑他的论文，等等。几番接触之后，发觉金教授知识面广、思维活跃、视野开阔，对学术事业抱有极大热忱，于所涉领域之研究均有不凡建树，在中葡历史研究和中葡文学翻译领域更是做出重要贡献。2014 年 7 月 21 日，在葡萄牙历史科学院的全体会议上，鉴于在中葡关系史研究领域做出的卓越贡献，金国平教授和吴志良博士被一致选为院士，为澳门及华人学术界赢得了巨大荣誉。

昔日"新感觉派"代表人物施蛰存，其学问"窗开四面"——东窗文学创作、南窗古典文学研究、西窗外国文学翻译、北窗碑版整理，一时传为美谈。金国平教授一手典籍翻译，一手学术研究，其著述从《郑和航海的终极点——比剌及孙剌考》到《孙中山与共济会之关系》，从《澳门地租始纳年代及其意义》到《近代澳门华人工商业发展》等均具有重要学术价值与意义。治学之余，金教授笔耕不辍，所推出的融知识性、趣味性、学术性为一体的随笔散文，亦广受读者喜爱。采访事项落实之际，笔者身在濠镜，金教授遥在京华。囿于空间阻隔，采访主要通过电子邮件与电话进行，沿用问答形式，间或展开一些讨论。

刘景松（以下简称刘）：金老师，您好！很高兴您答应接受采访。记得您说过，澳门是东西方文化交汇的一个中心，澳门对葡萄牙历史、中国历史以及整个世界历史的最大意义在于她是异质文化交汇的中心。以葡萄牙为代表的欧洲文艺复兴后的文化和以中国为代表的东方文化在澳门碰撞交流，产生了多方面的广泛深远的影响。澳门是东西方之间互看的一个窗口，关于澳门及其历史定位，读者及文化界中人甚感兴趣。作为这方面的专家，您如何看待澳门在特殊时期实际扮演的角色以及应有的历史地位？

金国平（以下简称金）：澳门，从唐宋元时期的一个海外航行的中继站，逐渐发展为明清时期东西异质进行文化碰撞、商贸交流的重镇，从其开埠以来的历史来看，可谓是中国第一个"特区"，而今天成为"澳门特别行政区"。可以说，这个"特"字一直是她的历史角色和历史地位，一个"特"字包含了一切！澳门是一座历史和现实的双向门：通过此门，华人得以窥外界，西人得以阅华夏；华人得以出五洲，西人得以入赤县。回归以来，澳门的历史作用得到了加强：依托内地，将联系的纽带延伸到了整个葡语系世界，她的独特作用是难以替代的，包括香港在内的中国任何一个城市，现阶段都不具备这个功能。

刘：在您长期的翻译生涯中，您查找并研读了大量的西方第一手文献资料，澳门在西方典籍中的形象在不同历史时期分别是怎样形成的？其特征如何？造成不同历史形象的主要原因是什么？

金：在接触西方关于澳门的第一手文献资料时，我发现，澳门是西方人看中国、看中国人的一个重要窗口。在耶稣会的史料中，中国常常被描绘为东方世界的一个美好的国度。在这些文献中，我发现了一个微小而微妙的变化。一开始，耶稣会史料称澳门为"中国的澳门（Macao da China）"。然而，自从16世纪末开始，这一称谓有了微妙的变化，他们开始用"在中国的澳门（Macao na China）"这一短语。"da"在葡萄牙语中表示从属，而"na"则仅仅说明位置。从"da"到"na"的变化，说明早期耶稣会是承认澳门属于中国的，但后来却认为澳门位于中国。虽说字面上仅一字之差，但在含义上却回避了关键的从属问题。这无疑值得深思。在各个不同时期，在西方人眼中，澳门均有不同的形象呈现，其原因极其复杂，需要逐一、逐时地做具体分析与概括，非写一篇大文章不可。

刘：您翻译了大量的西方文献，尤其是葡萄牙的历史典籍和文学著述，为读者架起了一座通往西方世界、认识西方世界的桥梁，为西方文明在东方的传播做出了突出贡献。在翻译这些典籍著述的过程中您都有哪些感触？

金：我早期所从事的翻译工作主要是将外文翻译成中文，这项工作持续了相当长的时间。从20世纪80年代起，我也陆续从事过将中文翻译成外文的工作，如将中国著名诗人艾青的诗歌翻译成外文。1987年，澳门文化学会出版了厚达 442 页的葡中双语《艾青诗选》，使艾青成为第一位作品被译成葡萄牙语的中国诗人。这对后来艾青被推荐为诺贝尔文学奖候选人起到了一定的推动作用。在澳门，更是形成了一股"艾青热"。1995 年 4 月 12 日，应邀来澳访问的前葡萄牙共和国总统苏亚雷斯授予艾青葡萄牙自由勋章。此类译作，还包括 2009 年澳门文化局出版的《澳门纪略》的新葡语注释版，我用了十个春秋才完成。译事难，耗时动辄五年、十年。《远游纪》更是用去了我整整十三年时间！目前，在文化局的支持下，我着手准备《澳门纪略》的新汉语注释版工作。这是关于澳门历史的第一部专著，唯有对汉语史料和西方史料进行反复比较和解读，才能得到一个比较完整和清晰的认识。这是一项必须进行的澳门学基础工程，其现实意义不言而喻。在翻译生涯中，我始终遵循的第一原则是"信""达"。当然，在此基础上，也力求"雅"。但"雅"有雅的要求，要臻达"雅"的境界，绝非易事。没有数十年实践功夫，谈何容易？在翻译史料和史学著作时，无论讲求什么技巧与策略，都无法绕过"信""达"这两大环节，翻译工作需要体现"信""达"这一基本原则，切不可任意、随意"再创造"。否则，很容易偏离原著、带来歧义、造成误读甚至闹笑话。

刘：您提到翻译过程中遵循"信""达"等原则，实际上涉及翻译理论与实践问题。近现代以来，翻译界涌现出包括林语堂、傅雷等诸多优秀学者，但他们之中大多"外翻中"或"中翻外"，您则双管齐下，实践性更强，翻译体验与感受更全面。翻译是运用一种语言把另一种语言所表达的内容准确、完整而形象地重新表达出来的思维活动。活动结果之优质与平庸，取决于译者自身的文学修养、翻译技巧等要素。能否谈谈这方面的体会？

金：作为一名翻译杂家，我的体会是，译者的外文水平必须完全过关，才能胜任翻译工作，这是关键之关键。换言之，外文水平不过关，就难以臻达"信"和"达"。译者固然需要相当的中文综合素养，但这一要求尚属次要，汉语毕竟是我们的母语，用起来总比外文得心应手。翻译工作的重中之重就是要正确理解外文，然后再用母语加以完整正确地表达。如果不能正确理解原文，即便文学修养再高——我说的是中外双语——也未必符合翻译的目的与要求。虽说所有的翻译工作都是一种再创造，但是忠于原文才是翻译的前提。偏离原文的再创作，纵使文字再灵动优美，充其量只能叫"编译"，而不可称为翻译。正因如此，翻译工作要做到正确理解原文、吃透原文。在此基础上，尽可能以流畅、优美的汉语表达出来。这便是我们常说的"信""达""雅"三要素、三重境界。说到翻译技巧，实际上这是一个翻译实践问题。俗话说，熟能生巧。翻译多了，经验自然就多了，经验多了，翻译起来就驾轻就熟、如鱼得水，这样才能渐入佳境。从事翻译工作数十年来，我的体会是：翻译是一个综合解题的过程，要善于利用一切知识，完成从 A 到 B 的转换。不同学科不同题材的文章，不一定非要讲求"雅"。如翻译史学文献或科技类文章，译述即便不那么优雅，专业人员也同样可以读懂，这时，"雅"的境界就不那么重要了。而翻译文艺作品，则另当别论，很有必要同时符合三个要素、臻达三重境界。不但要准确地理解原文，目的语的文字更要优美，这才称得上是合格的文学翻译。但这里涉及一个"度"的问题——将通俗的文字译成很高雅的文字，抑或反之，都不是好的文学翻译。换言之，俗—俗，雅—雅，要进行语体对等的翻译。

刘：您的译著既有"正统"严肃的历史类著述如《澳门纪略》，又有激情四溢的诗歌作品如《艾青诗选》。记得当年面对外来词"humorous"时，翻译界曾以"滑稽""风趣""诙谐"等对之，但读者总觉得不到位、不够传神，未能传达出原词固有的韵味与精髓，而林语堂以音译"幽默"处之，令人拍案叫绝。艾青留下诸多经典作品如《给太阳》《失去的岁月》《雪落在中国的土地上》《大堰河——我的保姆》等。在翻译艾青诗作的过程中，有遇到类似"humorous"之类的问题吗？如有，又是怎样加以艺术处理的？艾氏经典名句"为什么我的眼里常含着泪水？因为我对这土地爱得深沉"，是按照字面意思直译，还是辅以技巧、加以艺术性解决？

金：《艾青诗选》是我在 30 岁时翻译的，是我一生中第一部中翻外的作品，也是至今最大的一部。我真不知道当时何来勇气翻译艾青的诗歌。或许是诗人坎坷的一生尤其是在"文革"中的遭遇感动了我。记得艾青曾对我说，诗是自然的。某位国家领导人示意他写歌功颂德的诗，他的回答是：作诗要灵感啊！言外之意，当时无灵感，写不出来。这或许是诗人婉拒的一种方式吧。诗的语言洗练，不易译准译好。艾青诗歌的语言特点是朴实无华、几近白话，但其诗情感热烈奔放、气势磅礴。翻译时，一定要体现这一艺术特色。我基本上是采取直译，很少运用形象化翻译。"为什么我的眼里常含着泪水？因为我对这土地爱得深沉"这句话就是按照字面意思直接翻译的，相信读者阅读时可以理解。

刘：翻译工作不仅要求译者从文化差异、表达形式、语用功能等方面予以高度重视，同时也要求适当的超前意识与独创意识，而后者有时更是不可或缺。如此方能游刃于中西文化之间，真正做到"两脚踏中西文化，一心'译'宇宙文章"。

金：有长期的国外生活经验，当然最好，可以深刻地体会不同文化间的异同，进而找到最佳的语言表达形式，但并非所有译者都拥有这种经历。我觉得，即便没有国外生活经历，译者也同样可以创造条件以弥补自身不足，如译者可以通过广泛的阅读给自己创造一个几近于长居国外的虚拟环境，丰富自己的知识。网络阅读是一种快捷方式。读，要读一切知识，要读懂一切知识。这样才能够做到融会贯通，而不是简单的从 A 到 B 的文字转换。在这样的基础上的翻译，才谈得上独创性。如在翻译"王府井"时，如果按照字面意思翻译成"王府的井"，外国读者也可以读懂，但却读不出这一词语的特定内涵。若用葡萄牙人所熟悉的"baixa"（低区，以区别于位于山头的高区。一个城市的低区通常因交通方便而成为"商业区"）来译"王府井"，任何一个操葡萄牙语的读者，马上就会知道"王府井"是什么地方了，无须做过多的解释。又如"松花蛋"这种中国特有的食品，要正确地翻译成葡萄牙人一听就懂的词语很难。尽管有许多译法，如"ovo de mil anos"（千年蛋）、"ovo de cem anos ou ovo centenário"（百年蛋）、"ovo de cem dias"（百日蛋）、"ovo preservado"（保存蛋）及"ovo preto"（黑蛋，最常用）等，不如用"ovo, tipo Queijo Roquefort"。"Queijo Roquefort"汉语作"罗克福奶酪"或"罗克福干酪"，是一种羊奶蓝霉干酪，产于法国南部的塔恩河附近圣阿夫里克（Saint-Affrique）镇苏宗尔河畔的罗克福尔（Roquefort-sur-Soulzon）村。无论是味道还是所分布的蓝绿色霉菌，都与"松花蛋"蛋心相近。一旦用"Roquefort"，西方人就能接受，而且马上知道是一种相当于"Roquefort"的中国美味佳肴。

刘：看来翻译工作，甘苦自知，并非只有一套实践层面上的或隐或显的技艺与套路。您现在还继续从事翻译工作吗？如有，主要侧重在哪些方面呢？

金：目前我手头的工作有两项：一是在将成书于 19 世纪末光绪年间的《游历使》（傅云龙关于巴西的三部著作）翻译为葡萄牙语；二是将 62 卷的"耶稣会士在亚洲"的目录翻译成汉语。此项工作非常艰巨但意义重大，大概要耗费三至四年时间，我会坚持完成的。完成之后，我已进入花甲之年了。河南大象出版社决定全套影印出版六十二巨册的手稿史料，显示了现代出版社的远见与魄力。

2014 年 4 月 22 日，葡萄牙国家图书馆、北京外国语大学中国海外汉学研究中心和大象出版社在郑州大象出版社总部签订了联合出版的合作协议，这显然极其振奋人心。更令人欣慰的是，这一庞大的出版计划得到了葡萄牙政府和中国政府的全力支持——前者无偿提供全部文本的版权，后者提供中央文化产业发展专项资金资助。汇编影印计划在一年内完成，预计成书 120 册。丛书将编写一份葡萄牙语目录。此外，为方便汉语学者的研究工作，澳门基金会将资助出版一份汉语目录。这项工作由我牵头组织翻译。毫不夸张地说，此次"耶稣会士在亚洲"档案文献的出版，是中国和葡萄牙乃至国际出版界、学术界的一件大事，已引起国际翻译界高度重视。欧美及日本学术界十分重视这套丛书，多有征引，但从未全文刊行过。从抢救和发掘的角度看，上述文献也是急需整理和出版的。阿儒达图书馆和澳门文化局曾着手进行文献的编目工作，但由于种种原因，未能大规模整理和出版原档。可以说，"耶稣会士在亚洲"项目的实施，是葡萄牙政府急切盼望之事。丛书的出版标志着中国在利用外文数据方面占据了一个新的国际化制高点。明末清初，中西交往频繁，其中扮演重要角色的不是任何一个欧洲国家，而是耶稣会会士。这批文献是从 1549 年沙勿略抵达日本起，西方传教士尤其是耶稣会传教士——至 18 世纪中叶——在远东传教活动的原始记录。除了关于中国的资料外，还有大量涉及日本早期传教史的信息以及关于东南亚开教的史料。全部文献计 62 卷，均为手抄本，有 6 万余页。文献以拉丁文、葡萄牙文、西班牙文、意大利文及法文为主。

总之，这批文献是研究中国明清天主教史，明清政治、社会、经济史以及亚洲贸易史的第一手材料，是中国历史首次被西方语言详细记载的第一批重要文献，涉及面之广、数量之大令人惊叹，对中国天主教史的研究极具意义，具有重要的史料价值与研究价值。目前，这些档案基本上处于原始文献的状态。从时间上看，这些档案横跨明清两代，对明清鼎革之际的政治史的研究很有参考价值，在经济贸易史方面也有丰富的记载。此外，对明清社会诸如传教、科技、医学、美术、语言及音乐等领域均有涉及。这些文献无疑是研究明清及澳门历史的宝库，必将推动中国近代中西文化交流史学术研究的发展。通过此次影印出版，这批宝贵的资料从欧洲回到了中国。它们虽以外文为载体，但绝大部分涉及中国事务，可视为西语中国史料，是中国史料的重要组成部分。它的出版敞开了一扇大门，从而在极大程度上为中外学者提供研究便利。此前，该文献收藏在大西洋畔，只有部分学者可以利用。今后，澳门和内地的学者，在任何一个有一定规模的公立图书馆或大学图书馆中，都可以不受限制地查阅和利用，而不需要远涉里斯本。目前，虽说尚无条件将之全部翻译成汉语，但汉语目录至少可以让学者了解文献的内容。"耶稣会士在亚洲"的翻译与出版无疑是一项基本、系统、标志性的浩大的文化工程，具有巨大的政治和学术意义，必将对明清史和中西交流的研究及"澳门学"产生深远影响，堪称一项功在当下、利在千秋的文化事业。

刘：翻译工作在某种意义上与学术研究彼此包容，二者并无明显区分。在长期的学术实践中，您不断探索，适时调整研究课题，游刃于译林、史海，并取得了丰硕的成果。同行们都认为，外文造诣精深是您治史的一大优势。当初您报考外文系是出于怎样的考虑？

金：实际上，我是西班牙语科班出身的。1965~1979年，从小学（北京外国语学院附属学校）到大学（北京外国语学院，今北京外国语大学）学的是西班牙语，后来留校任教，才被"放逐"到葡萄牙语教研室。我这一辈子都在这两种伊比利亚语言里打圈子，一转眼间已经整整五十年了！希望还能发挥余热，再继续工作十年吧。

刘：什么时候开始投放精力于中外关系的研究？引发您另辟这一新的研究领域的动力是什么？

金：1981~1982年，我在葡萄牙留学时，便对中葡关系史产生了浓厚兴趣。那时初步研究了汉语中的葡语词汇和葡语中的汉语词汇问题和《远游纪》。开始进行专门系统的研究则是1986年移居葡萄牙之后。那时，我在语言上是基本过关了，有时间和精力，也有条件从事各领域的学术研究。

刘：是什么信念让你心无旁骛，数十年如一日地醉心耘耘于学术园地？

金：我给自己定下的学术追求是永远不断创新。创新来自于"问题意识"的形成。在学术上绝不盲从，绝对不贪图快捷方式，凡是使用的史料必须寓目，中外史料皆如此。有些考证文章，一做就是几年。这中间，尝遍了调研的辛苦，也感受到解决问题的欣喜。关于学术研究，我的体会是，做学问，一定要清心寡欲、心无旁骛，绝不可三心二意、带有取巧心态。当然，在我从事的学术研究过程中，要感谢葡萄牙和澳门的有关机构为我提供条件，我才坐稳了研究的"冷板凳"。

刘："欧洲中心论"曾经风靡一时，但海外汉学家亦多有"东方意识"，"东方主义"或"东方学"也曾在西方学术界形成风潮。如何看待这些现象？这与所谓的学术话语权之间是一种怎样的关系？

金：我长期在欧洲生活，对"欧洲中心论"有切肤之感！他们的"东方主义"或"东方学"充其量只是一种学术支流，主流还是"欧洲中心论"。"欧洲中心论"从某种意义上来讲是"欧洲人中心论"。吴志良博士认为，在澳门学上，我们夺回了学术话语权。什么叫夺回呢？就是说，以前，学术话语权在他们手里、他们的嘴上。经过多年的努力，现在被我们夺回了。近几十年来，澳门和中国内地出版了众多关于澳门的史料和著作，培养了人数可观的以泛澳门学为研究方向的学士、硕士和博士。说到关于澳门的史料和著作，必须提到汤开建教授所说的澳门基金会策划的史料出版"运动"。作为一名参与者，我为之感到骄傲和欣慰，因为借此"运动"，我们夺回了学术话语权。如果没有澳门基金会的资源投放，澳门学就不会出现今天的喜人局面。现在，摆在所有从事澳门学研究学者面前的问题是：如何保持已经取得的学术话语权？这需要澳门有关机构尤其是澳门基金会的继续支持，需要大家的共同努力。今天，毫不夸张地说，澳门学已经成为澳门乃至中国在国际学术界的一张响当当的名片。

刘：长期以来，学术界对于澳门、澳门文化、澳门学术的研究一向不太重视，甚至存在偏见，这些年情况略有改观。能否谈谈澳门人文社科研究的学术环境与生态？

金：在西方，尤其是在葡萄牙，研究澳门的学者日渐稀少，由于种种原因，本来很有名的学者也被迫改行，这令人深感遗憾。缺少对研究的支持尤其是经济支持是主要原因。总体而言，西方的澳门研究在走下坡路，短期内还要继续下滑。与此同时，得益于较佳的经济条件，澳门本土的澳门研究则显得生机勃勃。我觉得，澳门基金会和文化局似乎可以考虑向国外那些从事澳门学研究的学者发放专项奖励金，鼓励他们继续从事澳门学研究，进一步促进国外澳门学研究的深入与发展。近年来，澳门基金会加大了对葡萄牙澳门科学文化中心的支持力度，这无疑令人欣慰，值得肯定，应该发扬光大。

刘：现时澳门及内地或其他国家和地区，都有哪些研究团队、人员与机构从事这方面的研究？其实际影响如何？未来该从哪些方向掘进？

金：澳门的现状是，本来应该承担主要研究责任、发挥作用的高等教育机构的成绩反而不如政府的有关部门。这一现象值得关注，需要改进。从内地来看，长期从事澳门研究且卓有成绩的暨南大学近期正式挂牌成立了港澳历史文化研究中心，由叶农教授出任主任，这是南方的澳门学研究重镇之一。是否可以考虑在北方或者说就在中国的首都也由澳门支持建立一个类似的研究中心？我觉得很有必要。已经取得的话语权，还要靠华语界的学者、研究者、爱好者、认同者共同维护与巩固。学术界中的港澳台与内地（大陆），澳门虽常常排行最后，但在澳门学研究上，澳门却是当仁不让地占主导地位。对于澳门学的研究，不应该只是澳门的事情，应该把台湾和香港也考虑进去。尤其是台湾，目前虽有从事澳门学的研究者，但却比较分散，尚无一个交流互动的常态化平台。在高等教育领域，增设澳门研究中心一类的专门机构是必要的。倘若可以调动起港澳台与内地（大陆）来共同捍卫澳门学的话语权，力量不是更大吗？澳门学研究的前景不是更广阔吗？

刘：海外汉学家中有不少人研究澳门并取得了丰硕成果。西方学术界如何看待澳门人文社科领域中的泛澳门研究？

金：泛澳门研究所取得的成就，世人有目共睹。海外汉学家对此交口称赞，如德国汉学家普塔克教授就经常在欧美著名的学术杂志上发表对澳门学著作的评论文章，从文艺评论的角度介绍并宣传了澳门学。他用简单明了的文字，精确、客观而公正的评论，把我们的著作介绍给西方文化界和读者。没有这位重要的推手，澳门学肯定不会有今天的气象。为此，作为同行，我要敬他一杯，不，是一瓶、两瓶！多年来，我对这位"葡萄鬼"（普塔克笔名，以此发表过《元明文献中的忽鲁谟斯》，宁夏人民出版社，2007）的感激之情难以言表。正因为得到他的鼓励，我冲破了西欧那深不可测的学术腐殖土层，探出了头，成长了起来！虽然，我深知我们之间不必客套道谢，在此，我还是要郑重地说声"Danke"。没有他的理解和支持，很难想象我会走到今天。我与他的友谊，可以追溯到那个遥远的 1984 年。在第一次访问澳门时，我有一个学德语专业的澳门朋友 Luís Amado Vizeu（即后来的澳门教育暨青年局局长韦斯理）送给我一本普塔克教授的成名作《葡萄牙在中国：16~17 世纪葡萄牙与中国关系及澳门历史概述》（*Portugal in China：kurzer Abriss d. portugiesisch-chinesischen*

Beziehungen und der Geschichte Macaus im 16. und beginnenden 17. Jh., Bammental/Heidelberg：Klemmerberg, 1986）。当时我们还不认识。两年后，他从慕尼黑把同一本书寄到了里斯本。想起来，一晃三十年过去了！我们是曾经的酒友（因健康原因，医生禁止我豪饮我最爱的干红葡萄酒），一直的文友，永远的朋友（Amigos para siempre）！键盘上敲出这些文字，算是应了罗马哲学家老普林尼公元 1 世纪说过的一句话，"In vino veritas"（酒后吐真言），如同畅饮佳酿一杯，心绪欣快，思维奔逸，话语滔滔，真情流露。

刘：泛澳门研究其实未尝不可视之为"澳门学"。关于澳门学的研究，民间的、个人的、本地政府机构的、外地科研单位的似乎先行一步，并取得了令人振奋的成果。应该说，这一学科在未命名之前，已经"被研究""被挖掘"了，如何看待这一现象？

金："澳门学"最初是由澳门学者黄汉强、吴志良和杨允中等人在 20 世纪 80 年代提出的。近年来，在泛澳门研究基础的充实下，才有了更加严谨规范的定义和学科命名。迄今为止，泛澳门研究以民间和个人为主，他们在艰难环境中，坚持不懈、努力钻研，取得了丰硕成果。澳门大学的澳门研究中心和澳门基金会的澳门研究所行政工作居多，真正的研究未被排上日程。我认为，澳门作为"澳门学"的重镇，有必要尽快整合各方科研力量，形成一支知识结构均衡、年龄层次合理的研究梯队，并在此基础上成立一个专职的"澳门学"研究中心，将澳门学研究导向专业化、常态化。

刘：这种学术坚守与奉献，无疑令人感动。今天，澳门学研究已经迎来了一个喜人的良好局面，这是否可以理解为得益于各地学者的一种学术自觉与先知抑或现实关怀？

金：是的，我完全同意这种说法。"澳门学"的勃兴，除了回归效应外，还应该承认乃得益于散落各地的学者个人的努力与长期的学术坚守，当然也离不开政府相关机构的支持。除了澳门基金会和澳门文化局之外，近年来对"澳门学"贡献较大的有澳门大学的澳门研究中心和民政总署。他们联合举办的"嘉模论坛"坚持了几年，广邀具有不同学科背景的各地学者开讲，题材新颖多元，是个雅俗共赏、备受喜爱的好讲坛，每年出版的文集也成为"澳门学"的品牌之一。说到品牌，澳门大学澳门研究中心编辑的《澳门研究》也是"澳门学"的品牌之一。这份本土综合性学术期刊，无论是史学专栏的设立，还是文章的选题和编排，在澳门的同类杂志中均可称为上乘。作为长期的撰稿者与审稿者，我衷心希望她越办越好。另一本历史题材高度集中的年刊是澳门历史文化学会编辑出版的《澳门历史研究》。该机构的年会越办越好，学术味越来越浓，会议所提交的论文质量越来越高，所以我是有请必到。会议期间，同行欢聚一堂，切磋学术，取长补短，实在是一件开心的事情。

刘：2010 年，首届澳门学国际学术研讨会在澳门大学召开，会议邀请了世界各地的学者参加，产生了较大影响。据悉，以本次会议为契机，澳大制定了周详的澳门学研究规划，致力将澳门学打造为澳门的文化名片，使之发展为国际认可的学科。这显然是振奋人心的，为广大澳门学研究者、爱好者所期待。在学科命名、研究对象与范式、学科建设方面，您有哪些建议与良策？

金：的确，2010 年举行的那场国际学术研讨会具有里程碑意义，四十几位世界各地的专家学者远道而来，我也受邀莅会。这是首次以"澳门学"为名的国际学术研讨会，标志着"澳门学"学科的正式亮相，引起了各地媒体的极大关注，媒体纷纷给予较大篇幅的图文报道。此次会议围绕学科命名、研究对象与范式和学科建设等问题，进行了空前热烈而深入的讨论，取得了比较一致的看法，影响极其深远。"澳门学"要保持、要发展，设立专门的研究机构和定期开设论坛是必不可少的。在此基础上，我认为，还有一项工作要做，那就是连续出版《澳门史料》（*Monumenta Macaensis*）。光是翻译以前出版过的葡萄牙语《澳门档案》（*Arquivos de Macau*）就可以作为开头。可以仿效东京大学编纂《大日本史料》那样的模式进行。现在他们有了南欧部分，专做意大利、西班牙和葡萄牙的史料。我想，澳门研究中心可以承担这项工作。实际上，研究中心已经开展了一些初期的基础性工作，如编纂"澳门学"著作提要等。做完这件事，进一步整理、出版澳门史料，那工作的意义就大了。

刘：区域文化研究诸如敦煌学、藏学、徽学、泉州学和上海学等，都面临着一个质疑→接受→参与→互动→发展的过程，相应的，也难以避免地进入一个低潮→发展→高峰→回落的循环过程，如何看澳门学研究前景？

金：区域文化研究要得到承认和接受实非易事。幸运的是，"澳门学"已经经过了受质疑的阶段，渐渐被认可。2009 年前，我写关于"澳门学论坛"的博客，点击量最多可达几百人次，就连远在古巴这样的国家也有网民浏览，这出乎我的意料。在参与互动阶段，重要的是建立一个参与→互动→交流的平台。这需要某些机构在自己的网站上开辟一个专栏。例如，澳门基金会的虚拟图书馆已经成为"澳门学"的最大数据库，如果扩大宣传，加强对留言部分的建设与经营，激发来访者的表达欲求，不就成为又一个"澳门学"的论坛吗？有了专职研究机构、杂志、互动平台有了史料的搜集与出版，澳门学还怕没有工作做吗？这不就是澳门学的前景吗？

刘：您的那些在报纸副刊上刊登的文章，知识性、趣味性、学术性兼备，很有学者散文的韵味。请问，您是什么时候养成这一习惯的？

金：这主要是我发觉高深的学术论文很难普及，就连学者不到要用的时候，也不见得有时间、有兴趣翻阅。学术论文与随笔散文各有其价值与意义，各自有各自的读者群体。所谓阳春白雪要有，下里巴人亦不可或缺，二者可相得益彰。既然意识到书写通俗易懂的小文是学术普及的一个好方法，在钻研学术课题过程中，每当遇比较重要的题目或有新的发现时，我都习惯性地在论文的基础上删改成短文，加以润色后投递到报刊上发表。这类文字要是全部搜集起来，数量还是挺可观的。在此，我要感谢《澳门日报》"新园地"安排版面刊登我的散文。这个习惯大概是七八年前开始的。写这样的小文，自己写起来比较轻松，读者读起来也不费力。在一种松弛的气氛中，有效传播某种重大的学术信息，不也是一件好事吗？

刘：借创作保持性情的温润、心态的洒脱？

金：写学术论文很累。要写好，需要全面、深入、细致的调研，因而强度很大，而写报刊文则是一种休息。一边休息，一边修改论文，不断完善，直至极致。我的体会是，有时写一篇报刊散文比撰写议论文还难，一是篇幅不允许太长，二是语言力求清新通俗。在这个意义上说，写这些散文，与其说是休息，还不如说是另外一种简而不易的写作。

刘：什么时候将这些散见于各地报纸杂志的篇什结集出版？我们期待着文集面世的那一天。

金：自从2006年起，我和吴志良博士一起承担了新清史《澳门志》的编写工作后，便中断了论文集的出版工作。出书频率比较高的时期是2000~2007年。我个人出版了《中葡关系史地考证》（澳门基金会，2000）和《西力东渐——中葡早期接触追昔》（澳门基金会，2000），和吴志良先生联名出版了《镜海飘渺》（澳门成人教育学会，2001）、《东西望洋》

（澳门成人教育学会，2002）、《过十字门》（澳门成人教育学会，2004）和《早期澳门史论》（广东人民出版社，2007）。此外，我们还出版了一本葡萄牙语论文集——*Revisitar os primórdios de Macau: para uma nova abordagem da história*（《澳门起源新探》，澳门东方葡萄牙学会及东方基金会，2007）。写志的工作已于 2010 年完成，现尚在修改中，但应该说有时间和精力来出论文集了。这些年来，陆陆续续地发表了一些文章，是时候编辑成册介绍给读者了，以方便读者查阅。我的初步想法是，在 2015 年底之前，编写"澳门学六十自定稿"，作为对长期从事澳门学研究的一个小小总结。我希望这个计划，能够在 2015 年实现。

后 记

近年惯于桌前发呆、灯下发梦，梦里常萦绕着濠镜澳的山山水水。

澳门古称濠江、濠镜、镜湖、镜海、香山澳、濠镜澳。数百年来，定居、旅居或短期逗留的官员、士绅、商贾、僧侣、作家、诗人以及传教士等，对此间的风土人情和山海形胜大都"另眼相看"，并留下数量可观的诗文作品。小小澳门街，由此连通了一个大大的外部世界，闪烁着精彩雅致的人文光影。

自从博士毕业之后，我就以澳门籍教师的身份在内地大学任教，成为一位名副其实的北上"园丁"。彼时，教学科研之余，总是不经意地把小城驰念牵挂。牵挂是一种奇妙的感觉，恰似乱云散布，越不经意，越容易堆压胸口。夜深人静之际，驰念绵绵不绝，仿若搓棉扯絮般难以清理。待到返澳工作，情随境迁，驰念之心逐渐化为爱惜之情，讵料爱惜之情亦与日俱增，逐日浓烈。收入本书的篇什，就是对濠镜澳山山水水驰念发梦的"成果"。

"学林微语"所辑文章，多数发表在内地的学术期刊上，大致涵盖了我对澳门文学、文化与社会的思考。"评论纵横"侧重对本澳学者和内地作家著述的评析。其中关于华文文艺刊物的刍议，写于硕士研究生阶段，文字粗疏，那是蹒跚学步的足迹呈现。"创作天地"篇目略丰，但无意抒发人生际遇、生存滋味以及似有还无的种种有所惧无所求的呓语。其中，读书旅游、饮酒祛愁，因为渗透出生活的默然与隐忍，尘世风霜赋予的倔强与孤傲、无奈与怅惘，或可能留下个人的心灵成长痕迹。"名家访谈"中的三位学者，在政治学、经济学、历史学、翻译学、中国文学等领域有公认的耀眼成绩，与之访谈"对话"，不啻学习的好机会。

值庚子年，我收集整理了若干文字，辑为小书出版。这对我来说是一件值得记取的幸运之事。

明珠海上传星气，白玉河边看月光。猛然间想起栖身镜海的时间，已是双倍于闽地，一时心头五味杂陈。愿意以"学林新语"为座右铭，以表感恩不尽，以示学无止境。也许指向更辽远的写作和学术天地，继续跋涉于渺渺未卜的荒野滩涂。

　　人生旅路的贵人师友，在京沪，在闽粤，在台岛，在马六甲，在枫叶国，在特别行政区。你们的隆情厚谊，我将铭记在心，分秒不敢忘。朱寿桐教授热情赐序，社会科学文献出版社慨然接纳拙作，澳门基金会赞助本书部分出版费用，统此表示深深谢意。

　　敲键至此，特别感念恩师王富仁教授。三年师生，六年同事，十年相处，一生难忘！我时常仰视漫天云霞，欲辨认王师驾鹤西去的路径踪迹。辨之不得，每每低眉叹息。待缓过神来，空空苍穹似有熟悉的咳嗽声响起，那是先生在夕阳余晖中为我加油打气。

刘景松

2020 年小雪日于镜海看台街

图书在版编目（CIP）数据

学林新语：从文学阐述到文化评论 / 刘景松著 . --
北京：社会科学文献出版社，2022.6
ISBN 978-7-5201-9933-9

Ⅰ.①学… Ⅱ.①刘… Ⅲ.①文学-作品综合集-中
国-当代 Ⅳ.①I217.2

中国版本图书馆 CIP 数据核字（2022）第 049182 号

学林新语
　　——从文学阐述到文化评论

著　　者／刘景松

出 版 人／王利民
责任编辑／王玉敏
文稿编辑／李月明
责任印制／王京美

出　　版／社会科学文献出版社·联合出版中心（010）59367153
　　　　　　地址：北京市北三环中路甲 29 号院华龙大厦　邮编：100029
　　　　　　网址：www.ssap.com.cn
发　　行／社会科学文献出版社（010）59367028
印　　装／三河市东方印刷有限公司

规　　格／开　本：787mm × 1092mm　1/16
　　　　　　印　张：14.5　字　数：237 千字
版　　次／2022 年 6 月第 1 版　2022 年 6 月第 1 次印刷
书　　号／ISBN 978-7-5201-9933-9
定　　价／89.00 元

读者服务电话：4008918866